■ 名家讲堂

国家新闻出版广电总局
首届向全国推荐中华优秀文化普及图书

吴小如讲杜诗

吴小如／著

天津出版传媒集团
天津古籍出版社

图书在版编目（CIP）数据

吴小如讲杜诗 / 吴小如著. — 天津：天津古籍出版社，2012.9（2018.6重印）
（名家讲堂）
ISBN 978-7-5528-0017-3

Ⅰ.①吴… Ⅱ.①吴… Ⅲ.①杜诗－诗歌欣赏 Ⅳ.①I207.22

中国版本图书馆CIP数据核字（2012）第142492号

吴小如讲杜诗

吴小如/著

出版人/张玮

*

天津古籍出版社出版
（天津市西康路35号　邮编300051）
http://www.tjabc.net
唐山鼎瑞印刷有限公司印刷
全国新华书店发行
开本 710毫米×1000毫米　1/16　印张17.75　字数240千字
2012年9月第1版　2018年6月第3次印刷
ISBN 978-7-5528-0017-3
定　价：49.00元

自序

我一辈子对杜诗有兴趣、有感情,只可惜用功不够。在这篇序言里,想简要回顾一下我这一生和老杜的"缘分",同时谈谈本书出版的一些情况。

我最早接触唐诗,是在上小学的时候。记得我十岁左右,每天早晨起来,父亲准备上班,我则要上学,同在盥洗室里,父亲于洗脸漱口时,口授一首唐诗给我,有时也略解释一下。开始都是绝句,有五言的,也有七言的,我就背下来。晚上放学回来,再用毛笔抄在本子上。这里当然包括杜诗,像《八阵图》、《江南逢李龟年》、《赠花卿》等绝句,我很早就能成诵。父亲也教过几首老杜的七律,比如《客至》"舍南舍北皆春水"。但那时对于杜诗,还只是零散地念。

真正系统地读杜诗,是 1937—1938 年间。由于时局的缘故,这一年里我没上学,自己在家自学,主要学古文和杜诗。读杜诗我用的是仇兆鳌《杜诗详注》本,从第一首开始念,慢慢地集腋成裘,从《游龙门奉先寺》一直读到《秦州杂诗》。这时,我看到某位诗评家的议论,说是老杜夔州以后的诗风光独好,别有一番境界。于是我跳过中间一段,专看老杜出川以后的诗。一直到 1944 年,我读古典诗歌都是以老杜为中心的。

1941 年,我中学毕业,之后念了两年的商科。1943 年,我开始教中学语文。我在教学中发现,如果自己不会写古文、作古体诗,教课往往搔不到痒处,讲不透彻。如同看戏,看多了,就想知道台上是怎么回事,于是就自己去学戏。光看不学,永远不知道里面的甘苦。有鉴于此,我在 1944 年开始学作古体诗和桐城派古文。我并不想成为一个诗人、古文家,但我认为学会了以后,肯定对我的教学和研究能起良好的促进作用。我学作古体诗,就是以杜诗为范本的。1945年抗战胜利,我重新报考燕京大学,记得有一道填空题,"映阶碧草( )春色",因我读杜诗中间缺了一段,只好老实地填"未读过"。后来才把从《秦州杂诗》之后到夔州之前的一段给补上了。这是我早年读杜诗的过程。

  1946—1948年,我念了清华、北大两所名校,其间听俞平伯先生、废名先生讲诗,受益匪浅,特别让我加深了对杜诗的理解。我前后听俞平伯先生讲了两年的杜诗,现在关于杜诗的一些讲法,比如《望岳》"岱宗夫如何"的"夫"字、《月夜》"香雾云鬟湿"一联究竟何指等等,都是秉承俞先生的观点。我还听过废名先生讲陶诗,他偶尔也会谈到杜诗,像《咏怀古迹》里"五溪衣服共云山"一句,废名先生认为,少数民族的服装五颜六色,恰与周围云山之形色相配合。我觉得很有道理,后来也这么讲。

  1949年以后,我开始教大学。当年在津沽大学,我开了《论语》的专题课,颇博好评。因我对杜诗既有兴趣,又下过工夫,于是很想开杜诗的专题课。第二年,我开了《诗经》和《杜诗》两门专题课,遗憾的是,碰到"课改",砍掉了《杜诗》。院系调整后,我到了北大,研治古典文学。因对唐诗的爱好,本想搞魏晋至唐一段,可是却被分配到宋元明清一段。这样一来,我便失去了讲杜诗的机会。我羡慕我的同事能开杜诗专题课,而我再无机缘碰心仪的老杜了。一直到退休,我对杜诗只写过几篇简短的札记而已。

  我之于杜诗,确有浓厚的兴趣。我看过不少关于杜诗的专书,王嗣奭的《杜臆》、钱谦益的《钱注杜诗》、朱鹤龄的《杜工部诗集辑注》、浦起龙的《读杜心解》、仇兆鳌的《杜诗详注》、吴见思的《杜诗论文》、杨伦的《杜诗镜铨》等,我都一一寓目。此外,读到诗话、笔记里论杜的内容,认为有见地的,我都抄录下来。但我有自知之明,我自忖不是研治杜诗的专家,却对杜诗有感情,下过一定的功夫。

2009年，因我的学生谷曙光要开杜诗的专题课，向我求教，于是我给他讲了一个学期的杜诗。这一次是从头至尾比较系统地讲，主要根据我这一辈子读杜、研杜的理解和体会。毕竟我的年纪大了，体力不济，容有不足之处，但总算过了一把讲杜诗的瘾！现在，刘宁（她是旁听者之一）、谷曙光不辞辛劳地把这次听讲的录音整理出来，而天津古籍出版社又慨然予以出版，让我得到向读者求教的机会，真是非常感谢。

顺便谈一下附录的内容。其实在2003年，我曾给檀作文、谷曙光讲过一段时间的杜诗，从《游龙门奉先寺》开始，一首一首地讲，可惜第一卷未完便中止了。幸而存有部分录音，现也整理出来，此为附录一。再有，我把以前所写的涉及杜诗的零碎文章，也一并收入，作为附录二。这样，我一生关于杜诗的所讲、所作，基本汇集于此矣。虽不系统，但总有点滴的心得和体会。最后，刘宁、谷曙光在事后，各写了一篇"听后感"，姑且作为附录三，以纪念这次讲杜诗的师生缘分，但他们的褒奖则愧不敢当。

老杜《槐叶冷淘》有句云："献芹则小小，荐藻明区区。"大约我这本小书，也如同常见而易得的"芹"、"藻"之类，卑之无甚高论，权当抛砖引玉吧。因为自己的研究不够深入、全面，所以在讲授过程中，难免有遗漏、讹误、欠妥的地方，衷心希望得到读者的匡正、专家的批评。

目 录

第一讲　白鸥没浩荡　万里谁能驯 / 1
第二讲　长安苦寒谁独悲　杜陵野老骨欲折 / 15
第三讲　边庭流血成海水　武皇开边意未已 / 29
第四讲　忧端齐终南　澒洞不可掇 / 41
第五讲　少陵野老吞声哭　春日潜行曲江曲 / 53
第六讲　冉冉征途间　谁是长年者 / 65
第七讲　夜阑更秉烛　相对如梦寐 / 77
第八讲　每日江头尽醉归 / 87
第九讲　安得壮士挽天河　净洗甲兵长不用(上) / 101
第十讲　安得壮士挽天河　净洗甲兵长不用(下) / 117
第十一讲　诸葛大名垂宇宙 / 131
第十二讲　此意陶潜解 / 145
第十三讲　怅望千秋一洒泪　萧条异代不同时 / 161
第十四讲　彩笔昔曾干气象——《秋兴》 / 177
第十五讲　落日心犹壮　秋风病欲苏 / 197

附录一　2003 年秋讲杜诗第一卷 / 219
附录二　莎斋笔记　读杜一得 / 247
附录三　整理后记　刘宁 / 265
　　　　吴小如先生教我读杜诗　谷曙光 / 269
主要参考书目 / 278

第一讲

白鸥没浩荡
万里谁能驯

望岳
奉赠韦左丞丈二十二韵
登兖州城楼
白帝
夜宴左氏庄
房兵曹胡马
画鹰

第一讲　白鸥没浩荡　万里谁能驯

今天讲的内容都在《杜诗详注》卷一。两首五古,《望岳》和《奉赠韦左丞丈二十二韵》;四首五律《登兖州城楼》、《夜宴左氏庄》、《房兵曹胡马》、《画鹰》。选这四首五律有我的理由,下面再说。先讲两首古诗。

　　　　望　岳
　　（开元二十四年　兖州）
岱宗夫如何,齐鲁青未了。
造化钟神秀,阴阳割昏晓。
荡胸生层云,决眦入归鸟。
会当凌绝顶,一览众山小。

我原先写过关于《望岳》的文章,收在《莎斋笔记》里,文中引了翁方纲《复初斋文集》及《石洲诗话》卷六里讨论"岱宗夫如何"的"夫"的《与友人论少陵〈望岳〉诗》:"此一'夫'字,实指岱宗言之,即下七句全在此一'夫'字内。盖少陵纵目遍齐、鲁二大邦,而其青未了,所以不得不仰叹之。此'夫'字犹言'不图为乐之至于斯''斯'字神理,乃将'造化钟神秀'、'荡胸生层云'诸句,皆摄入此一'夫'字内,神光直叩真宰矣,岂得以虚活字妄拟之乎?"又云:"'如何'者,仰而讶之之词。"

　　翁方纲有大段文字纵论"岱宗夫如何"的"夫"字。我听俞平伯先生在课堂上讲这首诗,他认为这个"夫",是用《鲁论语》。《论语·阳货》:"子曰:'予欲无言。'子贡曰:'夫子不言,则小子何述焉?'子曰:'天何言哉,四时行焉,百物生焉。'"其中通行本作"天何言哉",而《鲁论语》作"夫何言哉"。俞先生认为这个"夫何言哉"的"夫",就是"岱宗夫如何"的"夫"。当然,他不是说这个"夫"就出典在《鲁论》,杜甫也不一定用这个生僻的典。我认为俞先生的意思是说,这两个"夫"字的用法相近。

俞先生的讲法我那篇文章里已经引了,这里想要补充的是:第一,从古文的角度看,这个"夫"本来是文章中的虚词,是多用于句首的虚词,而在古文中几乎没有置于句中的。钱锺书先生《谈艺录》经常谈到这个问题,说宋代以后的诗不好,因为虚词特别多,把文章里的虚词都用到诗里,他认为这是一个缺点。文章中的虚词本不宜搁在诗词里,但也不必完全排斥。杜甫这里放在中间,"夫"是指代词,就是指"岱宗"。然则它是否多余呢?我认为这是杜甫的创造,他有意识放在中间。翁方纲认为,把"夫"放在第一句,不仅可以笼罩全篇,使一首古诗有气势,而且起到感叹的作用,加重语气。俞先生也有这样的意思。根据前人的意见,我认为加重语气,和下面的"如何"很有关系。杜诗中"如何"出现过两次,一是"岱宗夫如何",一是《送高三十五书记(适)》"美名人不及,佳句法如何"。杜诗中的"如何",不是疑问词,而是一个赞叹词,如果讲成疑问词,"佳句法如何"就成了挖苦。这句诗是说人好,诗写得更好。假如《望岳》里换一个其他的虚词,比如说"岱宗其如何",这不是不通,而是软了,没有力量了。用"岱宗彼如何",也不行。再用别的,"果如何"、"竟如何",哪个都不行。可见,杜甫在这个字上,确实下了一番工夫,思考这个"夫"的特点,不是说翁方纲钻牛角尖,而俞先生征引"夫何言哉"也不算过于牵强。杜甫把一个虚字放在句中,可以笼罩全篇,让全篇都受这一个字的影响,可见他是下了很大的工夫。陈贻焮在《杜甫评传》中认为《望岳》是杜甫的不朽之作,确实是好。换其他虚字,不如这个"夫"自然、妥帖。下面那个"如何",表示不但感叹,而且惊诧,所以我觉得杜诗既有功力,也有天才。这样平常的一句,仔细分析有这么多可讲,可见他不是随便写的。

第二点我要补充的是,那篇谈《望岳》的文章是早年写的,时至今日,我对这首诗的理解又有加深。我以前对第三句有点忽略了。"造化钟神秀",我总以为这句有点儿凑数。我以前讲此诗,认为杜甫胆子够大,八句五言只有三句是实写,即"阴阳割昏晓"、"荡胸生层云"、"决眦入归鸟"。"会当"两句是期望,开篇"岱宗夫如何"是发问,"齐鲁青未了"是宏观地写,而"造化钟神秀"也显得比较虚,我始终没有深刻地理解"造化"一句的佳妙。

这次我再读,才豁然有所悟。盖有了第三句才显出泰山的不平凡。它是说,大自然把最神奇突出的、最不平凡的、最秀美的东西都放在泰山上,使泰山成为让你天然就觉得了不起的东西。没有这个第三句,后面那些话就没力气。第一句、第二句,多少是虚写,看见远景"齐鲁青未了",开始有感性的认识,再过渡到四、五、六三句去,这是实际的感受,中间必须有第三句作铺垫,所以这一句很重要,说明了后面那些具体的感受。

望岳,是边望边向高处走,不是静止地在那里望。对于"阴阳割昏晓",我以前指出过仇注和其他的注欠妥,"山北为阴,山南为阳"本不错,但实际望山却又不能如此拘泥。假定从济南,由齐向鲁走,只能看见泰山的一面,是看不见另外一面的,连站在山顶都未必能看见"割昏晓",何况站在山的一面,如何能看见"割昏晓"呢?我突然联想到一个近在眼前的例子,可以拿来作旁证,这诗熟极了,就是王维的《终南山》:

> 太乙近天都,连山到海隅。
> 白云回望合,青霭入看无。
> 分野中峰变,阴晴众壑殊。
> 欲投人处宿,隔水问樵夫。

"太乙近天都,连山到海隅",这不正是"齐鲁青未了"吗?"白云回望合,青霭入看无",不正是"荡胸生层云"吗?"阴阳割昏晓"在王维的诗中就是"分野中峰变,阴晴众壑殊",分野是古代用天上二十八宿来看地上区域的格局,王勃《滕王阁序》"星分翼轸,地接衡庐",南昌在翼轸的分野里。王维说终南山太大,主峰是两个区域的分界。"阴晴众壑殊",就是"阴阳割昏晓"的最好注脚。山是高低起伏,有凹有凸的,接受到阳光的为阳,接受不到的为阴。在王维的视野里,众壑皆在眼前,有的是亮的,有的是暗的,而亮和暗在一个人的视觉里变化极快,这里是亮的,转过身去便是背阴,所以杜甫用了一个很厉害的字——"割"。我们设想他在登泰山时,光线忽明忽暗,变化极骤,刺激眼睛,所以诗人于岗峦起伏之间,感官也随光线产生了急剧变化。"荡胸"句仇注引王嗣奭"荡胸者,胸怀阔大",所解不免穿凿,这句是说登山渐高,云气层生,在人胸前回荡,如同逐渐走到云彩里。王诗是"白云回望合,青霭入看无",那是走到"青霭"中反而看不见"青霭"了。《论语》:"能近取譬,可谓仁之方也已。"这首诗我讲了不知道多少遍,可就是没联想到王维的诗。王诗没有"决眦入归鸟",这是写入山渐深,用尽目力追踪归鸟,直到最大限度。我就补充这三点。

陈贻焮引《孟子》"登东山而小鲁,登泰山而小天下"来讲最后一句,有人说杜甫不一定是用《孟子》的典故,因为他说"众山小",没有"小天下"的意思。我说这是诗,如果改成"会当凌绝顶,一览天下小",就不是诗了。"众山"不一定指泰山附近的山,而是说天下的山都比它小。

杜甫时刻在探索、钻研、实验。古诗可不可以当律诗来写?这诗是古诗,平仄也跟格律不相干,但他故意要把中间四句对仗起来,这就是创新。

奉赠韦左丞丈二十二韵
(天宝七载,长安)

纨袴不饿死,儒冠多误身。丈人试静听,贱子请具陈。甫昔少年日,早充观国宾。读书破万卷,下笔如有神。赋料扬雄敌,诗看子建亲。李邕求识面,王翰愿卜邻。自谓颇挺出,立登要路津。致君尧舜上,再使风俗淳。此意竟萧条,行歌非隐沦。骑驴十三载,旅食京华春。朝扣富儿门,暮随肥马尘。残杯与冷炙,到处潜悲辛。主上顷见征,欻然欲求伸。青冥却垂翅,蹭蹬无纵鳞。甚愧丈人厚,甚知丈人真。每于百僚上,猥诵佳句新。窃效贡公喜,难甘原宪贫。焉能心怏怏,只是走踆踆。今欲东入海,即将西去秦。尚怜终南山,回首清渭滨。常拟报一饭,况怀辞大臣。白鸥没浩荡,万里谁能驯?

此诗也是古诗,但向排律上靠,也是一种探索。杜甫有两句话"晚节渐于诗律细"、"语不惊人死不休"。"语不惊人死不休",不是说怪话,真正"语不惊人"的是李贺,有时写得让人不懂。杜甫的创新、探索不用荒诞怪僻来表现,所以《奉赠韦左丞丈二十二韵》中他自我肯定"读书破万卷,下笔如有神",这就不限于单纯的诗歌形式了,拿"岱宗夫如何"的"夫"、"阴阳割昏晓"的"割"来说,就是成功的尝试。他的"语不惊人"就体现在这些地方。

这首诗本是五古,写法上却向五排靠拢,也是一种尝试。《杜诗详注》卷一里有三首跟韦左丞有关系。韦左丞是韦济,开始在河南为地方官,后入朝为左丞,杜甫给他写诗,实即干谒。李白多干谒,杜甫不免求人汲引,韩愈也写过《三上宰相书》。干谒是唐朝的风气,不足为病。当时儒家指导思想就是人要做官,理想才能实现。当然,在历史上颜回、原宪是了不起的,魏晋南北朝还出了一个特立独行的陶渊明。可是这种人毕竟是凤毛麟角啊!

我在准备这首诗时,也看了另两首和韦济有关的诗,《赠韦左丞丈济》中有句云:"老骥思千里,饥鹰待一呼。君能微感激,亦足慰榛芜。"仇注说:"老骥,况己之衰。"实误。我认为"老骥思千里"是指对方。诗人的意思是,韦济老当益壮,应思更有作为,而"饥鹰待一呼"则是希望对方能提拔我。杜甫以鹰自比,无奈是"饥鹰"。李、杜的差别就在这儿,李白说自己是大鹏,杜甫说自己是饥鹰。《奉赠韦左丞丈二十二韵》中说得更可怜,李白从不这么说,但两人要表达的意思是一样的。李白老是"端着",杜甫要说自己可怜,是真可怜。李白说愁是"白发三千丈",杜甫说愁是"白头搔更短,浑欲不胜簪"。李白动辄说大话,什么"人生得意须尽欢",没钱了,就"五花马,千金裘,呼儿将出换美酒,与尔同销万古愁",而杜甫是"朝回日日典春衣"。都是典当,两人不同如此。《醉时歌》也是杜甫的风格。

《奉赠韦左丞丈二十二韵》二百二十字,是长诗,就得有章法。做文章、写诗都要有章法。谢灵运写景、写旅行的经过，往往有一个玄言的尾巴，有人认为这个尾巴不好。其实我认为，这是不太懂得诗的规律。当你深入现实的环境时，就必须写客观的事物；当离开现实的环境时，就适宜发表思想。举两个例子，杜甫《茅屋为秋风所破歌》里，那些富有人民性的思想，是睡不着觉时在那里想的，当他追赶抱茅而去的孩童时，匆忙慌迫，是不会去写思想如何的，等到睡不着时，才有议论和思想活动，因此议论必然在诗的末尾。同理，谢灵运游山玩水的时候，他必然写自然环境，那议论不放在结尾放在哪里？再举一个例子，韩愈《山石》开篇"山石荦确行径微，黄昏到寺蝙蝠飞"以下数句，是写在山寺看画等活动，第二天下山，在下山路上想"岂必拘束为人鞿"，有思想了，也是不能放在前面。所以批评谢灵运，要注意到写诗有潜在的规律。陶渊明《归园田居》前面写了一大段田园生活，最后才归结到"久在樊笼里，复得返自然"。乐府《长歌行》"青青园中葵，朝露待日晞。阳春布德泽，万物生光辉。常恐秋节至，焜黄华叶衰。百川东到海，何日复西归"，写的都是形象，最后才是"少壮不努力，老大徒伤悲"，主题在后面。如果只要这两句，前面全不要，那就不是诗了。没有前面，最后两句如何体现？

杜甫《奉赠韦左丞丈二十二韵》打破了这个格律，主题开篇就提出来。"纨袴不饿死，儒冠多误身"，一首诗的主题就在这里。这就叫"语不惊人死不休"。这就是杜甫的创造性。当年俞平伯先生讲诗，讲比兴，"日出东南隅，照我秦氏楼"（《陌上桑》），这是"兴"；"孔雀东南飞，五里一徘徊"（《孔雀东南飞》），这与后面焦仲卿、刘兰芝的事有什么关系呢？这也是"兴"，或者说"比兴"。一般来说，"比兴"多在开头。"关关雎鸠，在河之洲"，对于"窈窕淑女，君子好逑"来讲也是"兴"。这也是在前面，但也有在后面的，《木兰诗》的比兴就在后面，"雄兔脚扑朔，雌兔眼迷离，双兔傍地走，安能辨我是雄雌？"这就是创新，这个比兴放在后面才精彩。

"纨袴不饿死，儒冠多误身。"纨袴子弟受父祖余荫，饿不死。袴，多作"绔"，应该作"袴"。"丈人试静听"，不是叫丈人安安静静，不要讲话。《说文解字》："静，审也。"审，详细、仔细。静听就是谛听，白话即

"细听"。所以说,治文学宜略通小学。《夜宴左氏庄》:"林风纤月落,衣露静琴张。"或作"净",或作"静",这都是省略的写法,真正应该写"瀞"。"净"与"静"都是假借字,不是本字。本字是"瀞"。《老子》"清净无为",或作"清静无为",应该作"清瀞无为"。北大的张鸣同志问我,这琴到底弹没弹?这是杜甫留给人想象的余地,但"静琴"不是说这琴很干净,也不是说这琴很安静。这是指琴的音色,一定清脆悦耳。"静琴张"的"张"是说琴摆在那里,可以设想正在弹,或尚未弹,但音色一定很美。"淨"字最早不念"静",念"争"。除了"淨",还有"埩",见于《公羊传·闵公二年》,鲁国北门为"埩"。护城河为"淨",城谓之"埩"。所以"淨"是城名、水名。"埩"读仄声,本是动词,实际上就是"整",整治的"整"。安静的静,应作"靖"。丈人静听,即丈人细听。仇注引鲍照"主人且勿喧",不对,应引刘伶《酒德颂》"静听不闻雷霆之声"。静听,即是细听。《诗经》"静女其姝",这个"静"不是幽闲贞静、贤德之义,而是"靓",即美的意思。漂亮的女人长得真美。"静"还作"好","琴瑟在御,莫不静好"。《后汉书》里说王昭君"丰容靓饰"。所以治文学宜略通小学,不妨以诗证诗。"秦氏有好女",好女,美女也。"借问谁家姝",余冠英先生注《诗经》,释"好人"为善人,不确,应该是美人。

前四句是一个总纲,中间仇注说得很清楚,分四段。中间十二句说自己,又十二句是事与愿违。自己的抱负超出常人,但遇到了"骑驴十三载"的遭遇,"主上顷见征","欻"一般读"xū",这个字与"倏"同义。结果李林甫压制,野无遗贤,大家都上当受骗了。"观国宾",见于《易经·观卦》。"观",名词当读去声。秦观,字少游;陆游,字务观。当代人钱世明,认为秦观读平声,务观读去声。严格地讲,大观园,应读大guàn园。"早充观国宾",是说自己早年来长安,很露脸。"赋料",仇注注得不清楚,"料"名词读去声liào,动词读平声liáo。意思是,我自己琢磨赋可以和扬雄比肩。"自谓颇挺出,立登要路津",可是期望越高,失望越大。"致君尧舜上",这有两个讲法,一是使君王与尧舜一样;一是比喻贞观之治。尧舜之君如比唐太宗李世民,就是希望玄宗和太宗一样。

"此意竟萧条,行歌非隐沦","行歌",用《论语》"楚狂接舆"的典

故,用白话讲就是要饭的,边唱边行乞。我不是想隐居,而是没饭吃。"残杯与冷炙","炙"名词读 zhà,动词读 zhì。可是"青冥却垂翅,蹭蹬无纵鳞",后十二句说自己如何如何倒霉。

最后十六句,说到眼前,"甚愧丈人厚",感谢韦济在人前称道自己的诗作;"窃效贡公喜"用"弹冠相庆"的典故,你如今升官,我感到高兴,但我"难甘原宪贫"啊。杜诗的沉郁顿挫就在这儿。这样的环境,我不该心怏怏,但"只是走踆踆(cún)"。老太太下台阶把脚"踆"了,就是这个字。"今欲东入海",仇注引《庄子》,不确,而是《论语》孔子"道不行乘桴浮于海"。"去秦",离开秦地。仇注引李斯《谏逐客书》是对的,但没有引到点子上,当引"非秦者去,为客者逐"两句。《论语》云:"迟迟吾行也,去父母之邦也。"他舍不得走,但表达得很含蓄,说"尚怜终南山,回首清渭滨",我留恋终南山。"常拟报一饭,况怀辞大臣",一饭之恩尚且要相报,我总想报答你,何况还是辞别朝廷的大臣,表达不失身份。最后又把自己的尊严和身份表达出来,"白鸥没浩荡,万里谁能驯",我好像一只漂流无归的白鸥,尽管飞到万里之外,但我不是能被任何人驯服的。用《列子》"鸥鹭忘机"的典故。"舍南舍北皆春水,但见群鸥日日来"(《客至》),也是用此典。

杜诗把这些想法,说得委婉曲折,既表达了困境,也不失身份。杜甫与李白不同,李白是穷摆谱。我常打一个比喻,李白的诗不好学。李白真正是一个千年不遇的天才,好比一个歌者,天赋的好嗓子,愿意怎么唱就怎么唱,怎么唱都对,即使不搭调,也是好。李白的"牛渚西江夜",五律,一句对仗没有,可真是好诗,但不能照着学。学杜甫的人多,因为他讲究规矩、法则。拿京戏来比附,老生里的杨宝森虽然嗓子差些,也能唱出好味道来。尽管天赋不够,守着规矩去唱,照样可以。许多学习谭(鑫培)派的,嗓子都不好,像余叔岩、杨宝森嗓子皆如此,孟小冬是女的,情况不一样,杨宝忠嗓子也不好。但不能因为嗓子不好就不走这条道儿。言菊朋后来弄成了"扬州八怪"、"后现代",那就不行了。不过言菊朋虽然怪,但还是从规矩中出来的。标新勿立异。杜甫给人看的一面是法度、规范、圆满的结构和作诗的路数,中才之人照着学也能像诗。学李白则让人无从措手,太难了。

下面看几首律诗。

登兖州城楼
（开元二十五年，兖州）

东郡趋庭日，南楼纵目初。
浮云连海岱，平野入青徐。
孤嶂秦碑在，荒城鲁殿馀。
从来多古意，临眺独踌躇。

陈贻焮认为开元二十四五年杜甫父亲在兖州做司马，未有理由。仇注引张𬘭注云："考公作此诗时，年甫十五，而所作已如此，其得之天者，良不偶也。"张𬘭考证杜甫作此诗，才十五岁，也未交代理由。"趋庭日"必是杜甫的父亲在兖州做司马。年龄最大不超过二十四五岁。

我听俞平伯先生讲诗，他开宗明义第一首诗一定讲这一首，但他不像仇注引的各种说法，把此诗说得如何如何好，他认为这只是一首普通的五律，我同意他的说法。这就是一首普通的怀古诗，没有什么多深刻的内容。杜甫到夔州，饱经沧桑，他写了《白帝》（大历元年 白帝城）：

白帝城中云出门，白帝城下雨翻盆。
高江急峡雷霆斗，古木苍藤日月昏。
戎马不如归马逸，千家今有百家存。
哀哀寡妇诛求尽，恸哭秋原何处村。

前四句写景，很有气势，后四句很有思想，和《登兖州城楼》是不同的。仇注还说此诗与《登岳阳楼》接近，其实《登岳阳楼》要高得多。此诗有章法，有分寸。如把这些技巧性的东西抽出来，诗便四平八稳，没毛病，可也没什么突出的。按思想性来讲，人人都讲得出。俞先生说，你能说杜甫没有天才吗？二十岁写的诗如老吏断狱一般，完整、平稳、妥帖。一个用功学诗的人学几十年能达到这个水平已经不容易，可杜甫刚出道儿就到这个水平,俞先生说,他比别人早熟了二三十年。从内容上讲,这首诗比较空泛,换成登其他名胜古迹也可以。俞先生说,能写这种诗的才子不难得,初唐四杰、李贺都是才子,可是早死,李商隐活得也不长,但杜甫的成就远远超过了四杰、李贺、李商隐。像李贺的"才",怪诞,而杜甫的"才"是中正和平,通大路的。

依照我个人的兴趣,对《夜宴左氏庄》特别喜欢。

夜宴左氏庄
(约开元二十九年,齐赵间)

林风纤月落,衣露静琴张。
暗水流花径,春星带草堂。
检书烧烛短,看剑引杯长。
诗罢闻吴咏,扁舟意不忘。

"林风",《杜诗详注》本作"林风",他本多作"风林",究竟作哪个好?自然是"林风"好。盖"风林"风大,"林风"风小,此处风一定小。纤月本易落,诗人看着纤月落下去。言"落",其实是从未落写起。写诗要懂一点辩证法,比如《秦州杂诗》"抱叶寒蝉静"。如果蝉不叫,如何知道树上有蝉呢?蝉还叫,但气力渐微,逐渐不叫了。"归山独鸟迟",这鸟一定飞得特别快,时间虽晚,可鸟的速度是快的。诗词多有反语,这也是反语。范仲淹《苏幕遮》"夜夜除非,好梦留人睡",其实是夜夜无梦、无眠;"明月楼高休独倚",实际是曾经倚过楼。俞先生在课堂讲词,"一年灯火要人归"(姜夔《浣溪沙》"燕怯重云不肯啼"),正是此人归不得也。"一春须有忆人时"(周邦彦《浣溪沙》"雨过残红湿未飞"),"须有",其实是无有也。周邦彦"定有残英,待客携樽俎"(《琐窗寒》"暗柳啼鸦"),"定有",是未必有。李后主"梦里不知身是客,一晌贪欢"(《浪淘沙》),醒时如何呢?想必是不满。"小楼昨夜又东风",又到春天,"故国不堪回首月明中",故性命难保。如果换了阿斗,"此间乐,不思蜀",自是善终。苏轼"我欲乘风归去,又恐琼楼玉宇,高处不胜寒"(《水调歌头》),宋神宗认为他还是眷恋朝廷;而宋高宗看见辛弃疾的词"休去倚危阑,斜阳正在烟柳断肠处"(《摸鱼儿》),认为他对朝廷不满,可见当年的皇帝还是懂诗的。

　　回到《夜宴左氏庄》,这诗写夜景特别好,写幽静极了的环境。暗水,不见水而可闻其声。"带",就是《兰亭序》"又有清流激湍,映带左右"的"映带"。"带"如果换成"映",星光就太亮,把人的注意力都引向星星,而这里是写星光里草堂的轮廓,突出的是草堂。"检书"为作诗,"看剑"是欣赏宝剑。"诗罢闻吴咏,扁舟意不忘。"有人诗成,用吴语来吟咏。杜甫早年去过吴越,此时听见吴语吟诗,一是心里有了游兴,二是有了隐逸之思。苏轼说王维"诗中有画,画中有诗"。王维的诗是写自然景物,而杜甫此诗是写文人雅集。《韩熙载夜宴图》是名画,但画中无诗,只有豪华热闹,没有诗意,缺乏书卷气。杜甫才是诗中有画,我很欣赏此诗。

房兵曹胡马
(约开元二十八九年间,齐赵间)

　　胡马大宛名,锋棱瘦骨成。
　　竹批双耳峻,风入四蹄轻。
　　所向无空阔,真堪托死生。
　　骁腾有如此,万里可横行。

中国国产的马讲求膘肥体壮,胡马天生是瘦的。"竹批"是外形,"风入"写马奔跑之快,蹄如悬空。这样的马要上前线,"真堪托死生"。写马是写活物,不光要写外形,还应写内在的精神。"万里可横行"实是说人可横行。

画鹰
(创作时地不详)

　　素练风霜起,苍鹰画作殊。
　　㧐身思狡兔,侧目似愁胡。
　　绦镟光堪摘,轩楹势可呼。

何当击凡鸟，毛血洒平芜。

这是写静物。朱自清先生有文章《逼真与如画》，《房兵曹胡马》是如画，《画鹰》则是逼真。风霜似从画布上涌出，未画即已令人心动。画上的鹰仿佛要捕捉活兔。鹰眼绿，故云"似愁胡"。"胡"假借为"猢"。"绦镟"，是锁鹰的链子，发着光，仿佛真可以摘下来，"轩楹"，画上的鹰背靠柱子，一呼便可飞去。前诗写真马，写其精神。这是画，故写得越加逼真。

讲杜诗要以意逆志，"以意逆志"有两个讲法，一是以读者之意逆作者之志，这个讲法不对。读者之意难免主观，故要以文本所体现的作者之意，逆作者之志。所以必须有根据。先逆作者之意，然后知其为何如此写。"诗无达诂"，达者通也，不能用一个诂训，解所有的文本。这是强调诗的特殊性。

这次讲了六首，前两首是古诗，但老杜用了律诗的手法去写，《奉赠韦左丞丈二十二韵》更往排律上靠，都显示出创新色彩。后四首律诗，看出杜甫在早期律诗已经很成熟了。尤其《登兖州城楼》，二十岁左右就那么老练，太不同寻常了。当然，精彩的是《夜宴左氏庄》和《画鹰》、《房兵曹胡马》。《夜宴左氏庄》的前四句写宴前，有背景、环境，后四写宴后，诗题曰"宴"，但诗里一个"宴"字也没有，不涉及吃饭。整首诗都是文人雅集，写景有风、露、星、月，叙事有琴、书、剑、诗、酒，最后的"扁舟"句让人联想到归隐山林。诗的风格跟其他杜诗也不同，在工整之中有含蓄明快之美，潜气内转，用意精妙。《画鹰》和《房兵曹胡马》恰成比照，画的鹰倒逼真，而真的马却如画。画上的鹰似从纸上飞去，攻击凡鸟；真马则特意写出马的主人，所谓马万里横行者，实乃马主人横行，题目与诗意契合。

第二讲

长安苦寒谁独悲
杜陵野老骨欲折

饮中八仙歌
醉时歌
送郑十八虔贬台州司户伤其临老陷贼之故阙为面别情见于诗
奉赠王中允维
投简咸华两县诸子
同诸公登慈恩寺塔

第二讲　长安苦寒谁独悲　杜陵野老骨欲折

饮中八仙歌
（天宝间作，长安）

知章骑马似乘船，眼花落井水底眠。汝阳三斗始朝天，道逢曲车口流涎，恨不移封向酒泉。左相日兴费万钱，饮如长鲸吸百川，衔杯乐圣称避贤。宗之萧洒美少年，举觞白眼望青天，皎如玉树临风前。苏晋长斋绣佛前，醉中往往爱逃禅。李白一斗诗百篇，长安市上酒家眠。天子呼来不上船，自称臣是酒中仙。张旭三杯草圣传，脱帽露顶王公前，挥毫落纸如云烟。焦遂五斗方卓然，高谈雄辩惊四筵。

在杜甫集中，这样的体裁只出现一次，是杜甫一次创新的探索。七言古诗，句句押韵，最早相传是汉代的《柏梁台诗》。那是联句，诗本身没什么意思，各人说自己做什么官，干什么，从皇帝到大臣，带有一点儿诙谐，即俳谐的味道。杜甫此诗效仿柏梁体，但不是联句，是联章。写八个人，每人一段。所谓联章，就是这八个人可以有分有合，相对独立，主题是统一的。此诗我以前也听老先生讲过，有的老师说此诗描写八个酒鬼，这太表面化。我这次备课，重新思考。我没听俞平伯先生讲过此诗，浦江清先生也只是一带而过，都不认为此诗是杜甫的代表作。但是，它还是有创造性的。

我这次仔细一读，觉得它很大程度上体现了力求突破当时的所谓礼教、等级制（用现在的话讲）的想法。他故意要突破传统生活的规范法则。杜甫也表现了独立人格，自由的理念。更突出的是，他把唐代当时吹捧大人物的世俗陋习，给突破了，张扬个性。当然这也是杜甫的尝试,他以后再无这样的诗。有人说此诗有毛病,重韵之处不少,"眠"、"天"、"船"出现两次,"前"出现三次。不过请注意,重复的并不属于一个人的名下。分章分段,还可以通融。

老杜形容每一个人,用的句子的数目不同,李白四句,在李白前后,汝阳王李琎(卷一有一首排律赠他,即《赠特进汝阳王二十二韵》,汝阳除封王外,官职不小)、崔宗之、张旭是三句,左相,副宰相,指李适之,《唐书》记此人不怎么样,但杜甫对他有一定同情,因李是被宰相李林甫排挤走的。李适之也是三句。李氏有诗"避贤初罢相,乐圣且衔杯",他喝酒有牢骚。其余三个人只写两句:贺知章、焦遂、苏晋。八个人,或四句,或三句,或两句,看起来参差错落。但数量还是体现了质量,表现了对诸人的轻重看法。李白名望最大,但在当时长安的地位不高。虽然玄宗拜他为翰林供奉,但无实职。不过老杜写他最多,可知看重。

"知章骑马似乘船,眼花落井水底眠",老杜无一字无来历,仇注说"水底眠"是用典,这是夸张。贺知章是名士派儿,在朝很久,也选拔过人才,如李白即是他所推荐的,但贺本人究竟有多少建树,看不出来。不过是知名度很高的名士,所以这两句分量不太重。到下面就不一样了。"汝阳三斗始朝天,道逢曲车口流涎,恨不移封向酒泉",汝阳王官职不小,身份是仅次于皇帝的王,但"道逢曲车口流涎",这把大贵族形容得太寒碜。酒曲,是酒糟,酒成时就当垃圾拉走。而且他在长安,根据其本传,是有职有权,不是普通的王。但"恨不移封向酒泉"。相传酒泉是饮酒最方便的。司马昭问阮籍想任何官,阮说步兵校尉,因为官衙有大量好酒,上任喝完酒就辞官不做。汝阳觉得酒比他身份地位还重要,张扬个性比做官有地位、当贵族还重要。李适之在《唐书》中,不是特别清高的人,比张九龄、姚崇、宋璟都不如。"左相日兴废万钱","衔杯乐圣称避贤","圣"指高档酒,次一点的是"贤"。乐圣是爱喝好酒,这里有双关的意思。既然排挤我,我不干了,喝酒去了。崔宗之大概是很漂亮的,"皎如玉树临风前","玉树临风"典出《世说新语》,形容一个人有派头、仪表不凡。但他一喝酒,"举觞白眼望青天"。阮籍能做青白眼,是目中无人之状。这里面都带有张扬个性,轻视世俗等级的观念和陋习的成分。"苏晋长斋绣佛前",佛教有五戒:杀、盗、淫、妄、酒。但苏饮酒不守戒。宗教起到规范和拘束的作用,但苏晋敢于违反宗教的戒律。

接下去写李白,更是连天子也没有放在眼里,"天子呼来不上船",李白不仅仅傲视王侯,而且对天子,也似乎没有放在眼里,写出李白狂傲的个性。旧注穿凿附会,说"不上船"是不系衣服的袢,游国恩先生认为此说不足信。张旭、李白社会地位不高,但名望高,"张旭三杯草圣传",要紧的是"脱帽露顶王公前",不守礼法,那些王公大臣所以重视张旭,是因为他的书法高明,但张要饮酒而醉才写,"挥毫落纸如云烟",字写得真好,"脱帽露顶王公前"又带有藐视权贵的态度。"焦遂五斗方卓然,高谈雄辩惊四筵",以前正式的场合,是不宜于高谈阔论的,尤其是有身份地位的,唐代时礼节还是很讲究,郑重场合不能随便高谈阔论。焦遂所为也是突破礼法。印证于李白本人的诗"安能摧眉折腰事权贵,使我不得开心颜",也有相通之处。可见,《饮中八仙歌》表面是写八个嗜酒如命的人,但此八人都有突破世俗陈规陋习的愿望。杜甫所取的,是他们的生活态度,追求个性,而不是烂醉如泥。开元时代很开放,但这些人在相对宽松的环境里还要力图突破礼教之束缚,此正是杜甫写八仙歌的意图所在。

"饮中八仙"都是有身份、被上层社会接纳的人,尽管李白身份不是很高,但上层接纳他。真正心里有牢骚,社会地位又很低,没有王公贵族把他看在眼里的,其实是杜甫本人。

杜甫前半生最好的朋友是郑虔。对于郑虔,要看卷三的《醉时歌》:

醉时歌
(天宝十三载,长安)
诸公衮衮登台省,广文先生官独冷。
甲第纷纷厌粱肉,广文先生饭不足。
先生有道出羲皇,先生有才过屈宋。
德尊一代常坎坷,名垂万古知何用?

> 杜陵野客人更嗤,被褐短窄鬓如丝。
> 日籴太仓五升米,时赴郑老同襟期。
> 得钱即相觅,沽酒不复疑。
> 忘形到尔汝,痛饮真吾师。
> 清夜沉沉动春酌,灯前细雨檐花落。
> 但觉高歌有鬼神,焉知饿死填沟壑?
> 相如逸才亲涤器,子云识字终投阁。
> 先生早赋归去来,石田茅屋荒苍苔。
> 儒术于我何有哉,孔丘盗跖俱尘埃!
> 不须闻此意惨怆,生前相遇且衔杯。

根据仇注,此诗的写作已在天宝后期,郑虔已到广文馆,属于"低薪阶层"。郑虔的本事很大,诗书画三绝。杜甫一生写过许多描写画的诗,歌颂画家,但杜甫一生就佩服两个画家,前期是郑虔,后期是曹霸。杜甫晚年有"郑公粉绘随长夜,曹霸丹青已白头。天下何曾有山水,人间不解重骅骝。"(《存殁口号》)曹霸这样的人就是人中骅骝,可叹无人赏识,写得很沉痛,同时对郑的评价也相当高。《醉时歌》是一首七古,仇注和之前的人,对孔子之尊崇,到了要改杜诗的程度,主张要改"孔丘"为"尼父"。其实,杜甫这里要是还把孔子当圣人,就不会写这句话了。杜甫忠君爱国,肯定受儒家影响,"致君尧舜上",但他在诗中说出"孔丘",这才是真正的杜甫。不妨把《醉时歌》与《饮中八仙歌》对读。

　　此诗很感慨,第一段写郑虔,第二段写自己。郑虔待遇很低,"诸公衮衮登台省",都进入内阁了,享受高官厚禄。插一句,写此诗时,杜甫还没有发展到后来"穷年忧黎元"的程度。《自京赴奉先县咏怀五百字》的"默思失业徒,因念远戍卒",则又进了一步,此诗只就自己和郑虔来论。"甲第纷纷厌粱肉",汪少华写《古诗文词义训释十四讲》,驳斥将"朱门酒肉臭"之"臭"讲成"嗅",当"香"讲,认为就是"臭",不是《大学》"如恶恶臭"之"臭"。意思就是朱门酒肉腐败,然而我们可敬的广文先生却恰恰"饭不足"。"先生有道出羲皇,先生有才过屈宋",郑虔之道德、人品高出古之古人,羲皇不仅是今之古人,而且是古之古人。先生之才华超过屈原、宋玉。"德尊一代常坎轲,名垂万古知何用",人发牢骚要掷地做金石声,此处笔力千钧。

下面说到自己,"杜陵野客人更嗤,披褐短窄鬓如丝",窄,仄声,老杜头发年轻时就白了,每天领些救济粮,拿着米来找郑虔,"同襟期",是志同道合,我们的心怀是相同的。谁手里有了钱,就相聚,"痛饮"。我们两人不拘形迹。看起来奔放潇洒,实际很沉痛。杜甫用"痛饮"不止一次,他说李白"痛饮狂歌空度日,飞扬跋扈为谁雄"(《赠李白》),李、杜两人命运不好,放浪游荡,李白丹未炼成,比葛洪不如。两人整日喝酒混日子,李白饮酒之后,还是傲视一切,所以说"飞扬跋扈"。看上去批评,实际上很同情他。但你这样,谁又理会你呢?这与《八仙歌》不同,那是阔气的喝酒,"五花马,千金裘,呼儿将出换美酒"。这里是"日籴太仓五升米,时赴郑老同襟期"。《曲江二首》里说"酒债寻常行处有,人生七十古来稀",七尺为寻,八尺为常(另一说倍寻为常),意思是走不多远的酒店,就有自己欠的酒资,但"人生七十古来稀",虽然如此,还是喝吧。《八仙歌》中则是"日兴废万钱"。古人苦闷的时候离不开酒。

下面写饮酒情状,不是表面的情状,而是写两人喝酒的精神状态,"清夜沉沉动春酌",一直喝到半夜,但两人还在喝。"灯前细雨檐花落",有人认为当作"檐前细雨灯花落"。这是碰上缺乏文学细胞的人了。两者不能调,调过来没味儿了。有一次,一个学生来问我,说他们在中学讲欧阳修的《醉翁亭记》,有人提出其中"酿泉为酒,泉香而酒洌",不妥,应该改为"酒香而泉洌"。这就把欧阳修糟蹋了。泉本不香,因用泉酿酒,所以泉香;酒本不洌,因用泉水酿造,所以喝到嘴里很清洌。作诗要懂参差错综之美。饮酒之时,外面开始下雨,雨打花落,屋檐前飘落花瓣。这是描写一点动静、声音没有的环境。

下面"但觉"两句,又和"德尊"两句一样,都是用大力来写。就在我们开怀畅饮之时,"有鬼神",说我们的心可以和鬼神相通,我们自己可以脱离凡尘的名利的干扰。谁还考虑到有朝一日,我们会成为饿殍呢?这看上去夸张,但从杜、郑的实际生活来看,是真实的,杜甫就几次提到自己的儿子饿死。下面说我们也不用太抱怨,贤如司马相如,还当过跑堂的;扬雄学问大,识得许多稀奇古怪的字,但受到诽谤,怕受辱,正在天禄阁校书,听到官吏来抓他,就投阁寻死。我们的命运又该如何呢?

"先生早赋归去来,石田茅屋荒苍苔",我的讲法与旧注不同,仇注认为是希望郑早日归隐,如果早日归隐,也不至于陷于安禄山伪朝。我认为,杜甫说自己也未尝不想劝郑虔早日归隐,但他穷得家里地也没的可耕,是石田。茅屋很破旧,长着青苔,回家也是挨饿。到此,杜甫是沉不住气了,"儒术于我何有哉",我们读书一辈子,又能怎样呢?真心痛!"孔丘盗跖俱尘埃",这话表面上很尖锐,实际上很沉痛、很无奈。诗要结尾了,语气要缓和,"不须闻此意惨怆,生前相遇且衔杯"。

喝酒的背景不同,生活不同,遭遇不同。安史之乱中,郑虔、王维等都没有逃走,郑虔因为接受了一个伪职,后来就被贬。我常想,抗战八年,很多人留在北京、天津。现在不少人替周作人辩护,但当汉奸这事,究竟是差了点儿。我最近看见一个故事,说上海出版界和有关研究现代文学的人,曾在俞平老生前去见他,请他写《知堂回忆录》,俞先生正颜厉色地说"我不写",当时那两人很尴尬。后来,俞老外孙韦奈解释说,俞老经过多次政治运动沧桑,"文革"后厌倦了,不想说话了。我跟了俞老四十五年,最后几次我去看俞先生,就是他做九十大寿以前,每一次他说的话,不客气讲,都带有遗嘱性质。他说,你是我的学生,你要替我说几件事情,第一,我不是单纯的红学家;第二,我不是追随周作人学晚明小品的。俞先生其实对周二先生很关切。周二先生关在国民党的监狱里,他和张奚若等好多人一起联名给胡适写信,请国民党保释周作人。文革当中,我三次去看俞先生,第一次,他被扣在文研所不让回家,只有师母在家,我安慰了师母半天。我从老君堂的房子出来,小孩冲我扔砖头、吐唾沫。第二次,俞先生能回家了,他让我上屋里去,说有些事情你师母不知道,我跟你说,对我谈了在所里如何如何受罪,然后问我是否知道周先生的情况。我跟他说,我可以冒着风险来看先生,但实在没有胆子去八道湾儿看周二先生。第三次去,俞先生和师母去河南下乡。这些我都写在书里,足以证明俞先生惦记老师。俞先生是我的老师,也是我的榜样。俞先生对他的老师周二先生很尊重,周先生写的《八十寿诗》,俞先生就贴在墙上,根本不避讳。抗战期间,周作人在伪北大做文学院院长,后来又做教育总署的督办,俞先生当时穷得没饭吃,家里上有老,下有小,但就是不去伪北大教书。他公与私的界线划得很清楚,他进伪北大易如反掌,钱稻孙、周作人都是他熟人,关系都不错,但他宁可挨饿。后来在伪北大任职的人待不住了,郑骞去了台湾,容庚去了中山大学。别人的是非不管,俞先生自己在大是大非面前决不往前再跨一步。他去了中国大学教书,工资极低。当时很多人去中国大学教书,因为何其巩是国民党线上的。俞先生告诉我,这条线不能跨越,私交归私交。我去看周二先生也很恭敬,因为我是俞先生的学生,他就是太老师一辈的,有事请教,跟他商量,日久也熟,但对政治始终一字不提。所以俞先生不写回忆录。我的态度跟我的老师一样,汉奸就是汉奸。

回到杜诗,郑虔告老回家也走不了,两相比较,就看出杜甫的可贵,他当时也是沦陷在长安,但他千方百计向西北跑,在凤翔见到天子。所以他尽管同情郑虔,但他的做法和郑不同,也可能他当时没做官,或安禄山没注意到他。他千辛万苦要投奔皇帝。肃宗回来,所有任伪职的人都被处分,郑虔所受的贬谪是最大的,不但贬官,而且发配到浙江台州。后来,杜甫在郑发配的时候没去送行,做了一首诗,《送郑十八虔贬台州司户伤其临老陷贼之故阙为面别情见于诗》:

（至德二载 长安）
郑公樗散鬓如丝,酒后常称老画师。
万里伤心严谴日,百年垂死中兴时。
苍惶已就长途往,邂逅无端出饯迟。
便与先生应永诀,九重泉路尽交期。

杜甫不是有事没去,我估计是心里太难过,所以没去。"情见于诗",就是我的感情都在诗里。杜甫诗中最闪光的,《兵车行》、《自奉先县咏怀五百字》、"三吏"、"三别"都好,但我认为他最闪光的是这首七律,还有《赠卫八处士》。人情味儿最重,但很多人选诗不选这一首,因为它没有什么文采。诗写得直截了当,"郑公樗散鬓如丝",樗,是一种不成材的树,这句是说他身体坏到要散架了,头发也白了。三、四两句太好了,"万里伤心严谴日,百年垂死中兴时",对郑的处分太过了,他此去不会再回来了。"中",读去声,现在正是朝廷恢复的时候,国家转弱为强的时候,这时把郑远贬,怎么一点宽容的意思都没有呢?"苍惶已就长途往",走的时候很匆忙;"邂逅无端出饯迟",我应该给他饯行,但没去。"便与先生应永诀",现在生离死别,我们在九泉之下再重逢。杜甫对朝廷处理郑虔的方式是不满的。

再看王维,他也没走,但名气比郑大,地位更高。开元、天宝时候,他和权贵结交很多,他的弟弟后来做宰相,他本人也不穷,在玄宗时,在辋川就有别墅。但王维也投降了,当然做出一些表示,如嗓子哑了,写了一首《凝碧池》的诗表明心志。后来肃宗赦免了他,命他为中允,是辅佐太子的官。这与郑虔远贬台州回不来,大不一样。所以我就联想,同样沦陷长安,三个人三个表现,杜甫千方百计逃;郑虔任伪职,后来被发配;王维也是没走,我觉得王维有些"作秀"。杜甫给王维的诗《奉赠王中允维》(乾元元年,长安):

> 中允声名久,如今契阔深。
> 共传收庾信,不比得陈琳。
> 一病缘明主,三年独此心。
> 穷愁应有作,试诵《白头吟》。

以往大家都认为这是为王维抱不平,后来我认为诗中用的典故有点不合适。"中允声名久",你大名鼎鼎,如今我们久未见面,消息隔绝。"共传收庾信",这句仇注注得还不确切,梁简文帝派庾信带兵,结果兵败,庾信无奈只好投奔江陵梁元帝,梁元帝又派庾信出使北周,此时梁亡,回不去了,只好在北周做官。这里用庾信的典故,王维是被安禄山扣下,安是叛国的军阀,用他来比北周皇帝、梁元帝,都不太准确。杜甫用这个典故,将王维比庾信,背景似乎不太合适。陈琳原本是袁绍的部下,写檄文骂曹操,后来又被曹操收为部下。王维可以比陈琳,但安禄山也比不了曹操。"一病缘明主,三年独此心",王维装病,表明他仍相信唐朝皇帝,肃宗也因此赦免了他,后一句说他这几年也不容易。"穷愁应有作,试诵《白头吟》",现在倒霉,也应写作品,《白头吟》是司马相如抛弃了卓文君,卓文君做《白头吟》和他决绝。杜甫让王维《念<白头吟》》,我总觉得这里有讽刺,卓文君责备司马相如移心,让王念白头吟》,是说王之降是不得已,还是唐朝有亏欠于他呢?说好听是不沾边,说得不好听是有点挖苦。对此我也没有定论,过去没人说此诗有讥讽,说是为王维辩白了。但我认为,这诗至少是不如杜甫给郑虔的"万里伤心严谴日,百年垂死中兴时",那是什么感情!我介绍出来,就是请大家都思考思考,我也不下结论。

下面看一首《投简咸华两县诸子》(天宝十一载,长安):

赤县官曹拥才杰,软裘快马当冰雪。长安苦寒谁独悲,杜陵野老骨欲折。南山豆苗早荒秽,青门瓜地新冻裂。乡里儿童项领成,朝廷故旧礼数绝。自然弃掷与时异,况乃疏顽临事拙。饥卧动即向一旬,敝衣何啻联百结。君不见空墙日色晚,此老无声泪垂血。

这表达了和《醉时歌》同样的内容,杜甫给咸、华两县的人写了这么一首诗。当时杜甫参加了一次考试,咸、华两县诸子与考试有关系,或为评判试卷的人,或与之有关,杜甫给他们写了一首公开诗。"赤县官曹拥才杰,软裘快马当冰雪。长安苦寒谁独悲,杜陵野老骨欲折。"帝都官曹都是了不起的人物,大冷天轻裘快马在冰雪中走,而我都快要冻死了。"南山豆苗早荒秽,青门瓜地新冻裂",说是写实,也是比兴。"南山豆苗早荒秽"用《汉书·杨恽传》的典故,杨作了一首诗,"田彼南山,芜秽不治。种一顷豆,落而为萁。人生行乐耳,须富贵何时"。意思是我在朝廷里推荐了一些人,结果这些人都是无耻小人,就像《离骚》里讲的:"余既滋兰之九畹兮,又树蕙之百亩",结果都变成恶草,所谓"薋菉葹以盈室兮"。"青门瓜地新冻裂",秦朝亡了,邵平隐居咸阳东门之外种瓜:我倒霉透了,种豆不收,种瓜地裂。"乡里儿童项领成",就是"同学少年多不贱",当时在我看来是孩子的人,现在都升官发财,一个个脖子都直了。"朝廷故旧礼数绝",父亲过去在朝为官,朝中也并非没有故旧,只要为我说一两句话,也不至于到今天,但这些故旧跟我没有来往了。"自然弃掷与时异",我这样的人自然会被时代抛弃,更何况我自己不会做人,处事太笨。结果自己动不动就十天半个月没饭吃,破衣满是补丁。住的破房子,"环堵萧然,不蔽风日",自己都哭出血来了,可是又有谁怜念呢?这与《醉时歌》可以对照看,杜甫的处境一直就是这么倒霉。

这里附带讲一下《同诸公登慈恩寺塔》(天宝十载后,安禄山陷长安前,长安):

高标跨苍穹,烈风无时休。自非旷士怀,登兹翻百忧。方知象教力,足可追冥搜。仰穿龙蛇窟,始出枝撑幽。七星在北户,河汉声西流。羲和鞭白日,少昊行清秋。秦山忽破碎,泾渭不可求。俯视但一气,焉能辨皇州?回首叫虞舜,苍梧云正愁。惜哉瑶池饮,日晏昆仑丘。黄鹄去不息,哀鸣何所投?君看随阳雁,各有稻粱谋。

登慈恩寺塔,其他人也有诗,岑参的收在《唐诗三百首》里。岑诗就塔言塔,最后说佛教是让人超脱了,登塔之后,我也不想做官了,希望隐居。杜甫这首诗有很强的预见性,可以与下次要讲的《丽人行》对照来读。《丽人行》是讽刺后妃、外戚,写得温柔敦厚,用宫体诗的笔法,很含蓄。此诗写于安史之乱前,游览名胜,但杜甫一上塔便全是牢骚。

"高标跨苍穹",几何图形中,垂直线最高的称为标,"标竿"一词保留古义,很长的竿子,顶端挂着奖品,比赛时,先胜的人,获得那个奖品。夺锦标,即是标竿上挂着作为奖品的丝织品。标准,标是几何上的垂直线,准是几何上的水平线,标准即是坐标。"高标"是说塔很高,高得跨在天上。"烈风无时休",这里也有比兴。诗中都是忧,忧的是安史之乱。这我才知道佛教有它的力量,"冥搜"是人们发现不了的地方,利用塔的高度可以找到。佛教可以帮你看到平时看不到的地方。

登塔时,穿过曲折之处,才走出幽深的木架子。从塔中支架盘旋着向上。在塔上观天象,北见七星,西见河汉。当时大概是初秋的时候,少昊行令。秦山指终南山或秦岭。登高下望,山四分五裂,意思是我们的版图不太完整;清的泾水、浊的渭水,分不清了。"俯视但一气",长安城难以分辨在哪里,意思是皇都或许要沦陷了。"回首"一句,《孟子》"舜往于野,号泣于旻天"。舜南巡死在苍梧。《礼记·檀弓》:"舜葬于苍梧之野。"这里用《楚辞》"跪夫衽以陈辞兮"。意思是,你回来吧,你要死在那里了,你流连忘返,就像周穆王流连西王母瑶池之宴。这说的是玄宗在华清宫饮酒行乐。"黄鹄去不息,哀鸣何所投?"有人看出局势不对,但无处可去。黄鹄即天鹅,毕竟天鹅是少数,那些找饭碗的人是多数,他们没什么眼光远见,想的是为自己找饭碗而已。杜甫说我已经看出局势不对,但现在这些人还在醉生梦死。没有多久,安史之乱爆发。所以说,此诗体现了很强的预见性。关于杜甫在天宝之乱以前的创作,就讲以上几首诗,他的爱国与忧国不是抽象的,而是有具体的作品摆在这里。

第三讲

边庭流血成海水

武皇开边意未已

兵车行
前出塞九首
后出塞五首
丽人行

第三讲　边庭流血成海水　武皇开边意未已

兵车行
（天宝年间，长安）

　　车辚辚，马萧萧，行人弓箭各在腰。耶娘妻子走相送，尘埃不见咸阳桥。牵衣顿足拦道哭，哭声直上干云霄。道旁过者问行人，行人但云点行频。或从十五北防河，便至四十西营田。去时里正与裹头，归来头白还戍边。边庭流血成海水，武皇开边意未已。君不闻，汉家山东二百州，千村万落生荆杞。纵有健妇把锄犁，禾生陇亩无东西。况复秦兵耐苦战，被驱不异犬与鸡。长者虽有问，役夫敢伸恨？且如今年冬，未休关西卒。县官急索租，租税从何出？信知生男恶，反是生女好。生女犹得嫁比邻，生男埋没随百草。君不见，青海头，古来白骨无人收。新鬼烦冤旧鬼哭，天阴雨湿声啾啾。

这次的重点是《兵车行》和《丽人行》，两篇都是拟乐府。乐府诗发展到唐代，除了用乐府古题写诗外，还产生了拟乐府，到白居易就成了新乐府。拟乐府和新乐府的特点是不能唱。过去的乐府诗是能唱的，唐代即使用乐府古题，也不入乐了。歌行的行，这个字可念行（xíng），也可念行（háng）。通过拟乐府就出现了大量的七言古诗。七言古诗虽然名义上叫古诗，实际是唐代一个新的创作。六朝作家鲍照有七言诗，庾信的一些赋，也是七言句。到唐代大量七言诗出现，是创新，是新体。以前讲唐诗的人，提出这是唐人新开辟的一个战场。七言诗大行之后，还有一个情况，就是七言诗中有杂言，比如有五言的句子，这也是乐府体的特点。这是从北朝开始的。《木兰诗》，我认为是北朝的作品,古人今人很多都认为是唐人的作品,名词、句法是唐人的。我不同意,恰好相反,是先有《木兰诗》这样五、七言错杂的做法,唐代才有杂言加入七言。后来诗歌分体有一种情况不科学,一首诗无一句为七言却算七言古诗。陈子昂《登幽州台歌》没有一句七言,"前不见古人,后不见来者。念天地之悠悠,独怆然而涕下。"但被算成七言诗。甚至有人说此诗不押韵,其实"者"读 zhǎ,下,读上声 xiǎ。它实际上是杂言,句式可以参差。

歌行体到盛唐很普遍,不但李、杜有大量歌行体,高适、岑参都有,很有活力。《兵车行》就是一个实际的拟乐府的例子。

"车辚辚,马萧萧,行人弓箭各在腰。耶娘妻子走相送,尘埃不见咸阳桥。牵衣顿足拦道哭,哭声直上干云霄。"诗至此算一个段落,是客观描写。杜甫用现成语,"辚辚"、"萧萧"都是出于《诗经》。诗经为四言,杜甫省掉一字,变成两个三言,如果是四言,就是"车声辚辚"、"马鸣萧萧"。这个地方省一个字,节奏就加快了,不是一匹马、一辆车,而有乱哄哄、乱糟糟、热闹极了的意思。"车辚辚,马萧萧,行人弓箭各在腰"读起来像快板。场面变了,气氛也变了。这里岔开一句,《后出塞》"马鸣风萧萧",李白"挥手自兹去,萧萧班马鸣",这三个"萧萧"意境、训诂上有什么不同?李白诗充满了感情,"班马"始见于《左传》,班,别也。夜间行军,马互相之间不得见,靠马鸣以使马群不会走散。李白此诗好在"班马鸣",两人依依惜别,连马也彼此舍不得分别,萧萧而鸣。《后出塞》之"马鸣风萧萧",是风"萧萧"。马一鸣,风与树都受影响。《易水歌》"风萧萧兮易水寒",在风萧萧的环境里,马也叫,就有悲壮、苍凉的气氛。同是唐诗,同用"萧萧",很不一样。

《兵车行》政治性很强,就是反战。这样类型的诗,杜甫写了只一首,就不写了。类似的题材还有,但写法不同,《前出塞》、《后出塞》,与"三吏"、"三别"有关系。《丽人行》辞藻华丽,有宫体意味,但也就这一首。以后再写,就是"绝代有佳人,幽居在空谷"(《佳人》)。《饮中八仙歌》也是只此一首。福楼拜说,第一个把女性比成花的是天才,第二个就是蠢材。杜甫利用创新的手法,写过一首作品,往往就不再写了。

这首诗的特殊之处在于,杜甫自己没有站出来说话,通过"兵"和诗人对话，发牢骚，更亲切，比诗人替被征的兵抱不平，表现力更强。"长者虽有问，役夫敢伸恨？"以不敢发牢骚来写牢骚。前、后出塞也是通过那个兵来直接说，这比作者自己说更亲切，更逼真。从军者全是脱离了土地被征到军队里，到远地打仗的农民，一般都是有去无还。这是安史之乱前的作品，杜甫有很强的预见性。诗中涉及内地的广大农村。诗中与杜甫对话的人，是被征兵的人。

"去时里正与裹头，归来头白还戍边"，这就是"三别"中的《无家别》、《垂老别》。"点行频"，是说不只一次。"或从十五北防河，便至四十西营田"。被征发的人，其中年纪小的只有十五岁，这两句是错综句，"或从十五北防河"之人，是"去时里正与裹头"；"便至四十西营田"之人，是"归来头白还戍边"。"武皇"开边两句，很沉痛，"开边"是开拓自己的疆土，侵略别人。杜甫是反侵略的，是反战的。

士兵都是农民，所以涉及生产问题。"君不闻，汉家山东二百州，千村万落生荆杞。纵有健妇把锄犁，禾生陇亩无东西。"土地荒芜，妇女没有耕种经验，所以地荒了。"况复秦兵耐苦战，被驱不异犬与鸡。"秦兵战斗力很强，但受到的待遇是鸡狗不如。土地荒芜，粮草跟不上，就影响前方的战争。诸葛亮所以六出祁山不成功，就是因为后方补给跟不上。

有的注解认为此诗是指公元751年征伐云南，我认为此诗不要局限在某一次战争、战役。县官，指政府。大到天子可以称县官，小到地方官也称县官。打仗要粮食接济，所以"急索租"。但没有收成，上哪里收粮食呢？接下来，借征夫之口，说出一个悖于当时常情的话"信知生男恶，反是生女好"。

"君不见，青海头，古来白骨无人收。新鬼烦冤旧鬼哭，天阴雨湿声啾啾。"俞平老在课上讲，为什么前面用"君不闻"，而这里用"君不见"？"千村万落生荆杞"应该是眼见，而"天阴雨湿声啾啾"应该是听闻所得。仇注里有前人的各种解释。我们归纳今古人意见，"千村万落生荆杞"不只长安附近，范围很广，一个农民无法全部目睹，只凭消息听说；"君不见"则是战士表示自己亲眼得见，不要以为是我夸大的话。不光一次战争，一代战争的战骨，而是从古以来的战骨。杜甫的

反战不限于某一次战争,有广泛的普遍意义。引发他的是这一次亲眼所见的征兵,但内容有普遍性。读诗不能只了解表面,要了解深一层的意思。

前出塞九首
(天宝年间,长安)

戚戚去故里,悠悠赴交河。公家有程期,亡命婴祸罗。君已富土境,开边一何多。弃绝父母恩,吞声行负戈。

出门日已远,不受徒旅欺。骨肉恩岂断,男儿死无时。走马脱辔头,手中挑青丝。捷下万仞冈,俯身试搴旗。

磨刀呜咽水,水赤刃伤手。欲轻肠断声,心绪乱已久。丈夫誓许国,愤惋复何有。功名图麒麟,战骨当速朽。

送徒既有长,远戍亦有身。生死向前去,不劳吏怒嗔。路逢相识人,附书与六亲。哀哉两决绝,不复同苦辛。

迢迢万里馀,领我赴三军。军中异苦乐,主将宁尽闻。隔河见胡骑,倏忽数百群。我始为奴仆,几时树功勋。

挽弓当挽强,用箭当用长。射人先射马,擒贼先擒王。杀人亦有限,列国自有疆。苟能制侵陵,岂在多杀伤。

驱马天雨雪,军行入高山。径危抱寒石,指落曾冰间。已去汉月远,何时筑城还?浮云暮南征,可望不可攀。

单于寇我垒,百里风尘昏。雄剑四五动,彼军为我奔。虏其名王归,系颈授辕门。潜身备行列,一胜何足论。

从军十年馀,能无分寸功。众人贵苟得,欲语羞雷同。中原有斗争,况在狄与戎。丈夫四方志,安可辞固穷。

后出塞五首(天宝十四载,长安)

男儿生世间,及壮当封侯。战伐有功业,焉能守旧丘。召募赴蓟门,军动不可留。千金装马鞭,百金装刀头。闾里送我行,亲戚拥道周。斑白居上列,酒酣进庶羞。少年别有赠,含笑看吴钩。

朝进东门营,暮上河阳桥。落日照大旗,马鸣风萧萧。平沙列万幕,部伍各见招。中天悬明月,令严夜寂寥。悲笳数声动,壮士惨不骄。借问大将谁,恐是霍嫖姚。

古人重守边,今人重高勋。岂知英雄主,出师亘长云。六合已一家,四夷且孤军。遂使貔虎士,奋身勇所闻。拔剑击大荒,日收胡马群。誓开玄冥北,持以奉吾君。

献凯日继踵,两蕃静无虞。渔阳豪侠地,击鼓吹笙竽。云帆转辽海,粳稻来东吴。越罗与楚练,照耀舆台躯。主将位益崇,气骄凌上都。边人不敢议,议者死路衢。

我本良家子,出师亦多门。将骄益愁思,身贵不足论。跃马二十年,恐孤明主恩。坐见幽州骑,长驱河洛昏。中夜间道归,故里但空村。恶名幸脱免,穷老无儿孙。

《前出塞》是安史之乱前的诗,《后出塞》则已经面临安史之乱;《前出塞》的主人公是一个普通士兵,《后出塞》的主人公则是一个有身份、有地位、家里有背景的人,出门时信心很足,是个武官,说是从军,其实是去当官。故《后出塞》第一首,"含笑看吴钩",是期望出去身份提高,对前途充满希望,口气也不一样。

《前出塞》第一首写了一个不情愿、被迫的士兵。"戚戚去故里,悠悠赴交河。公家有程期,亡命婴祸罗",公家限期报到,耽误了期限就犯罪了。"君已富土境,开边一何多",这样的开边之战,为什么要打呢?"弃绝父母恩,吞声行负戈",是被动的,想亡命都不行。后面四句,当兵的思想未必有这么深刻,是作者借这个被征者说的。

第二首,"出门日已远,不受徒旅欺",年轻的孩子出门,没有阅历和经验,受人欺负。出门日子长了,有经验和阅历了,别人不敢欺负了。"骨肉恩岂断,男儿死无时",是说自己还是想家。打仗死的几率比生的几率大多了,说不定什么时候就完了。因此,豁出去了,"走马脱辔头,手中挑青丝。捷下万仞冈,俯身试搴旗"。有人讲,此四句写这个战士多么勇敢,实则不是勇敢,而是豁出去了。不抓缰绳,马上拔旗。明知必死,所以是豁出去了。

第三首,一边磨刀,一边想家,不知不觉中把手割破了,伤了手也

不愿意哭。他不是因为伤手而哭,而是想念家人而哭,写心思既细腻又深刻。"丈夫誓许国,愤惋复何有",将来打了胜仗,那些将军才会名标麒麟,而我们这些士兵,活该速朽,谁拿我们当人呢?

第四首我有一个讲法,有点与众不同,说出来和大家商量。"送徒既有长,远戍亦有身",征兵时,有带队的;远戍,戍守边疆,"亦有身"的"身"不是身体的"身",是身份证的"身",唐代当官的都有"身",颜真卿有《自书告身帖》。士兵有花名册,身上要有身份的证明、证件,死了也可以验明正身。讲成身体的"身",意思是有命一条,这不妥当。我这样讲有一点离经叛道。我会拼命杀敌,不用呵斥我。"路逢相识人,附书与六亲",杜甫没有现实生活,写不出来,他真能表现。家里很穷,生活不好,我请父母多原谅,此去死活难定。要是能回家"同苦辛",还是幸福,你们不要再想着我。我不能和你们一起受罪,这比说和家人一起享福要沉痛得多。

第五首,"迢迢万里馀,领我赴三军。军中异苦乐,主将宁尽闻",上层军官并无性命之忧,普通士兵生活困苦,有生命危险。对面的敌人来得很多,不是"数百人",而是"数百群"。我不过是一个底层的人,普通一卒,什么时候能树功勋呢?

这五首已经够沉痛,第六首,作者直接站出来发表议论,打仗武器要厉害,"射人先射马"这是战术,"擒贼先擒王"意思是谁发动了战争,谁就是真正的罪魁祸首。"杀人亦有限",指杀人应该有一个限度,不能无限杀人。"立国亦有疆",不能侵占别人的土地。如果能把侵略制止了,又岂在多杀伤?开疆拓土,从汉武帝、唐明皇,到康、雍、乾都有这个问题。这是典型的人道主义。

第七、八、九首近于绝望。到前线,有许多自然条件的限制,"层冰"是很厚的冰。月亮不是故乡的月亮,何时能筑城撤兵呢?刮西北风时,云向南飘,感叹浮云还能向南回到故乡,自己连浮云还不如。最后写了打胜仗,"单于寇我垒",敌人打退了,贼首也被俘虏。这是好事儿,但我是行列中一个小兵,只有主帅立功,打胜仗没我们什么事儿。十几年过去了,没功劳还有苦劳,可是有的人争功。"众人贵苟得,欲语羞雷同",我虽然也想表白,但羞于跟争功者为伍,算了吧!"中原有斗争",内部还没有平定,何况边疆,大丈夫志在四方,倒霉就倒霉吧。牢骚话讲得大方。是说我既升不了官,也发不了财。

全诗写一个普通的士兵,从出征到打胜仗,到最后不争功,一辈子倒霉。这九首写得够深刻,中心思想就是"挽弓当挽强"一首,生命不能当儿戏,但主帅却拿士兵的生命当儿戏。

《后出塞》这组诗一开头就不一样,信心十足,要出去干一番事业。"召募赴蓟门,军动不可留",部队要出发,不能停留。"千金装马鞭,百金装刀头。闾里送我行,亲戚拥道周。"亲人相送景象,光荣出征,亲戚朋友欢送。"斑白居上列,酒酣进庶羞。"摆宴席相送,年辈高的人坐在上座。同龄之人,以宝刀吴钩相赠,很是得意。

第二首心情有些悲凉。霍去病固然是勇将,但他所以能统兵,可是靠了裙带关系。

第三首,古人重守边,不许敌人侵犯。今人重高勋,是要靠打别人,开疆拓土。这里对"英主"是有微词的,猜不透那个英主是如何想的。他是为了占领别人的土地,杀敌立功,出人头地。大唐天下稳固,四夷已经是孤军。千军万马围攻一个部落,何苦呢?当官的每天都有战果,"誓开玄冥北",一定要把荒无人烟之地占领来,为统治者增光。这就是"开边意未已"的意思。

第四首,打了胜仗,捷报一个个传到都城。实际上边疆已经都平静了。"渔阳豪侠地"两句,军队奏乐,表示庆功。队伍要坐船往辽东去。队伍越远,粮食也运得越远。主将还有赏赐,"舆台"是运东西的兵。绸缎把这些士兵都照亮了。主将的气焰更厉害。"边人不敢议",老百姓不敢言。都说白居易的新乐府"卒章显志",其实这句杜诗就是"卒章显志"。安、史就是当时的主将,后来造反了。

最后一首,"我本良家子",多少次战役我都参加了。主将喜怒不可测,我就是身份提高了也不值一提,算不了什么。当了不少年兵,本身也是带兵的。"辜负"古人写作"孤负"。我惟恐辜负皇帝的恩宠,但现在无法在军队中待下去,所以中夜逃走。回到家乡,"故里但空村",家中已经没有人了。二十年后归来,自己穷老无儿孙。这组诗从一个军官,一个有雄心壮志的人的角度来写,最后穷老无儿孙,这就是《无

家别》、《垂老别》。

前后出塞联系起来看,主题很鲜明,是组诗,与《兵车行》一首诗,艺术上各有千秋。总的思想是不要去侵略别人。

丽人行
(天宝十二载,长安)

三月三日天气新,长安水边多丽人。
态浓意远淑且真,肌理细腻骨肉匀。
绣罗衣裳照暮春,蹙金孔雀银麒麟。
头上何所有,翠微㔉叶垂鬓唇。
背后何所见,珠压腰衱稳称身。
就中云幕椒房亲,赐名大国虢与秦。
紫驼之峰出翠釜,水精之盘行素鳞。
犀箸厌饫久未下,鸾刀缕切空纷纶。
黄门飞鞚不动尘,御厨络绎送八珍。
箫管哀吟感鬼神,宾从杂遝实要津。
后来鞍马何逡巡,当轩下马入锦茵。
杨花雪落覆白蘋,青鸟飞去衔红巾。
炙手可热势绝伦,慎莫近前丞相瞋。

杜甫从来不写漂亮词句,此诗却写了华丽、雍容华贵的场面。我最近备课,发现这首诗有一个鲜明特点,实际上诗中的漂亮妇女全是陪衬,主要人物不是这些女性。

诗中的女性浓妆艳抹,很神气,"肌理细腻骨肉匀"一句就是宫体诗,写外表,连皮肤、身段都漂亮。"绣罗衣裳照暮春",衣服也是贵族的衣裳,孔雀密密地绣在一起。头上的装饰,一直垂到两侧。衱,这是指束腰,掐出线条紧身之处(或注为裾)。非常匀称,正面看穿得漂亮,背面看线条也美丽。云幕,是指贵族出外野餐用的帐篷。杜诗《江亭送眉州》有"柳影含云幕"。云幕中都是皇亲国戚。

野餐的食物都是稀见之物。用"翠釜"烹调,拿水晶盘盛食物,可拿着精美的筷子却无处下箸。厨师的刀工好极了,鱼肉做得细致极了,但没有用。这些贵妇人要吃皇宫里送出来的食物。"黄门飞鞚不动尘",鞚指控制马的缰绳,"飞鞚"是松开缰绳让马快跑。古代没有柏油马路,路上是有尘土的,但马快到了不动尘。杜牧那里是"一骑红尘妃子笑,无人知是荔枝来"。这里就是"风入四蹄轻"(《房兵曹胡马》)。曹植《洛神赋》有"凌波微步,罗袜生尘",洛神在水上走,水上何来尘,但她带起的小水花,好像生尘一般。无尘之处生尘,有尘却叫"不动尘"。

  有要人出场,前面有军队,吹着悠扬的乐曲,"哀"不是哀痛,而是优美悠扬之义。有帮闲之人,"宾从杂遝实要津",随从的人把主要的路都填满了。杨国忠出场,"逡巡",一作很快,一作不快不慢。这里应该是不快不慢的意思。下马进帐篷,下面是宫体,用隐语说荒淫无耻之事。胡太后有男宠杨白花,杨跑到南朝去,胡太后作诗想念他。白萍,大浮萍,就是说一些漂亮小伙子去拥抱漂亮的妇女,还有为苟且之事传书递信之人。《唐诗三百首》陈婉俊的注太穿凿。说到底,《丽人行》的主角居然是杨国忠!《金瓶梅》写那么多恶劣的女性,为反衬淫棍西门庆;《红楼梦》写那么多美丽多情的女性,是为了反衬贾宝玉。请注意,不要被杜甫大量的描写所掩盖其真实的主题,诗的主角实即杨国忠。说他气焰如何煊赫,如何炙手可热。杨国忠是武则天男宠张易之之子,不是弘农杨氏,所以和杨氏姐妹不伦,这是史书上的记载。

第四讲

忧端齐终南
颒洞不可掇

自京赴奉先县咏怀五百字

第四讲　忧端齐终南　澒洞不可掇

自京赴奉先县咏怀五百字
（天宝十四载，长安到奉先）

杜陵有布衣，老大意转拙。许身一何愚，窃比稷与契。居然成濩落，白首甘契阔。盖棺事则已，此志常觊豁。穷年忧黎元，叹息肠内热。取笑同学翁，浩歌弥激烈。非无江海志，萧洒送日月。生逢尧舜君，不忍便永诀。当今廊庙具，构厦岂云缺？葵藿倾太阳，物性固难夺。顾惟蝼蚁辈，但自求其穴。胡为慕大鲸，辄拟偃溟渤？以兹悟生理，独耻事干谒。兀兀遂至今，忍为尘埃没。终愧巢与由，未能易其节。沉饮聊自适，放歌破愁绝。岁暮百草零，疾风高冈裂。天衢阴峥嵘，客子中夜发。霜严衣带断，指直不能结。凌晨过骊山，御榻在嵽嵲。蚩尤塞寒空，蹴踏崖谷滑。瑶池气郁律，羽林相摩戛。君臣留欢娱，乐动殷胶葛。赐浴皆长缨，与宴非短褐。彤庭所分帛，本自寒女出。鞭挞其夫家，聚敛贡城阙。圣人筐篚恩，实欲邦国活。臣如忽至理，君岂弃此物。多士盈朝廷，仁者宜战栗。况闻内金盘，尽在卫霍室。中堂有神仙，烟雾蒙玉质。暖客貂鼠裘，悲管逐清瑟。劝客驼蹄羹，霜橙压香橘。朱门酒肉臭，路有冻死骨。荣枯咫尺异，惆怅难再述。北辕就泾渭，官渡又改辙。群水从西下，极目高崒兀。疑是崆峒来，恐触天柱折。河梁幸未坼，枝撑声窸窣。行李相攀援，川广不可越。老妻寄异县，十口隔风雪。谁能久不顾，庶往共饥渴。入门闻号咷，幼子饿已卒。吾宁舍一哀，里巷亦呜咽。所愧为人父，无食致夭折。岂知秋禾登，贫窭有仓卒。生常免租税，名不隶征伐。抚迹犹酸辛，平人固骚屑。默思失业徒，因念远戍卒。忧端齐终南，澒洞不

可掇。

今天讲《自京赴奉先县咏怀五百字》，这是杜甫的代表作之一。古人评价杜诗"沉郁顿挫"，这一首最有代表性，《北征》还不及它。

"沉郁"偏重指思想内涵。"沉"者，深也，"郁"是凝聚的意思。杜诗有思想性，不仅有深度，而且有力度，说服力强，内在蕴涵意义深厚，不是表面上的东西。"顿挫"应该指语法、句法，或写作上的层次。这是说写作技巧、艺术方面的问题。"顿挫"是一层意思深似一层，有转折。"顿挫"如何才是好呢？打个比方，京剧四大名旦之一程砚秋有个弟子叫王吟秋，上世纪80年代他演出，送票让我去看，演罢第二天一大早到我家来，问我有什么意见。我提了一条，程腔是有顿挫，有起伏，但无棱角。如果顿挫出现了棱角，说明演唱底气不足，或者说是不善于运用换气，顿挫的地方全让人听出来了。写诗、写文章，也是这样，希望有转折，一层深似一层，这样的顿挫引人入胜，但不要让人看出有斧凿的痕迹，不要让人觉得你拐直弯儿。如果一个九十度又接一个九十度，这就有点造作，功底不足，文章接头的地方尤其不要让人看出来有棱角。杜诗的顿挫，"杜陵有布衣，老大意转拙"，这一个"转"，就是顿挫。我本是布衣，照理应该本分安贫，但活得越大，反倒越不世故，越发拙了。"许身一何愚，窃比稷与契。"契，殷商祖先；稷，周之祖先。尧舜时期，他们都是大臣。"一何愚"、"意转拙"都是顿挫，但读起来很自然，一层深似一层，让人感到作者境界很高，考虑问题很深。这样的顿挫才有效果。不用顿挫，显不出思想的沉郁；没有沉郁的思想，人为地搞顿挫，那是做作。有人写文章光讲究技巧，但这样就让人只看见棱角，不是发自内心的东西，并不可贵。"沉郁"指内容，"顿挫"指表现，但两者是很有关系的。

为了更好地理解"沉郁顿挫"，我联想到宋词，今天就用宋词来说明"沉郁顿挫"，特别是"顿挫"。现在一般说词有两种风格：豪放和婉约。豪放派作家缺少顿挫，东坡词好，但"大江东去"这首词是一气呵成。前人把苏、辛比李、杜，苏轼接近李白，辛弃疾接近杜甫。

王国维认为词中只有周邦彦够得上杜甫，我问俞平伯先生这如何理解,先生没有直接回答,而是说念多了你就知道了。今天我们要搞清楚什么是沉郁顿挫。首先,豪放和婉约是什么意思?有人说,爱国便是豪放,爱情便是婉约,我不同意。李后主,我不同意他是婉约派,李中主倒是婉约派。中主的词很曲折,蕴涵很多内容。李后主"春花秋月何时了,往事知多少",说得很直;还有李清照,他们其实都是白描,易安的《声声慢》"寻寻觅觅,冷冷清清,凄凄惨惨戚戚",描写自己早上起来心里空荡荡,思想情感没有着落,寻寻觅觅,到处冷冷清清。要我说这是"豪放",一点也不婉约,整首词都是直白地抒写自己的感情。后主早年写香艳的词,也不婉约,比如"奴为出来难,教君恣意怜",大白话都说出来了;"人生愁恨何能免,消魂独我情何限。故国梦重归,觉来双泪垂。"也不婉约,很直接。"帘外雨潺潺,春意阑珊,罗衾不耐五更寒。梦里不知身是客,一晌贪欢。"稍微有一点曲折,这都不是典型的婉约。真正的婉约到南宋有了,姜夔、吴文英说话吞吞吐吐,让你猜不透他其中的意思,但他们在抒发忧患意识的时候,也婉约不起来,姜夔"自胡马窥江去后,废池乔木,犹厌言兵"(《扬州慢》),这婉约吗?

我曾经谈阳刚、阴柔之美。有人说阴柔不好,要阳刚,我写文章举过一个例子,这也可以说明婉约和豪放的关系,鲁迅的名诗"惯于长夜过春时,挈妇将雏鬓有丝。梦里依稀慈母泪,城头变幻大王旗。忍看朋辈成新鬼,怒向刀丛觅小诗。吟罢低眉无写处,月光如水照缁衣。"头两句很含蓄,中间四句除了"梦里依稀慈母泪"之外,其他三句都很豪放,最后两句是地道的婉约。一首诗既有豪放,也有婉约;既有阳刚,也有阴柔。鲁迅的诗没有后两句,诗的味道就差多了。中国的诗不能像小孩分好人、坏人一样,把豪放、婉约分得那么清楚。

再看辛弃疾《摸鱼儿》:

> 更能消几番风雨,匆匆春又归去。惜春长怕花开早,何况落红无数。春且住,见说道,天涯芳草无归路。怨春不语,算只有殷勤,画檐蛛网,尽日惹飞絮。　　长门事,准拟佳期又误,蛾眉曾有人妒。千金纵买相如赋,脉脉此情谁诉。君莫舞,君不见,玉环

飞燕皆尘土,闲愁最苦。休去倚危栏,斜阳正在,烟柳断肠处。

春天本是百花齐放,但花能经受几番风雨呢?在风雨过程中,春天就过去了,下面"惜春长怕花开早,何况落红无数"这便是顿挫。我认为辛弃疾的词,要选冠军,就是这首词。"更能消几番风雨",再美丽,再丰富多彩,也经不住多少风吹雨打。风雨过去,春天也过去了。接下来他不顺着往下说,而说"惜春长怕花开早,何况落红无数",上面这四句词,便是四个转折,但辛词接得很自然,有顿挫,没有棱角。"春且住,见说道,天涯芳草无归路。"劝春天不要走,等到天涯都是芳草,那就是夏天了,春天就一去不复返了。但春天并不理会人们惜春的心情,"怨春不语",花都谢了,留下的都是负面的形象和感受,就剩下"画檐蛛网,尽日惹飞絮",蛛网是陷阱,杨花比小人,这是比兴。美好的东西好景不长,消失了,留下的全是令人厌恶的东西。画檐本是漂亮的,但这里很冷落,都是蛛网。用比兴的手法,比人类社会,好的不长久,讨厌的事却在眼前。这里向下片过渡。

下片人事的描写和上面是衔接的。"长门事,准拟佳期又误,蛾眉曾有人妒。千金纵买相如赋,脉脉此情谁诉",就是有人替陈皇后说话,武帝也不动心。下面写得太好了——"君莫舞,君不见,玉环飞燕皆尘土",不要高兴得太早,杨玉环、赵飞燕当年很得宠,但是哪一个又有好结果呢?辛弃疾学老杜的沉郁,用在词上了。这几句就很沉郁,用曲折的写法,写出小人得志,其结果又当如何呢?作者话说得很冲,里边蕴涵着很多作者本人的人生经验、人生的痛苦。淮南王刘安说"国风好色而不淫,小雅怨悱而不乱"。杜诗、辛词就是"怨悱而不乱"。这里也有沉郁的成分,他的思想不停留在表面,"闲愁最苦"。"休去倚危栏"。李商隐有诗"轻命倚危栏",此处"休去倚危栏"用李商隐典。"倚危栏"是危险的,"斜阳正在,烟柳断肠处",国家好景不长了,局面维持不了多久了。

宋太宗看了李后主的词,非要了他的命不可。宋神宗读了苏轼的词——"我欲乘风归去,又恐琼楼玉宇,高处不胜寒",说"苏轼终是爱君"。神宗为什么这么说呢?他读苏词,意思是自己这个皇帝若总是高高在上,便容易偏听孤立,人间的事了解不多,容易受蒙蔽。所以神宗觉得苏轼还是关心他的。所谓"处江湖之远而忧其君"。宋孝宗也懂诗,他看了辛弃疾的词——"斜阳正在,烟柳断肠处",不高兴了(《鹤林玉露》"寿皇不悦")。从这首词可以说,辛弃疾是词中老杜。正是这首词决定了辛弃疾在南宋一辈子坎坷。他对朝廷不满,抱悲观的态度,不可能不坎坷。

顺带讲一讲苏轼《念奴娇》"大江东去"这首词,词中也有美人的点缀,这和李白的诗中出现美人、美酒一样。我认为俞文豹《吹剑录》所记有道理,苏轼此词要关西大汉来唱,柳永的"杨柳岸"要小姑娘来唱。"今宵酒醒何处,杨柳岸,晓风残月",这是极端婉约的典型,所谓婉约就是没有正面地点出来,这几句就很含蓄。

我讲苏轼此词,最不喜欢的讲法就是"活见鬼","故国神游"明明是东坡自己游赤壁。东坡未必不知道黄州赤壁不是赤壁之战的旧地,所以说"人道是"。他不过是借传说发挥自己的思想。"故国神游",不是周瑜、孙权、诸葛亮等人神游故国。北大一位教授说自己能把诗词歌赋都翻译成英文,他说自己发现故国神游,不光有周瑜、孙权、诸葛亮,还有小乔。我最反对这样"活见鬼"的讲法。

周邦彦何以是词中杜甫,就举他最好的小令——《浣溪沙》:

> 楼上晴天碧四垂,楼前芳草接天涯,劝君莫上最高梯。新笋已成堂下竹,落花都上燕巢泥,忍听林表杜鹃啼。

龙榆生没选这一首,文研所《唐宋词选》选了。词写一位思妇,惦记远方的游子。天气晴朗,澄澈无边,天气越好,越显得自己的孤独。但春天已经过去了,芳草已到天涯,不知人在何处。登楼只为望远,但还是不要望吧,因为望也无益。时光过得真快,春天一晃就过去了。"新笋已成堂下竹,落花都上燕巢泥"——意思很深,燕子衔泥正忙,因为小燕要出生,但游子还不知道在哪里,杜鹃的啼声是"不如归去",不忍心听杜鹃如此的啼鸣。这是标准的婉约。含蓄到字面上看不出来,表面上很清新,但越读越深。婉约与沉郁,本是同类的,沉郁浓度更大,婉约明快一些,表面上清新一些。以上主要是通过宋词来讲沉郁顿挫。

　　下面就回到《自京赴奉先县咏怀五百字》。此诗仇注分段太琐碎,我们分三大段。开头到"放歌"为第一段。"许身一何愚,窃比稷与契",稷与契,都不是一般人敢比拟的,但杜甫仍"窃比",尽管实现不了,杜甫还是满怀希望有一天可以实现。此诗和《赠韦左丞丈二十二韵》不同,后者只是发个人的牢骚,此诗思想进步了,"穷年忧黎元",所忧的事更多了。《登慈恩寺塔》虽说"百忧",但不具体,只是说"黄鹄",虽有志向,但没有出路。此诗远远超出前面两首诗,他说自己比拟不伦,尽管实现不了——"居然成濩落,白首甘契阔。"头发都白了,也没有碰到机遇。"盖棺事则已,此志常觊豁。"真要死了也就罢了,现在没死,所以窃比圣贤的愿望,还希望有朝一日得到实现。"穷年忧黎元,叹息肠内热。"所忧者,老百姓,不仅仅是自己了。穷年,是一年到头的意思。我的"拙"与"愚",被"同学翁"取笑,他们一个个都飞黄腾达了,我却越来越不行,可我的志向反而更坚定了,所以是"浩歌弥激烈"。"非无江海志,萧洒送日月",我并非不想隐居于江湖,好好过我自己的日子,但是"生逢尧舜君,不忍便永诀"。杜甫赶上开元的好时代,并不觉得社会完全没有希望,不忍舍之而去。"当今廊庙具,构厦岂云缺?"现在的朝廷并非无人,好比大厦,并不缺我这根料,但是"葵藿倾太阳,物性固难夺"。我既然是唐朝子民,就要忠实于朝廷,本性就是如此。尽管处处碰壁,仍要知其不可而为之。"顾惟蝼蚁辈,但自求其穴。"如今社会上的人,都是只管自己,即《登慈恩寺塔》"君看随阳雁,各有稻粱谋"之意。"胡为慕大鲸,辄拟偃溟渤?"世上都是蝼蚁,何必要学海中的大鲸?请看这里有多少层转折?真是一句一转。"以兹悟生理,独耻事干谒",因此我懂得了人生的道理,蝼蚁需要去逢迎权贵,要想在这个社会上混下去,就要巴结权贵,而我偏不想去巴结。"兀兀遂至今,忍为尘埃没",所以倒霉至今,我也不想就这样被尘埃所没。"终愧巢与由,未能易其节。"但是很惭愧,我学不了巢父、许由,他们是天子之尊都不屑于去干,而我还想着给朝廷做点事。我只有放歌表达内心的郁闷。这一段,不说一句一转,至少两句一转,顿挫一次,意思便深入一层,把灵魂深处的东西都表达出来了,这就叫"沉郁"。

第二段是写实,杜甫走过骊山时,是最冷的天气。从长安向奉先走,山都会被吹裂,"天衢"这里指天空,"天衢阴峥嵘"(zhēng héng),天阴得很厉害。"客子中夜发",半夜动身回家。"霜严衣带断",天太冷了,衣带都断了,手指冻得无法屈伸,无法把带子结起来。"凌晨过骊山,御榻在嵽嵲。"诗人在旅途上艰难跋涉,到山上一看,皇帝正在山上避寒享乐。"蚩尤塞寒空,蹴踏崖谷滑。"天阴沉沉的,到快亮时,漫天大雾,写得很现实,山路滑而难行。"瑶池气郁律,羽林相摩戛。"山上却很温暖,瑶池蒸汽很足,卫士枪刀撞碰的声音都可以听到。"君臣留欢娱,乐动殷胶葛。"留,耽溺也,君臣沉溺在欢娱之中,音乐的声音很大且错综复杂,不是单一的某种声音。殷,大也。"赐浴皆长缨,与宴非短褐。"山上欢宴的都是高官,绝无普通百姓,辛苦赶路的人当然更与之无缘。"彤庭所分帛,本自寒女出。"这些官员,所接受的赏赐,都是老百姓受累挨冻所置办的,"鞭挞其夫家,聚敛贡城阙。"你看程砚秋的《荒山泪》就知道,剥削到残酷的程度,才把织成的丝织品收敛到一起,进贡到京城里。下面又是一个顿挫——"圣人筐篚恩,实欲邦国活",当初皇帝把值钱的东西赐给你们这些大臣,是希望你们精心治国,让老百姓有饭吃,如果你们不明白皇帝的用心,难道皇帝就白白扔掉这些东西吗?实际上,拿到这些赏赐的人,根本没有想到老百姓,所以你看这对比多鲜明!一面要"鞭挞其夫家",一方面"君岂弃此物"。虽然回护皇帝,其实这些东西,就是等于白扔了。"多士盈朝廷,仁者宜战栗",你们这些人中,有点良心的人,应该内心惭愧。这么多的人,都占好处了,都接受了残酷剥削百姓所得的东西,其中但凡有一个人有良心,想想是应该后怕的!我们不妨比较一下,杜甫在《五百字》里所体现的的思想深度,已经超过了李白,李白最有人民性的话就是"安能摧眉折腰事权贵"。杜甫忧国忧民的诗,深度超过了李白,这是一贯的,甚至到了夔州,他仍然是写"戎马不如归马逸,千家今有百家存。哀哀寡妇诛求尽,恸哭秋原何处村";"堂前扑枣任西邻,无食无儿一妇人。不为穷困宁有此,只缘恐惧转须亲"。可见,杜甫"忧黎元"的思想,到死都是这样,对下层社会不但同情,而且要挽救。杜甫是"杜陵有布衣",一个工部检校员外郎算什么?无权无钱,但他有这样的心

愿。白居易有这个思想,但比他浅,没他这么沉郁,这么深。李白谈不上什么沉郁顿挫。李白最有人民性的作品也比不上老杜,韦应物"邑有流亡愧俸钱",也只如此而已。

"多士盈朝廷,仁者宜战栗",这是说一般的朝臣,还留着余地,下面就是鞭挞了——"况闻内金盘,尽在卫霍室。"都在皇亲国戚的手里。"中堂有神仙,烟雾蒙玉质。"神仙是指皇亲国戚、达官贵人、宫中后妃之类。"玉质",人漂亮。他们在骊山上过着神仙一样的日子。"暖客貂鼠裘,悲管逐清瑟。"行人是"霜严衣带断,指直不能结",对比很鲜明。"劝客驼蹄羹,霜橙压香橘。"冬天能吃到"霜橙香橘",这在古时很不容易。"朱门酒肉臭,路有冻死骨。"最近我看汪少华《古诗文词义训释十四讲》一书,认为此处的"臭",就是腐败之臭,不能讲成香味儿,不是《大学》"恶恶臭"。此处就是指朱门挥霍,酒肉腐败。"路有冻死骨",是写实,不是抽象的话,如此严寒的道路,冻死是很可能的。"荣枯咫尺异,惆怅难再述",对比如此强烈,我无法再写了。这第二段从旅途过骊山,写骊山上的情况。有人说,老杜也没参加,何以见得如此清楚?大概朝廷挥霍之状,当时百姓都清楚。

第三段,"北辕就泾渭,官渡又改辙",车到水边,然后要过桥。"群水从西下,极目高崒兀。疑是崆峒来,恐触天柱折。"水势很凶,幸好桥没断,走在上面吱嘎作响,很危险。"行李相攀援,川广不可越。"行李,是泛指行旅之人。"老妻寄异县,十口隔风雪。谁能久不顾,庶往共饥渴。"希望回家与家人同生共死。回家入门,就听见满室哭声,幼子竟饿死了。"吾宁舍一哀,里巷亦呜咽。"我宁可不哭了,但邻居都看不下去,为我哀痛。这又是沉郁顿挫。"所愧为人父,无食致夭折。"我惭愧自己为人父,却让幼子饿死。"岂知秋禾登,贫窭有仓卒。"今年收成还不错,但太穷的人总有意外。"生常免租税,名不隶征伐",我在百姓中还是特殊的,不纳税,也不用被征去当兵,即便如此,幼子还被活活饿死,那一般老百姓当然会更难过,更不满。"默思失业徒,因念远戍卒。"失业是专指农民丢掉土地,参见《汉书·食货志》,我写过文章。想想那些失去土地的人,在边境当兵的人。"忧端齐终南,澒洞不可掇。"我的忧愁与终南山一样高,"澒洞不可掇",是说愁很大,大得无边。掇,出于《短歌行》"明明如月,何时可掇"。掇,用手摘。《说文》:掇,拾也。在现代汉语里有"拾掇"一词。《诗经·周南·芣苢》:"采采芣苢,薄言掇之。"宋杨简《慈湖诗传》认为掇是掐的意思。林庚先生翻译《诗经》此句为"捡大的掐",这是我提供的。"掐"是后起字,"拾"便是古写的掐,从"合"的字,读"掐"的很多,如"恰"、"洽"。

  限于时间,《哀江头》今天就不讲了。《自京赴奉先县咏怀五百字》鞭挞卫、霍,很厉害,《哀江头》对杨贵妃的态度不一样,我向俞先生请教,他说《哀江头》主要反映的是民族矛盾,对杨贵妃有原谅、同情之意。杜甫下笔是有分寸的。在《五百字》中是批评的,在《北征》中也斥为褒姒、妲己,同样是批判的。

第五讲

少陵野老吞声哭
春日潜行曲江曲

对雪
玉华宫
哀江头
春望月夜

第五讲　少陵野老吞声哭　春日潜行曲江曲

第三讲我们讲了《丽人行》，按照次序还讲不到《哀江头》，但为了对比，我们把《哀江头》提前讲一下。这里先增加一首诗——《对雪》（至德元载，长安）

> 战哭多新鬼，愁吟独老翁。
> 乱云低薄暮，急雪舞回风。
> 瓢弃樽无绿，炉存火似红。
> 数州消息断，愁坐正书空。

《哀江头》与《月夜》都是安史之乱后，作者陷在长安敌占区写的。天宝十五载，实际上是至德元年，当年改元，私家记载有天宝十五载说法，但史书上没有，称至德元年。天宝十四载安、史发动叛乱，到当年的阴历十一月已攻陷长安。天宝十五载上半年，杜甫把家安置在鄜州，本想从鄜州去凤翔，但中途遇到安禄山的军队，他地位不高，也谈不上俘虏，但也被轰到长安去了。在长安呆到至德二载四月，写《春望》以后不久，抄小路再一次奔凤翔。《对雪》是至德元载冬天所作，《哀江头》和《春望》是至德二载春天作的。我个人认为，《月夜》如果定在至德元载中秋，此时杜甫未必已至长安，所以我怀疑《月夜》不一定是中秋所作，每月十五皆有满月。仇注编在至德元载八月，但安禄山攻陷长安应该在八月之后，因此后人讲《春望》"烽火连三月"，是从至德元载十一月开始算。我认为可能是至德元载的秋天写的，但不必定死为中秋。肯定是在长安写的，但不可能是至德二载写的，此时杜甫已经到凤翔了。在长安写的不成问题，但肯定不是至德二载写的。写作年月

不太能确定。至德二载的四月中旬,杜甫有《自京窜至凤翔喜达行在所》,肃宗封他一个小官左拾遗,不久去探家,写了有名的长诗《北征》,且标有明确日期,"皇帝二载秋,闰八月初吉",这是用史官的笔法。从凤翔到鄜州,中间经过宜君县,经过玉华宫,杜甫写了五古《玉华宫》(至德二载,赴鄜州途中作):

溪回松风长,苍鼠窜古瓦。
不知何王殿,遗构绝壁下。
阴房鬼火青,坏道哀湍泻。
万籁真笙竽,秋色正萧洒。
美人为黄土,况乃粉黛假。
当时侍金舆,故物独石马。
忧来藉草坐,浩歌泪盈把。
冉冉征途间,谁是长年者。

这首诗我是听游国恩先生讲的,有一次在先生家里和他聊天,他讲到这首诗,说这首诗开了宋诗的头儿。此诗的技巧,在宋诗里完全有体现。他说:我从年轻时开始就喜欢这一路诗。宋诗从唐诗过来,杜甫是一个开端者。另外,我还记得一个事情,浦江清先生当年选杜诗,政治性第一,所以《客至》(舍南舍北皆春水)都不选,但选了这首诗,据说是游先生认为此诗不能不选。游先生给我大概讲了一遍,我很受启发。杜甫到家后又写了《羌村》三首。

今天我们讲《哀江头》、《对雪》、《春望》、《月夜》,下次讲《喜达行在所三首》,中间还有《述怀》、《玉华宫》,如果没有时间,《北征》、《羌村》三首就向后推,最后到卷六《曲江》、《九日蓝田崔氏庄》以及在旅途中写的《赠卫八处士》。然后就是"三吏"、"三别"、《梦李白》,再选讲《秦州杂诗》。接下去就是在成都的诗。

哀江头

（至德二载　长安）

少陵野老吞声哭,春日潜行曲江曲。
江头宫殿锁千门,细柳新蒲为谁绿。
忆昔霓旌下南苑,苑中万物生颜色。
昭阳殿里第一人,同辇随君侍君侧。
辇前才人带弓箭,白马嚼啮黄金勒。
翻身向天仰射云,一笑正坠双飞翼。
明眸皓齿今何在？血污游魂归不得。
清渭东流剑阁深,去住彼此无消息。
人生有情泪沾臆,江草江花岂终极。
黄昏胡骑尘满城,欲往城南望城北。

这首诗最好与《丽人行》对读。《哀江头》写的是初春,比《丽人行》写暮春要早一点。"江头宫殿锁千门,细柳新蒲为谁绿"是初春景象,季节上要早一点。此诗一上来所刻画的气氛,你们不好体会,我是经过八年抗战的,困在租界上,也在敌占区呆过,遇到日本人和高丽人的欺负,那真是"吞声哭",出门也是"潜行"。哭也不敢大声哭,"春日潜行曲江曲",当初长安城的曲江是游览胜地,老百姓去,帝王贵族也去。《丽人行》里写的都是贵族。此时是初春时节,"江头宫殿锁千门,细柳新蒲为谁绿",写得好极了。是写春天来了,但春色反倒无人看了。写到此处,把笔又调过来,回想当时皇帝和贵妃游曲江的景象。"忆昔霓旌下南苑,苑中万物生颜色。"曲江在长安的南面,离皇宫不太远。"苑中万物生颜色。"万物生辉,看着都漂亮。这是皇帝出游的情景。"昭阳殿里第一人,同辇随君侍君侧。"这便是杨贵妃。杜诗的版本异文很多,有的好,有的不好,"一笑正坠双飞翼",其中"笑"一作"箭",但作"箭"很笨,仇注杜集选了"箭"。实则"一笑"比"一箭"不知要高明多少倍。诗中写杨贵妃陪玄宗出游,辇前才人射落双飞翼。仇注和其他注本都引潘岳《射雉赋》。我按照俞平老的意见讲,这是用《左传》中叔向讲的一个故事：

昔贾大夫恶,娶妻而美,三年不言不笑,御以如皋,射雉,获之。其妻始笑而言。贾大夫曰:"才之不可以已,我不能射,女遂不言不笑夫!"(昭公二十八年)

这是原典,俞先生说这里一定是"一笑"。才人射箭本领高强是次要的,让杨妃高兴,是主要的。这里有讽刺,但不很明显。我在《读书丛札》中提到杜诗用事的特点,周一良先生审稿,认为这一条牵强,但我没有改。我相信俞先生的意见。《射雉赋》就用《左传》的典故,为什么这里就牵强呢?读诗词,要以意逆志。以意逆志有两种解释,一是以读者之意逆作者之志,这不对,难免一人一说,令人莫衷一是;应该是以作者之意,再探求作者为什么要这样写,即以作者之意逆作者之志。

用典该如何解释,不是太容易的事情。我以前写过一篇文章,《谈欣赏》,我说不是欣赏,阅读前人的作品,感觉到有一种美感,所以高兴,但有很多时候是"苦赏",要反复琢磨,琢磨对了,才能"欣",先苦后甜。这几天我在抄宋词,南宋末年刘辰翁有一首小词《柳梢青》,其中有"辇下风光,山中岁月,海上心情"。辇下是指都城,当时刘辰翁在杭州;夏承焘先生注的《唐宋词选》,文研所《唐宋词选》,胡云翼《宋词选》,几种注本的解释都说"海上心情"是感叹陆秀夫负帝投海,或是张世杰、文天祥在沿海一带抗元。但这都不是刘辰翁的心情,他已经没有力量抗元。我写过一段笔记,认为是孔子乘桴浮于海之意。后来一想,也不一定恰当。"山中岁月",本身就有"乘桴浮于海"的意思。实际上,孔子也没有"乘桴浮于海",只是假设"道不行"才这样的。我五十年前读夏先生的书时,批过一句"此牵强,应指苏武",与今天的想法竟是一致的。苏武困在匈奴十九年,在北海牧羊,就是今天的贝加尔湖。刘辰翁写这首词时,宋朝已经灭亡,元人统治,词一开始就是"铁马蒙毡",马都罩着铁甲、蒙着毡子,这显然是蒙古人的马,唱的歌、敲的鼓,都已是异族情调了。所以他说,现在杭州还很热闹,辇下风光依旧,但我要逃避尘世,过的日子是山中岁月。我的心情则是与苏武一样,一辈子都要当苏武了。典故讲得是否贴切,很要紧。不能把这个

"海上"一定说是东南沿海。苏武在北海牧羊,也是"海上"。以苏武自比,才切合他困在元朝统治下的心情。既不是张世杰、文天祥的抗元,也不是孔子的"道不行,乘桴浮于海";而是觉得自己像苏武一样,绝对不投降匈奴,乃是一种受罪的、无可奈何的处境。在这个被异族控制的杭州城,我过的是隐士一样的日子,心情则像苏武一样。这样讲更切合实际。

杜诗这里用"一笑"才合适,"一箭"太笨。为什么不说"正堕双飞翼",而说"坠"呢?《说文》"坠"、"堕"都训"落"。"坠"是高空下落,所以"绿珠坠楼",不能说"堕楼"。飞机失事,说"坠落",不说"堕落"。堕,一是距离比较短,一是比较抽象。比较抽象这一点,也很重要。比如说此人"堕落",不能说"坠落"。《说文》中"堕"作陊,楷书里写作隳,贾谊《过秦论》"一夫作难而七庙隳",读阴平,与毁坏的"毁"不一样。"堕"可以假借为"隳"。坠,《说文》作"队"。坠不能通"堕"。这便与千金一笑有些接近。杜甫在这几句里微讽杨贵妃,但这首诗的主要矛盾是敌我矛盾,在思想上还是站在皇帝一边的,对贵妃怀有同情。"明眸皓齿今何在?血污游魂归不得。"一位如此美丽的妃子,再也回不来了。"清渭东流剑阁深,去住彼此无消息。"皇帝也走了,诗中的哀痛不是从字面上直接说出来的,径直说什么伤心啦、痛苦啦,那太肤浅,这里流露的是深深的哀痛,不是停留于字面,而是用具体的描写,长安附近的渭水还在流,可是皇帝已经去了四川,也不知道长安的情况,彼此消息不通。"人生有情泪沾臆,江草江花岂终极。"看到江水,细柳新蒲,它们是无情的。难道世道就这样一直乱下去,江草江花难道就一点感情没有,就这样长此以往下去吗?不言哀而哀在其中。王渔洋评价此诗,写安史之乱、杨妃遇害、玄宗西征,只四句,《长恨歌》那么长,其实也不过就是老杜这一点意思。当然,诗体不同,风格不同,白居易有他的考虑,但从精练和深度来讲,王渔洋说得有道理。白居易有些地方是渲染。前人有的批评白居易写唐明皇"孤灯挑尽未成眠",不像皇帝,像个读书人,局面太小。下面两句,"黄昏胡骑尘满城,欲往城南望城北。"我这个本子作"望",有的作"忘",还是作"望"好,指要回家,但眼光还看着城北,因为"恋阙",皇帝的宫殿在城北。

《对雪》一首,从明朝初年开始就有注家认为此诗是惋惜房琯打败仗,但讲诗最好不要讲得这么死板。安禄山入侵后,败仗不止这一次。这样解释与诗本身有矛盾,"数州消息断",又如何知道是哪个战役打败了呢?至德元载的冬天,杜甫身陷长安,一次次听到败仗的消息。"战哭多新鬼,愁吟独老翁"。这两句是对仗的。杜甫用字讲究,但此诗用了两个"愁"。我试着修改,但哪一个都动不得。"乱云低薄暮,急雪舞回风",写雪景真好。这样一个环境,住处肯定非常寒冷。"瓢弃樽无绿,炉存火似红。"这里的"绿"为与下句的"红"对仗,所以写这个。这个字可以有三种写法——"绿"、"渌"、"醁"。白居易诗"绿蚁新醅酒",今天还有古意的酒就是山西的"竹叶青",酒的颜色发绿。古代的酒,大概与今天的啤酒差不多,倒出来上面有泡沫。早年有人在朱自清先生编的《国文月刊》上写文章,把"蚁"讲成了酒上浮了一层蚂蚁。俞平伯先生看到,连说"什么话,什么话"。"瓢弃樽无绿,炉存火似红",非但没有酒喝,屋里还冷极了,炉中火其实已熄灭,但好像还着着。古有望梅止渴,杜甫这里是望炉取暖。"数州消息断,愁坐正书空"。用晋殷浩被黜后,书空"咄咄怪事"的典故。究竟国家如何,自己一无所知,只有愁坐书空,一切希望渺茫。全诗没有一个字说悲哀、悲观,但写愁很深。诗题就是"对雪"两个字,没有对雪书怀、对雪有感之语,但书怀、有感,诗中都有了。

春望
(至德二载　长安)

国破山河在,城春草木深。
感时花溅泪,恨别鸟惊心。
烽火连三月,家书抵万金。
白头搔更短,浑欲不胜簪。

"国破山河在",杜甫身在长安,周围景象还是老样子。"城春草木深","春"字一作"荒",但作"荒"便索然无味。草木无人管,自是一片荒凉景象。"感时花溅泪,恨别鸟惊心"有各种讲法。一说"感时"与"恨别"

的主语是作者,"花"是"溅泪"的主语,"鸟"是"惊心"的主语。由于人感时,所以花也要哭;由于人恨别,连鸟也心惊。我觉得还是别太求之深,还是顺着讲好,"感时"、"恨别"是作者,平时看见花是愉快的,现在因为感时,所以看见花,反而倒难过地哭了;平时听见鸟啼是愉快的,但现在因为"恨别",反而心神不定。更难讲的是"烽火连三月"。有几种讲法:一说从安禄山陷落长安,头年十一、十二月到第二年正月,但正月尚未到春天,与诗中景象不符合;一说是正月、二月、三月,但打仗不止三个月;一说,至德元年的三月到至德二载的三月,"连三月"是连逢两个三月的意思。我认为,"三月"与"万金"都是虚指,不是实指。治文学宜略通小学,汪中有《释"三九"》上中下三篇。他认为"三"与"九"都泛指时间比较长,颜回"其心三月不违仁"(《论语》)。"三月"不是实指。"三年无改于父之道,可谓孝矣。"(《论语》)"三年"、"三月"都指时间长久。《离骚》"虽九死其犹未悔","九死"是加重语气。汪中做了归纳,三、九多为泛指。"烽火连三月"是指从开仗以来,已经很长时间了,今后何时能结束,也很难说。"家书抵万金"是说家里没有信,已经"数州消息断",真要来一封信,那就很珍贵了。"白头搔更短,浑欲不胜簪",本来头发就因为发愁而白了,现在越来越少。"簪"属侵韵,闭口韵,与"深"、"心"同韵。

月夜

(至德元载至二载　陷长安时)

今夜鄜州月,闺中只独看。

遥怜小儿女,未解忆长安。

香雾云鬟湿,清辉玉臂寒。

何时倚虚幌,双照泪痕干。

《对雪》这样的内容,在杜诗中不止一首,《月夜》却只此一首。杜甫很少写游子思妇的诗。《佳人》写一位女性,也只此一首。《丽人行》也只此一首。《赠卫八处士》与朋友惜别,也只此一首。如果总是重复,就会令人厌烦。明朝王世贞《艺苑卮言》,说李白的诗千篇一律,但杜诗一首一样。传世杜诗一千首左右,传世的陆游诗十倍于杜甫,白居易也多,但却难免重复。杜甫很少有重复的感觉。陆游的诗有些甚至词句都差不多。诗应该非作不可,作一首便有一首的特点。文革刚结束时,我给邵燕祥写了一首诗,他保留着,我自己没留底,他印在他的书里,其中一句"一生能得几诗传"。现在人写诗太滥,每逢纪念日必有诗,旅行也必有诗。我对皮日休、陆龟蒙的诗就不感兴趣。读杜诗不会有这种感觉。杜甫有许多组诗,《前出塞》、《后出塞》、《秦州杂诗》二十首、《咏怀古迹》五首、《秋兴》八首、《诸将》五首、《八哀》八首。组诗之间也不一样。

浦起龙《读杜心解》说《月夜》是"从对面飞来之笔"。本是自己望月,但开篇说"今夜鄜州月,闺中只独看"。要是改成"今夜长安月,老夫只独看",这就不是杜诗了。最后两句"何时倚虚幌,双照泪痕干",这里的"双"与开篇的"独",有照应。"遥怜小儿女,未解忆长安",边连宝《杜律启蒙》引其父亲的意见,说这是"遥怜小儿女,未解其母忆长安"。我觉得这个讲法太好了。本来小儿女并不懂忆长安,直说便是废话,是妻子忆长安,小儿女不仅自己不会忆长安,也不了解他们母亲的心情,不了解忆长安是什么滋味。"何时倚虚幌,双照泪痕干",幌,可以作帐子讲,古人用床帐,也可作窗帘讲,训帷。虚幌,指透亮的窗帘或帐子。我认为作窗帘讲合适。什么时候,回到家,拉上窗帘,我们夫妻团聚,"妻孥怪我在,惊定还拭泪",难免要悲伤,在月光之下,我们都哭了,哭着哭着,又转悲为喜,所以是"双照泪痕干",这五个字里蕴涵多少意思!

最后讨论一下"香雾云鬟湿,清辉玉臂寒"。很多解释说这两句是描写杜甫的妻子,写其容貌如何美,望月久了,头发都湿了。傅庚生先生甚至认为杜甫这两句写得太香艳,在《杜甫诗论》中还替他改诗。其实这两句是写嫦娥,是指月亮。我先是在课堂上听俞先生这样讲,俞先生当时以《琵琶记》为例,后来还写了文章,发表在《大公报》"星期文艺"上。俞先生说因《琵琶记》是元代的,不一定能反证唐诗,所以对自己的意见还存疑。后来俞先生没有将这篇文章收入他的《论诗杂著》,先生说是没找到,还开玩笑说,收了怕杜太太会不高兴。其实,苏轼就写"但愿人长久,千里共婵娟",李商隐"月中霜里斗婵娟",都是通过描写嫦娥写月亮。我找到一条材料,北宋末年的宰相李纲《江南六咏》之三:"江南月,依然照吾伤离别,故人千里共清光,玉臂云鬟香未歇。"这诗太有说服力了,其中"玉臂云鬟"肯定是描写月亮。周邦彦的词,"正月十五""耿耿素娥欲下"也是一证。仇注引王嗣奭《杜臆》:"公本思家,偏想家人思己,已进一层。至念及儿女不能思,又进一层。鬟湿臂寒,看月之久也,月愈好而苦愈增,语丽情悲。"所谓看月之久,是说杜甫。可见,王嗣奭也是认为"香雾云鬟湿,清辉玉臂寒"是指月亮。月光一会儿朦胧,一会儿又明亮起来,不排斥比兴说,这里有一个他想念的人呼之欲出,但不是实写。

"何时倚虚幌,双照泪痕干",我发现一首民歌,杜甫是否受它影响不好说,但可以参考,杜诗的意思恰好与它相反。《子夜秋歌》:"凉风开窗寝,斜月垂光照。中宵无人语,罗幌有双笑。"这是男女幽会之诗,是欢快的场面。杜甫也许反用了此诗的意思,写夫妻重逢团聚的感受。

第六讲

冉冉证途间 谁是长年者

喜达行在所三首
述怀

第六讲　冉冉征途间　谁是长年者

喜达行在所三首
（至德二载　凤翔）

西忆岐阳信，无人遂却回。眼穿当落日，心死著寒灰。茂树行相引，连山望忽开。所亲惊老瘦，辛苦贼中来。

愁思胡笳夕，凄凉汉苑春。生还今日事，间道暂时人。司隶章初睹，南阳气已新。喜心翻倒极，呜咽泪沾巾。

死去凭谁报，归来始自怜。犹瞻太白雪，喜遇武功天。影静千官里，心苏七校前。今朝汉社稷，新数中兴年。

这组诗的题目，一本作"原注：自京窜至凤翔"，这不对，题目就应该是《自京窜至凤翔喜达行在所》。凤翔在唐代属扶风郡，地点离长安不太远。诗开头写自己在长安，"西忆岐阳信，无人遂却回"，岐阳，就是凤翔，因在岐山之南。

"无人遂却回"，这里有个问题值得讨论。《羌村》第二首"娇儿不离膝，畏我复却去"，其中"复却去"，一般都讲成娇儿本围着我转，见我脸色不好，于是躲开了。正式提出疑问的是金圣叹，他认为"畏我复却去"应该是孩子怕我再走。萧涤非先生也认同，并以陈师道学习《羌村》的几首古诗，作为证明。陈诗确有怕父亲再走之义。我认为陈是学《羌村》，但陈写诗的环境与杜甫不同，不能以陈证杜。萧先生说服不了别人，俞先生、傅庚生先生、我本人都认为是躲开之义，萧先生的文章表面上反驳傅先生，捎带也反驳我，为了证明自己的讲法，甚至改诗句为"畏我却复去"。这并没有版本的依据。杜诗不仅有"却去"，这里还有"却回"，可见，"却"可连接动词"去"，也可以连接"回"。今人蒋绍愚认为是"怕我回到原来的地方去"。我认为这样讲也不妥,杜甫已经回家,家就是他的目的地,说他还要回到原来的地方去,逻辑上讲不通。他若去凤翔上任,就要带着家眷一起走。我在《读书丛札》中有一小文,认为这样讲不合适。他们引的例子也难以自圆其说,萧先生和蒋绍愚都引用雍陶的诗,他们都把"复却"连在一起,讲不通,改成"却复"。我认为"却"就是实词,退却的意思。我跟叶圣陶先生讲过,叶老认为"孩子躲开"这个讲法不成问题,因为"娇儿不离膝",说明孩子还很小,根本不懂父亲还要走。这个问题我还是坚持我的意见。"西忆岐阳信"是说,杜甫在沦陷的长安,知道肃宗在岐阳称帝,是唐朝政权的中心,他想办法托人与凤翔方面沟通,但带信的人不再回来。杜甫在长安期盼,但带信的一个回来的也没有。"却回"是一个词,退回来的意思。心情就更加焦急,因此"眼穿当落日,心死著寒灰"。凤翔在长安的西面,他整日向日落的西方盼望,望眼欲穿,灰心到了极点。"寒灰",形容失望到了极点,燃物成灰,灰又变冷,再也扬不起来,心情是很沉痛的。"心死著寒灰",著,入声,著地,落地的意思。落地之后再也动不了谓之著。寒灰再也动不了,我的心冷得像灰一样,再也飞不起来。秦观贬郴州,有词"驿寄梅花,鱼传尺素,砌成此恨无穷数","砌"与这里的"著"是差不多的,用得很拙、很重,一层恨再加上一层恨。"驿寄梅花",用"江南无所有,聊赠一枝春"之典,指到郴州后给外面写信没消息,"鱼传尺素",用"客从远方来,遗我双鲤鱼。呼儿烹鲤鱼,中有尺素书"的典故,是说盼家里的信也没有,每件事在我心中都是一个恨,有了便推不掉,所以用了个"砌"字,"砌"和"心死著寒灰"的"著"是一样的,一重重累积。

  这四句是在长安的心情。最后两句又到凤翔,"所亲惊老瘦,辛苦贼中来"。老瘦,说明在长安的生活艰难,一路也很艰难。关键是要过渡,从长安如何到凤翔。中间两句如何写?第二首里有补充,"间道暂时人"。孟浩然《过故人庄》:"故人具鸡黍,邀我至田家。绿树村边合,青山郭外斜。开轩面场圃,把酒话桑麻。待到重阳日,还来就菊花。"这诗用陶诗之意,前两句写故人邀请我到田家,后四句是到了田家。"绿树村边合,青山郭外斜"这两句就是过渡。林庚先生分析过这句,他对前后讲得都很简单,突出讲这两句,他说:"这是全诗的灵魂,思想情感与艺术形象交融的顶峰。"说明他最重视这两句。我讲这两句,与林先生不完全一样。这一类景语,虽然是过程,却有关全诗的气氛。孟诗写从城市到农村,是愉快的心情,觉得农村蓬勃有生气,从城里走出来,看到的是绿树把村庄包围,一眼望去看不见村,只见绿树;"青山郭外斜",是说青山并没有遮住自己的视线,青山虽然在那里,但眼界开阔敞亮,视野是很开阔的。从热闹的、人口密度很大的城市里出来,抬头一看,视野很敞亮。没有这两句,城里到农村,就不好联系。回到杜诗,"茂树行相引,连山望忽开"就是过渡。"茂树"与"绿树村边合"意思差不多。杜甫在秦州,《雨晴》写塞柳是"塞柳行疏翠,山梨实小红","翠"用得好,雨后的柳树很漂亮,后三字,一字一顿,塞柳整齐但不密,实,结了果子,果子不大,颜色是红的。雨后之景,写得太好了。"茂树行相引",树虽然"茂",但是有规律,顺着官道之树走,就会把你带到目的地。杜甫从长安出来是走小路,"连山望忽开",跋涉之后,快到目的地时,眼界忽然打开。不是"连山",不足以形容走得艰难。心情要从"著寒灰",变成"喜达行在所",就通过"行相引"、"望忽开"来过渡。

第二首"生还今日事,间道暂时人"两句,是补充第一首的。"愁思胡笳夕,凄凉汉苑春",回忆长安沦陷时的情景,长安已经冷落了,听到胡笳引起愁思,看到汉苑一片凄凉。然后回到眼前,"生还今日事,间道暂时人"两句,"暂时人",仇注谓"生死悬于顷刻",所以是"暂时人",这个解释最好。如今总算我是活着过来了,但当时在小路上向凤翔走的时候,生死悬于顷刻,随时可能遇到危险。"司隶章初睹,南阳气已新",都用刘秀中兴的典故,认为肃宗的功业和汉光武一样。刘秀一开始并没做皇帝,是刘玄做皇帝,当时封刘秀为司隶校尉,刘秀做司隶校尉的时候,把西汉的典章制度都恢复了。这里的意思是唐朝的那些制度我又看到了,凤翔有新气象,就好像刘秀起兵的南阳一样。这两句当然正面看是歌颂,也包含了强烈的愿望,希望唐朝可以真正地中兴。"喜心翻倒极,鸣咽泪沾巾"是痛定思痛的意思,心情由悲转喜,这里才出一个"喜"字,喜到极点,"鸣咽泪沾巾"。三首诗是有呼应的,杜甫对

唐肃宗是什么看法,诗里都是正面的,《洗兵马》就不是一味歌功颂德了,说的都是对朝廷的期望。这里表面是自己痛定思痛,悲极而喜,实际上是一个长时间的过程,从天宝十四载安史之乱起,到现在至德元载。

第三首仍然是有呼应的。这里可以回忆一下《自京赴奉先县咏怀五百字》,忠于唐王朝是杜甫一生的信念,所谓"葵藿倾太阳,物性固难夺"。他也有牢骚,《醉时歌》就是牢骚,但他对朝廷还是全心全意的。这首诗说自己蝼蚁不如,如果死了,又有谁给自己报信,通知朝廷,通知家人,说自己殉国而死呢?能回到朝廷,也只是自己怜惜自己,为自己高兴。其实我杜甫死了,别人也未必看重,在朝廷上,自己不过是可有可无的。在众多的达官显要那里,自己只是一个无足轻重的人,所以真正见到朝廷、皇帝,他反而"始自怜"。但是,我问心无愧,毕竟"犹瞻太白雪,喜遇武功天"。太白是凤翔附近的山,武功也在凤翔附近。郭子仪与安禄山交战,开始时打败仗,后来把兵力聚在武功,保卫凤翔。"犹瞻太白雪,喜遇武功天",这是"茂树行相引,连山望忽开"的理想结局,"太白"、"武功"和"岐阳"又相呼应。唐肃宗任命杜甫为拾遗,官很小,真是有他不多,没他不少。下面写上朝,"影静千官里,心苏七校前",一片肃静,自己站在百官的行列里,"七校"是七个军事机构,类似宋代的枢密院,今天的国防部。前面是"心死著寒灰",这里是"心苏七校前"。我认为杜甫认识到,要想恢复,还要靠军队,靠武力。这里说明朝廷还拥有一定的兵力。"今朝汉社稷,新数中兴年",这与第二首的"司隶章初睹,南阳气已新"两句是呼应的,杜甫一直希望肃宗是汉光武。"今朝汉社稷,新数中兴年","新数",一是从零开始,一是从新做起。即毛泽东"而今迈步从头越",现在是一个新的开始。三首诗第一首是个人的情况,第二、第三带有歌颂的成分,这是题中应有之义。题目中的"在"字应该读 zǎi,名词读去声,作动词读上声。"新数中兴年"的"中"字应读去声 zhòng。

述怀

(至德二载 凤翔)

去年潼关破,妻子隔绝久。今夏草木长,脱身得西走。麻鞋见天子,衣袖见两肘。朝廷愍生还,亲故伤老丑。涕泪受拾遗,流离主恩厚。柴门虽得去,未忍即开口。寄书问三川,不知家在否。比闻同罹祸,杀戮到鸡狗。山中漏茅屋,谁复依户牖。摧颓苍松根,地冷骨未朽。几人全性命,尽室岂相偶。嵚岑猛虎场,郁结回我首。自寄一封书,今已十月后。反畏消息来,寸心亦何有。汉运初中兴,生平老耽酒。沉思欢会处,恐作穷独叟。

这诗我们念一遍,"今夏草木长",用陶诗。"朝廷愍生还,亲故伤老丑",这是《喜达行在所》中的意思,"柴门虽得去,未忍即开口","去",是离开的意思,现在住的这破房子我虽然可以走开,想告假回家,但刚上任,不好开口。绝不能理解成我要去柴门的意思。所以先写封信问一问,听说鄜州那里沦陷,鸡犬不留。想必家中那个破房子被毁,家人也遭难了,可能只有死尸了。家里还能有活的吗?还能有跟我在一起的吗?"反畏消息来",不是怕家人的消息,而是怕别人带来全家遭难的消息。国家初兴,如果家人遭难,我也只能耽酒以老。这里的"欢会处",不是往昔欢会。我再深深地想一想,恐怕我真要回去了,本可以欢会团圆的家已经没人了,只是孤零零一个老头了。这便是沉郁顿挫。

杜甫回家途中,经过玉华宫,玉华宫本是唐太宗时建的一个行宫,到高宗时已经没人住,因为离都城太远,变成庙了。经过战乱,此地已是荒凉不堪。从凤翔到鄜州,路过玉华宫。这首诗开了宋诗的头,是宋人写诗的范本。前面讲过,游国恩先生很欣赏此诗。浦江清先生选杜诗,游先生提议,这首诗应该入选。仇注引张耒的诗《离黄州》"扁舟发孤城,挥手谢送者。山回地势卷,天豁江面写……",但张诗只是从形式来模仿,没有从神和精髓上学。没有大量念过宋诗的人,一下子难以体会《玉华宫》和宋诗的关系。学杜诗者很多,如陈师道有的诗学杜甫的《羌村》,有的学杜甫的《古柏行》。从唐诗到宋诗不是一下子变过去的,宋人学唐诗有几个阶段,北宋初年学唐诗是学白居易,唐末风气受元和长庆体影响很大,所谓诗风衰颓,是学白居易没到家,学得低俗了。王禹偁开始也学白诗,从白居易又变成深奥、神秘,转向李商

隐,都没离开中晚唐。我有一次和沈玉成聊天,他问陈子昂和李白复什么古,我说当然是复汉魏之古。李白"自从建安来,绮丽不足珍"(《古风》)。建安以后的诗不足学。唐人复汉魏之古,宋人复古,不是复唐之古,有一段时间,是想复六朝之古,当时沈玉成研究魏晋南北朝的文学史,我跟他说,宋人有一段时间想复陶谢之古、鲍谢之古。杜甫说李白"清新庾开府,俊逸鲍参军",其实李白不一定沾了这些六朝诗人多少边,说鲍照还可以,与庾信没什么关系,杜甫倒是接近庾信。杜甫此语是在他心目中觉得六朝诗人不错。阴铿也包含在里面。陈子昂、李白是复汉魏之古。宋人由白居易到李商隐,然后就到了杜甫。他们学杜又意在陶谢、鲍谢。后人学宋诗,近人陈三立说,别人都说我做的是宋诗,但倘若我对唐诗没下过工夫,就像不了宋诗。俞先生晚年嘱咐我:不要随别人一起说我学晚明,周作人提倡晚明,我俞平伯没有提倡,我并不学晚明。朱自清先生为他的《燕知草》做序,也说他学晚明,俞先生当时没有反对。俞先生说,我是读文选,学六朝小品的。可见,专学晚明,像不了晚明,必须上溯到《文选》、六朝小品、《水经注》、吴均山水小文、《六朝文絜》中的那些文章,这些读熟了,写出来才像晚明;专学唐诗,就是李梦阳、李攀龙一流。必须从诗骚汉魏下来,把唐人走过的路走一遍,才能像唐诗。

　　下面附带谈谈宋诗的特点。我曾应孙钦善的邀请,给编《全宋诗》的同志讲过两个月的宋诗,只写了一篇小文。宋人学唐,从杜甫入手,更受韩愈的影响,比如梅尧臣、黄庭坚,与其说像杜甫,不如说像韩愈,学杜到家的,是王安石。"同光体"被认为是清末学宋诗最到家的一个流派,代表人物是陈三立、郑孝胥。郑的诗,早年确实不错,但晚年不好。他自述是学孟郊、贾岛,陈三立评论也如此说。可我认为,郑比孟、贾要宽,他受杜、韩的影响比较大。杜、韩、孟、贾,就到了宋诗,既不通俗如白居易,也不神秘朦胧如李商隐,要求深,又要求气势,所以学韩、孟。

　　宋诗的特点,我认为第一是刻画工细,对自然景物、人物性格、事件、环境,刻画越来越向深、向细微里去,苏轼也有这个特点,他有时写得很细、很深。这在唐诗里不占主要的。只有杜、韩比较深、细,当然过火了就窄了，琐碎了，从黄庭坚到晚宋的四灵，又走向一个极端。刻画得好的，惟妙惟肖，既有形，又有神，达到这个水平的，北宋就是欧阳修、梅尧臣；北宋、南宋之间就是陈与义、陆游，真把唐诗，把杜、韩吃透了。

第二是夹叙夹议，好诗把议藏在叙里，王安石太分明，议和叙分得太明显，一会儿来一段议论。夹叙夹议要融合。宋人有意为之，但不及杜自然，接近韩愈，如《山石》前半描写，下山后发议论，"何必局束为人鞿"，但我说这不赖韩愈，谢灵运就有人批评他的诗有一个玄言的尾巴，但这议论难道能放在诗的中间吗？必须要先把景致写完，再表达思想，这很自然。最典型的《茅屋为秋风所破歌》，写群童抱茅而去，追之不得。回家后屋漏难眠，才开始议论感叹。北风卷屋上三重茅时，不会发议论。《玉华宫》就是把议论含在里面，这很难得。

第三，对比的成分放在一起写，正反面的、自然与人事，对比的内容融合在一起写，这也是宋人学唐诗的途径，真正得到杜甫正反融合笔法的，是辛弃疾，而且议全在叙里面，"君莫舞，君不见玉环飞燕皆尘土，闲愁最苦。"看上去是写景，其实是"议"，这真得了杜甫的神。杜甫《述怀》"沉思欢会处，恐作穷独叟"，这是翻个儿的笔法。辛弃疾《破阵子》(赠陈同甫)前面都是壮词，"醉里挑灯看剑，梦回吹角连营。八百里分麾下炙，五十弦翻塞外声。沙场秋点兵。马作的卢飞快，弓如霹雳弦惊，了却君王天下事，赢得生前身后名"，最后来一个转折，"可怜白发生"，心里的郁闷牢骚，全在这最后一句。这一句相当有力量，把一首全都推翻。这不是泄气，而是沉郁顿挫。东坡的结尾，有时结不住，"大江东去"词真是好，但结尾"人生如梦，一樽还酹江月"就有点托不住，反不如"但愿人长久，千里共婵娟"。虽然看透，还是给人希望。苏轼乐观主义的东西在《水调歌头》里，《念奴娇》有些泄气了，但辛弃疾最后一句不是泄气，是沉郁顿挫。这得体会啊。我说了不能算，你们要自己去琢磨。

把这些情况都了解了，再回来看《玉华宫》，就知道为什么像宋诗了。开头"溪回松风长"很美，和陶渊明、王维都很像，第二句就露出本相了，"苍鼠窜古瓦"，老鼠就在建筑物明面儿上窜来窜去，败落、荒凉

的气氛一下子就出来了。"不知何王殿,遗构绝壁下",这不是杜甫成心问,他猛一看,建筑讲究,但现在很荒凉,所以就怀疑,不知是哪朝哪代建造的,他是真的不知道,在绝壁之下何以有这样一个建筑,于是怀疑,而不是明知故问。进屋一看,久无人住,阴森可怕,"阴房鬼火青",再一听,就不是"溪回松风长"了,而是"坏道哀湍泻"。庙外的溪水流得慢,这里流得比较急,声音听着也是让人"哀"的声音。"万籁真笙竽,秋色正萧洒",是说周围的环境不错,但"美人为黄土,况乃粉黛假"。辛弃疾的词"君不见,玉环飞燕皆尘土"就从这儿出来。杜甫的议论暗藏在叙述中,即使是美人,现在已经是尘土,更何况还不是真正的美人,是靠涂脂抹粉装扮出来的美人。当年玉华宫中的宫女,侍奉皇帝出来避暑,个个都装扮一新。这里杜甫有批判,朝廷花费了大量的金钱、大量的人力,盖了这样的宫殿,远来避暑,结果现在什么都没有了。

我在课堂上讲苏轼的诗,我说不能小瞧《饮湖上初晴后雨》"欲把西湖比西子,淡妆浓抹总相宜"。用一位美女比西湖,这样一比,西湖永远年轻,永远美丽。后来我讲,又深一层。美要看本质,而不是表面,本质美,淡妆好,浓抹也好。因此,我讲《饮湖上初晴后雨》,一定是两首一起讲,不能只讲后一首"欲把西湖比西子",更不能只讲最后两句。第一首"朝曦迎客艳重冈,晚雨留人入醉乡。此意自佳君不会,一杯当属水仙王。"有人觉得下雨不好,其实下雨亦佳,这样的佳处只有湖上的水仙王能懂。此诗也是哲理诗。西湖的本质是美的,无论怎样都美。讲东坡的哲理诗,一般不提这首诗,其实也是哲理诗,苏轼学杜甫学到神里去了。宋人的作品确有比唐诗高的地方。"美人为黄土,况乃粉黛假",杜甫这两句很质朴。"当时侍金舆,故物独石马",当年的仪仗随从,多么了不起,现在只剩下石马,当初最不起眼的东西却能留存下来。以上种种都是他忧的内容,今昔之感,沧桑之虑,是杜甫最有感触的,"抚事煎百虑"(《羌村》)。

向前走,走不了了,"忧来藉草坐,浩歌泪盈把"。杜甫是一个过客,可以参照鲁迅《过客》来读。"冉冉征途间,谁是长年者"。长年,岁数大的人。杜甫说自己参观完玉华宫,还要向前走,不过是玉华宫的过客。其实,大家都是过客,人的一生也是过客,冉冉征途间,谁是长年之人呢?如果能长年,不就可以看见太宗以来的盛衰之变吗?但无人能如此,每个人都只看见历史的一部分。陈子昂《登幽州台歌》为什么"念天地之悠悠",他就会"独怆然而涕下"呢?一个人心中有无穷的宇宙,他看到自己只是一个短暂的片段,所以他难受,一个人如果只看到他的眼前名利,就不会有那种"前不见古人,后不见来者,念天地之悠悠,独怆然而涕下"的境界。这就是杜甫的境界,杜甫看到具体的景象——"当时侍金舆,故物独石马",但议论全含在这具体的描写中。杜甫认为贞观之治很伟大,但逐渐转衰,今人王永兴、李锦绣考证,睿宗也是被逼退位,不是禅让。陈寅老的治学方法,用周一良先生的话讲,就是通过很小的事情,看出社会、文化的巨变。杜甫所说的"当时侍金舆,故物独石马",你们琢磨琢磨,这里该有多深的意思!《红楼梦》从繁华着锦、烈火烹油的富贵变成衰败,好便是了,了便是好。如果人能活得足够长,就可以见证盛衰的变化,但谁也活不了这么长,看到的只是一个片段,想想过去,想想未来,所以会"泪盈把"。杜甫真正体会到唐朝的兴衰不是一个简单的问题。

第七讲

夜阑更秉烛
相对如梦寐

羌村三首
端午日赐衣
宾至
北征

第七讲　夜阑更秉烛　相对如梦寐

羌村三首
（至德二载　鄜州）

峥嵘赤云西,日脚下平地。柴门鸟雀噪,归客千里至。妻孥怪我在,惊定还拭泪。世乱遭飘荡,生还偶然遂。邻人满墙头,感叹亦歔欷。夜阑更秉烛,相对如梦寐。（其一）

晚岁迫偷生,还家少欢趣。娇儿不离膝,畏我复却去。忆昔好追凉,故绕池边树。萧萧北风劲,抚事煎百虑。赖知禾黍收,已觉糟床注。如今足斟酌,且用慰迟暮。（其二）

群鸡正乱叫,客至鸡斗争。驱鸡上树木,始闻叩柴荆。父老四五人,问我久远行。手中各有携,倾榼浊复清。莫辞酒味薄,黍地无人耕。兵革既未息,儿童尽东征。请为父老歌,艰难愧深情。歌罢仰天叹,四座涕纵横。（其三）

有的选本只选《羌村》的前两首,不选第三首,我认为这三首不能割裂,第一首写家里的人,包括妻儿、邻居,自己虽然回家,但居于客位,内容只限于家庭的内部;第二首写自己,自己是主角;第三首涉及全村,不要认为它不重要,这一首是写民间疾苦、村落荒凉,意义更大。"请为父老歌,艰难愧深情。歌罢仰天叹,四座涕纵横。"感情迸发得很厉害。第一首写得很生动,但只限于家庭内部。第二首着重自己的心情。从《赠韦左丞丈二十二韵》到《自京赴奉先县咏怀五百字》,看得出杜甫诗歌思想性大大提高。这一组诗,也不是为自己写,"抚事"的"事"包含国事、家事、天下事,不只限于自己。

前人说杜甫写诗"无一字无来历","每饭不忘君"。有人说杜甫一生有几个低谷，在朝为官时诗就不好。这不是读诗，只是在看杜甫的简历。杜甫在朝为官，他对朝廷期望是很高的。在古代，一个读书人，就要靠朝廷，生活离不开政治，可以远离政治中心，洁身自好，但不关心政治是不可能的。杜甫在朝为官时，生活比较安定，但未必没有好诗，比如《曲江》、《九日蓝田崔氏庄》。杜甫即使写政治诗，像《丽人行》、《兵车行》，"三吏"、"三别"，也能各就一种现象来写，《石壕吏》是抓丁，老人也不能幸免；《新安吏》是写抓小孩儿，《潼关吏》是写给将领的，一方面勉励那些劳工，一方面告诫将领"慎勿学哥舒"，不要学习哥舒翰。

安史之乱被平定，与安、史内部的矛盾有关，安禄山的儿子安庆绪，将安禄山刺杀，唐朝本身兵力不够，借了回纥（今天新疆的维吾尔族）的兵力。回纥不退兵，有传说郭子仪单骑谏回纥。从那时起，唐王朝名为统一，实际是藩镇割据。杜甫一生什么时候是高峰，什么时候是低谷，不能单从经济条件来看。和达官贵人来往，诗也未必不好。在成都写了不少闲适诗，也未必不好。"三别"也是三种不同的情况。《新婚别》、《垂老别》、《无家别》，其中《无家别》最令人不能忍受，家已无人，还要离乡背井。类似的诗不少，《夏日叹》、《夏夜叹》等，每首诗的主题都不一样。《月夜》写思家，《佳人》写女性，也只一首。在成都写了不少闲适诗。"舍南舍北皆春水"，"秋水才深四五尺，野航恰受两三人"，写得好极了。

一次在林庚先生家里谈选杜诗，一人说为什么不选"恶竹应须斩万竿"。这一句是不错，但整首诗就不见得好了。俞平伯先生讲杜诗，还专讲"低谷"时的诗，比如《端午日赐衣》：

　　官衣亦有名，端午被恩荣。细葛含风软，香罗叠雪轻。自天题处湿，当暑著来清。意内称长短，终身荷圣情。

朝廷赏赐了衣服，穿上很荣幸，尺寸正合身。要说这诗内容也无聊，衣服又不是只赏你一人，但这是杜甫，他认为有必要写。杜甫不像李白，李是"打秋风"的祖师爷。杜甫和严武那么好，有人考证《宾至》大概就是迎接严武。我认为从诗句看来的这位"宾"是一位当官的,是位俗人,杜甫不是太欢迎的人。不像是杜甫的朋友严武。

宾至

幽栖地僻经过少,老病人扶再拜难。岂有文章惊海内,漫劳车马驻江干。竟日淹留佳客坐,百年粗粝腐儒餐。不嫌野外无供给,乘兴还来看药栏。

诗写得很好。对一个作家,要全面地看。王维《早朝大明宫》:"九天阊阖开宫殿,万国衣冠拜冕旒。"写的是上朝所见,也是好诗。

《羌村三首》之一,"峥嵘赤云西,日脚下平地",峥嵘,读 zhēng héng,现在都念 zhēng róng。我上中学时,好几位老师还念 zhēng héng。这是黄昏时分的晚霞,火烧云比较重;"日脚下平地",太阳光一点点落下去,落到地平线下面。"鸟雀噪",此诗两处反映民俗,陆贾《新语》有"乾雀噪而行人至"。翁方纲《石洲诗话》卷一认为:

> 《羌村》第一首,"归客千里至"五字,乃"鸟雀噪"之语,下转入妻子,方为警动。鸟雀知远人之来,而妻子转若出自不意者,妙绝!妙绝!若直作少陵自说千里归家,不特本句太实太直,而下文亦都偪紧无复伸缩之理矣。此等处最是诗家关捩,而评杜者皆未及。

意思是说"归客千里至",乃是从群鸟的叫声中反映出来的。其实,鸟雀噪不稀奇,农村树多,很常见。"群鸡正乱叫,客至鸡斗争。驱鸡上树木,始闻叩柴荆",这是长江流域两湖的风俗,陈贻焮说湖南就有"鸡公斗,有客来"之语。1964 年我到湖北四清的时候,农民也这么说,来了生人,鸟就叫。"柴门闻犬吠,风雪夜归人"(刘长卿《逢雪宿芙蓉山主人》),也是这个意思。"妻孥怪我在,惊定还拭泪",这里有三层意思:第一是"怪",怪自己还活着。自己从长安到凤翔时,总担心家人出事,家人亦担心自己;第二是"惊";第三,"惊定"之后,又拭泪。一个平淡的场景也有明显的顿挫。"世乱遭飘荡,生还偶然遂",这次回来是个偶然。"遂"是个语助词,但不反映因果关系,而指突发的事情,"遂置姜氏于城颍"(《左传·隐公元年》);"遂为母子如初"(《左传·隐公元年》);"秦师遂东"(《左传·僖公三十二年》)。这里都不表示因果关系,而是说"就这样了",是一个非因果关系的,人为要让它如此。这里的"遂"当然是一个实词,如愿,达到目的;"偶然遂",则是意外。"邻人满墙头,感叹亦歔欷",写得好,"感叹"的是老杜生还,"歔欷"的是自己家的人还不知如何,还没有消息。歔欷,就是哭,不是叹气的意思,比感叹重,现在把这词的意思淡化了。东邻西舍都来看,这些邻居都会向生还的人打听自己家人的情况,此场此景经历过抗日战争的一定记忆犹新。内地的、沦陷区的,都要互相打听对方的消息。"夜阑更秉烛,相对如梦寐",行人远归,夜深了还秉烛相对,彼此都在想这应该不是梦。这给后来的诗人留下许多联想的空间,"乍见翻疑梦,相悲各问年"(《初见外弟又言别》);"今宵剩把银釭照,只恐相逢是梦中"(晏几道《临江仙》),这些诗各有不同的意味。杜诗这里是很沉默的场面,没有多少话可说,即使有话,一时也不知从何说起,反而像做梦一样。前面白天邻里询问,那是一个闹吵吵的环境,等到夜深了,人都散了,家人则如梦中相对。更,读四声;再,燃完一支蜡烛,再换一支蜡烛。有人读一声,更换,我认为读四声要好一些。更与秉两个动词连着,不好。

第二首争论的关键是"畏我复却去"。这上次讲过,我又看了看浦江清先生的解释,他也认为是见父亲脸色不好,小孩子躲开去。小儿女既不懂"忆长安",就不会是怕我再离开。"晚岁迫偷生,还家少欢趣。"回家住定,又感觉到前景暗淡,愁眉苦脸,小孩儿不懂,看见父亲的表情,就躲开了。却,退;去,离开。浦江清先生注杜诗,"忆昔好追凉,故绕池边树"之"故"是"常常"的意思,"清秋燕子故飞飞"(《秋兴》),"故飞飞"是常常飞。记得以前天气热的时候,常绕池边树;现在一片荒凉,池边树亦无可绕。"抚事煎百虑",想想现在,想想过去,任何一事都让人发愁。下面是设想之辞,"赖知禾黍收,已觉糟床注。如今足斟酌,且用慰迟暮。""赖知",幸亏知道;听说庄稼年成会不错,这样就可以有酒喝了。迟暮,一是指自己人生迟暮,一是指一年之迟暮,当时已"萧萧北风劲",从大的方面讲,国家也尚未扭转形势。有酒喝便可以混日子了。

第三首跳出自己的小圈子,写到当地的农村,反映当时战乱的情况。这是过了一两天之后,老乡来看望。问,是安慰的意思。携,读西。"浊复清":一说是有的酒清,有的酒浊;一说酒刚倒出来发浑,逐渐变清。不要嫌弃酒不好,庄稼无人耕种,兵火不断,连儿童都被征去。"儿童",有两个意思:在父老眼中,被征的兵,都是儿童,这个意思上,儿童是成年人;另一个意思是说,不光成年人,连儿童都被征。《新安吏》即是旁证。这里一层比一层意思深,村子荒凉凋零。"请为父老歌,艰难愧深情。歌罢仰天叹,四座涕纵横。"歌的内容,就是你们这么艰难,但对我这么好。歌罢自己仰天叹息,父老全都哭了,所以悲痛是共同的,这不是一家一户的沉痛,而是在战乱中所有人的沉痛。三首诗越写面越宽,感情也越深。有第三首这样的感情,才会有以后的"三吏"、"三别"。

北征
(至德二载 由凤翔赴鄜州道中)

皇帝二载秋,闰八月初吉。杜子将北征,苍茫问家室。维时遭艰虞,朝野少暇日。顾惭恩私被,诏许归蓬荜。拜辞诣阙下,怵惕久未出。虽乏谏诤姿,恐君有遗失。君诚中兴主,经纬固密勿。东胡反未已,臣甫愤所切。挥涕恋行在,道途犹恍惚。乾坤含疮痍,忧虞何时毕。

靡靡逾阡陌,人烟眇萧瑟。所遇多被伤,呻吟更流血。回首凤翔县,旌旗晚明灭。前登寒山重,屡得饮马窟。邠郊入地底,泾水中荡潏。猛虎立我前,苍崖吼时裂。菊垂今秋花,石带古车辙。青云动高兴,幽事亦可悦。山果多琐细,罗生杂橡栗。或红如丹砂,或黑如点漆。雨露之所濡,甘苦齐结实。缅思桃源内,益叹身世拙。坡陀望鄜畤,岩谷互出没。我行已水滨,我仆犹木末。鸱鸟鸣黄桑,野鼠拱乱穴。夜深经战场,寒月照白骨。潼关百万师,

往者散何卒。遂令半秦民，残害为异物。

况我堕胡尘，及归尽华发。经年至茅屋，妻子衣百结。恸哭松声回，悲泉共幽咽。平生所娇儿，颜色白胜雪。见耶背面啼，垢腻脚不袜。床前两小女，补绽才过膝。海图坼波涛，旧绣移曲折。天吴及紫凤，颠倒在裋褐。老夫情怀恶，呕泄卧数日。那无囊中帛，救汝寒凛栗。粉黛亦解苞，衾裯稍罗列。瘦妻面复光，痴女头自栉。学母无不为，晓妆随手抹。移时施朱铅，狼藉画眉阔。生还对童稚，似欲忘饥渴。问事竟挽须，谁能即瞋喝。翻思在贼愁，甘受杂乱聒。新归且慰意，生理焉得说。

至尊尚蒙尘，几日休练卒。仰观天色改，坐觉妖氛豁。阴风西北来，惨淡随回纥。其王愿助顺，其俗善驰突。送兵五千人，驱马一万匹。此辈少为贵，四方服勇决。所用皆鹰腾，破敌过箭疾。圣心颇虚伫，时议气欲夺。伊洛指掌收，西京不足拔。官军请深入，蓄锐可俱发。此举开青徐，旋瞻略恒碣。昊天积霜露，正气有肃杀。祸转亡胡岁，势成擒胡月。胡命其能久，皇纲未宜绝。

忆昨狼狈初，事与古先别。奸臣竟菹醢，同恶随荡析。不闻夏殷衰，中自诛褒妲。周汉获再兴，宣光果明哲。桓桓陈将军，仗钺奋忠烈。微尔人尽非，于今国犹活。凄凉大同殿，寂寞白兽闼。都人望翠华，佳气向金阙。园陵固有神，扫洒数不缺。煌煌太宗业，树立甚宏达。

《北征》很长，不能细讲，我读一遍。八月初吉是好日子，环境艰苦，朝廷社会皆无闲暇，而我例外，我很惭愧，皇帝对我特别照顾，允许回家。"拜辞诣阙下，怵惕久未出"，是说拜辞皇帝时，对皇帝有所陈奏。虽然我的态度不一定好，我也不一定会谏诤，但的确是怕皇上有遗失。您考虑问题诚然很周到，但安禄山叛军还没有被平定。走出来，我的思想还没集中，还很恍惚，心神不安。天下还到处是百孔千疮，我的忧虑何时能够结束呢？以上是第一段，虽然离朝，时时以国事为重，时时想到国事。

从"靡靡逾阡陌"到"遂令半秦民，残害为异物"，是第二段。靡靡，一望无边的意思,有的讲成迟疑,不妥,这与"靡望"接近。路很长,过了一条又一条,人很少,路上到处是受伤的人。过了一座山,又是一座山,经常看见山洞,洞中有水可以饮马。"邠郊",陕西北部;路上常碰见危险的事儿,听见虎啸,山崖都裂了。菊花到了秋天就开了,石头上的车印,是远古以来留下的。青云打动了我,使我的兴致很高。"高兴",使我的兴致很高。"幽",偏僻。"山果多琐细,罗生杂橡栗。或红如丹砂,或黑如点漆。雨露之所濡,甘苦齐结实。"这一段好像是风景,好像是很安静的生活,实际是说,战乱影响了交通要道,越繁华的地方受到的破坏就越多,在山野偏僻之处,还能见到些野趣,这等于是一个世外桃源,战火还没有弥漫到这里。在这么安适的地方,就好像在桃花源。"坡陀",山势高低不平。望望家乡所在的鄜州,"岩谷互出没"。岩是高处,谷是低处,形容山路高低交互。"我行已水滨,我仆犹木末。"我走到水滨,为我扛行李的人走得慢,还在山林边上。"鸱鸟鸣黄桑,野鼠拱乱穴。夜深经战场,寒月照白骨。潼关百万师,往者散何卒(cù)。遂令半秦民,残害为异物。"卒,读促,现在写作"猝"。哥舒翰打败,军队一下子就溃败了,半个秦国的地方,都受其害。

"况我堕胡尘"到"生理焉得说",是第三段。堕与坠是有区别的。以水平线、地平线为线,地平线以上高向下落,叫坠,苹果从树上落,叫坠落,南朝时有绿珠坠楼;向水平线、地平线、正常水平以下,向下落,叫堕,所以说堕入十八层地狱,"堕胡尘"就是沦陷在敌人的包围中;堕胎,也不能说坠胎。凡是不正常的,生活水平以下的,都叫"堕"。当初,自己把妻子安顿在鄜州,欲赴凤翔而身陷胡尘,一番波折,已过去一年。妻子衣服全是补丁。"恸哭松声回,悲泉共幽咽。"这是很伤心的场景,与"溪回松风长"(《玉华宫》)不同,那是幽静的环境,这里很悲哀。自己喜欢的孩子,原来白白净净,现时却"垢腻脚不袜"。小女儿穿的连补带缝才过膝盖。杜甫祖上做过官,还有一些旧物,当初做官穿的衣服,上面有图案,现在都拆了。"颠倒在裋褐"说因补缀,衣上原来的图案已颠倒错乱。"天吴",海神名。回家后,上吐下泻。自己也带回来一些衣料、化妆品,前文"我仆犹木末",这是扛行李之人,所以这里交代了行李是什么。"瘦妻面复光,痴女头自栉。学母无不为,晓

妆随手抹。移时施朱铅,狼藉画眉阔。"诗真是写活了。活着回来,看见孩子这样天真,孩子问事,还拽自己的胡子,想到自己沦陷的时候,现在孩子再嚷嚷我也情愿。写得真好。"生理",生活的计划;"生理焉得说",将来生活的计划,哪里谈得到。

下面又一下子转入时局。《北征》等于一段历史记载,开篇是史官的笔法。到第二大段,回家之事已经结束。以下第三大段有两节:"至尊尚蒙尘"到"皇纲未宜绝"是一段,写当前的局面,"忆昨狼狈初"以下是第二段。什么时候才能停止练兵,敌人的气焰还很高。"阴风西北来,惨淡随回纥",杜甫对借回纥外兵灭内乱有看法。这是不得已而为之。回纥的王愿意和我们携手消灭敌人,他们有骑兵,善于驰骋。"四方服勇决",各地的人都觉得回纥兵很勇敢,很果断,但"此辈少为贵",借兵不宜太多。他们破安史敌兵比箭还快。皇帝欢迎回纥兵,但对于借回纥打安史的军队,时议不太顺心满意。君臣之间也有不同看法。伊洛可以很快收复,长安也可以一气拿下,但最好不要老用回纥兵,官军也请你们深入,养精蓄锐到一定时候,一定要出击。希望你们一下子夺取苏北山东山西河北。秋天是肃杀的季节,希望正气上扬。期望唐朝的军队有所作为,不要全指望回纥兵。

最后一段回顾安史之乱爆发时的情景,奸臣被铲服,同党的坏人一起被扫除。褒姒和妲己,都是靠外来的力量消灭的,但杨妃兄妹是靠自己的力量消灭的,所以唐朝比前代强。"不闻"就是没听说古代有这样自除奸恶的事情。"周汉获再兴,宣光果明哲",以汉宣帝和汉光武帝的中兴来比唐朝,陈将军是指陈元礼,他逼死杨国忠、杨贵妃,算得上是忠烈之人,靠了他国家度过危难。"凄凉大同殿,寂寞白兽闼",长安还没有恢复,但沦陷区的人民希望皇帝快点回来,好的气象重归都城。唐朝皇帝的祖先是会保佑的。"数",定数、命运,按照园陵扫洒的命数来看,唐朝还不会亡。唐太宗时那种国家的元气,将来一定可以恢复。"苴",又作"菹",我做过一个考证。"苴",指菜剁碎了;"醢",指肉剁碎了。苴,就是榨菜的"榨"。从"艹"为"苴";从"木"为"柤",现在写作"楂"。

第八讲

每日江头尽醉归

曲江二首
曲江陪郑八丈南史饮
曲江对酒
九日蓝田崔氏庄
独立
赠卫八处士

第八讲　每日江头尽醉归

今天讲《曲江》二首、《九日蓝田崔氏庄》、《独立》、《赠卫八处士》。

曲江二首
（乾元元年　长安）
其一
一片花飞减却春,风飘万点正愁人。
且看欲尽花经眼,莫厌伤多酒入唇。
江上小堂巢翡翠,苑边高冢卧麒麟。
细推物理须行乐,何用浮名绊此身。

其二
朝回日日典春衣,每日江头尽醉归。
酒债寻常行处有,人生七十古来稀。
穿花蛱蝶深深见,点水蜻蜓款款飞。
传语风光共流转,暂时相赏莫相违。

《曲江》二首是杜甫返回长安后写的,肃宗回到长安,杜甫也跟着回来,在作此诗之前,有一系列在朝廷写的诗,比如《和贾至早朝大明宫》,贾至的诗,王维、岑参都有和作。这个阶段杜甫有好几首诗写朝廷,也有表示歌颂的,直到乾元二年写《洗兵马》为止,这个阶段杜甫也有一些应酬诗。杜甫的诗无论哪个阶段都有好有坏,晚年也有不好的,我不同意把在长安做官这段时期概括成杜诗的低谷。不能按照在朝做官还是流落在外,来判断其诗歌创作的高潮和低谷,这是很皮毛的看法。

杜甫任左拾遗被贬官,做华州司功参军,"久作河西尉,凄凉为折腰。老夫怕趋走,率府且逍遥"(《官定后戏作》),从这诗里看出,他薪俸很少;在长安时也很穷,所以要"朝回日日典春衣"(《曲江》)。按生活穷困、环境优劣来判断诗歌高低,持这种论点的人有官本位思想。杜甫到成都以后,环境有很大改变,诗风也有很大变化,写了不少近于闲适的诗,"闲适"这个概念是白居易提出的。杜甫住在成都时写的闲适诗都很好。

《曲江》的背景是至德二载九、十月间,唐肃宗回长安,又把玄宗接回来。杜甫也就在这个时候回到长安,仍做左拾遗,第二年暮春三、四月间写此二诗,六月被贬为华州司功参军。请参看仇注卷六的一首诗,题目很长,《至德二载甫自京金光门出间道归凤翔乾元初从左拾遗移华州掾与亲故别因出此门有悲往事》。这就是自传,说明他作《曲江》诗没多久,就被贬谪。在华州辞官,带家眷赴天水,又从秦州走栈道,入成都。从这个很长的题目看,杜甫在长安的处境不是很好。《曲江》二首是名作,浦江清先生选杜诗也选了这两首,王嗣奭《杜臆》说两诗是"忧谗畏讥"之作。可见,此诗不能光看表面,而且我认为杜甫写曲江的诗,这两首最有名,前后还写了《曲江对酒》、《对雨》等,皆不如这两首有名、精彩,但毕竟从同时的作品中也可以看出他的思想。比如,《曲江陪郑八丈南史饮》:

雀啄江头黄柳花,鹡鸰鸂鶒满晴沙。自知白发非春事,且尽芳樽恋物华。近侍即今难浪迹,此身那得更无家。丈人才力犹强健,岂傍青门学种瓜。

其中"近侍即今难浪迹,此身那得更无家",意思是自己已经当了拾遗,不像过去那样漂泊,自己也不愿再过漂泊的生活,但还是有担心。《曲江对酒》:

苑外江头坐不归,水精宫殿转霏微。桃花细逐杨花落,黄鸟时兼白鸟飞。纵饮久判人共弃,懒朝真与世相违。吏情更觉沧洲远,老大徒伤未拂衣。

这诗很有名,其中"桃花细逐杨花落,黄鸟时兼白鸟飞"是名句。诗中说自己放纵地饮酒,反正别人都不爱搭理我,已经懒得上朝,我与这个世界合不来。很想去过隐士那样闲散的日子,自己岁数这么大了,还是没有拂衣而去。这和前面的"近侍即今难浪迹,此身那得更无家",都很明显,作者是一肚子牢骚。

回头看《曲江》第一首。首句"一片花飞"有个争论,王嗣奭讲成"一片花瓣",这太死了。我认为"花飞"有两种理解,一种和下面的"风飘万点正愁人"联系,是指柳絮,我认为"花飞"是"飞花","万点"是"万点","花飞"还是花,"万点"是柳絮。大历十才子韩翃"春城无处不飞花,寒食东风御柳斜。日暮汉宫传蜡烛,轻烟散入五侯家"。这里的"飞花",恐怕也不是柳絮。杜甫第二句是说柳絮。春天花先落,柳絮后飞。"一片花飞减却春",花盛开时春天最好,花飞则春意不足。柳絮飞则春天已过去了,所以"风飘万点正愁人",见飞絮满眼就更让心中愁闷。尽管花已经没多少,但树上还有一些,"且看欲尽花经眼",虽是残春,我还是要多看几眼,"莫厌伤多酒入唇",心中别扭,喝多也未必就舒服,但尽管别扭,还是喝吧,不要嫌过量。伤多的意思是,不要嫌酒喝得过量对自己不好。伤有怕的意思,伤多,苦多也。"平林漠漠烟如织,寒山一带伤心碧"(李白《菩萨蛮》)。"伤心碧"就是碧得要命,不是伤心的意思,俞平伯先生就这么讲。

《丽人行》写到的曲江犹如北京的香山、颐和园,社会兴旺的时候,是高官贵族也去的地方,大乱之后,再回到曲江,杨妃这样的外戚家庭已经衰落了,玄宗的宠臣也落魄了。《秋兴》"王侯第宅皆新主,文武衣冠异昔时",一朝天子一朝臣,"江上小堂"不知是当初哪个贵族的别墅,可是,如今"巢翡翠",当初是很豪华的,现在没人了,却有了鸟窝。"翡翠",说翡翠是绿色的,其实,翡翠不是一种颜色,翡是红色羽毛的鸟,翠是绿色羽毛的鸟。我以前听周祖谟先生在课堂上讲过,是两种鸟。琲,是红颜色的玉;绯,是红颜色的丝织品;所以桃色新闻,又叫绯闻。有人考证,翡翠是一对鸟,有雌雄不同,是一个品种。当初华丽的

房屋是豪华人家避暑游乐之地,现在成为鸟筑巢的地方,这一句是正面写的,杜诗还有"小堂",刘禹锡"旧时王谢堂前燕,飞入寻常百姓家",就连"堂"也没有了,鸟只能去寻常人家去搭窝。周汝昌先生讲"朱雀桥边野草花",这个"花"是动词,野草有的开花了,不是经过人工整理,是荒凉的景象。"乌衣巷口夕阳斜",阔人所住的地方,如今荒凉了。我同意周先生的讲法。不要认为中唐诗就比盛唐差。现在很多地方都有假的名胜古迹,像南京把一个旧房子题匾"王谢人家",试问两家如何住在一起?我在上海,去一个饭馆,进到雅座,上有五个字,竟然写"灯火阑珊处",饭馆根本不懂"阑珊"是什么意思,饭馆要是灯火阑珊,离关门大吉就不远了。回到杜诗,"苑边高冢卧麒麟",那死的人当初一定是贵族,不然坟前不会有高大、豪华的石麒麟,然而现在只剩下坟前的这些。今昔沧桑之感不用多说,"巢翡翠"、"卧麒麟"就够了。与《玉华宫》的"故物独石马"是一个意思。曲江当年就是贵族流连的地方。

"细推物理"指仔细琢磨事物的道理,就是今昔沧桑之变很快,当年玄宗在位时一片歌舞升平,安史之乱,太子跑到西北,皇帝跑到西南,长安沦陷了,变成了"黄昏胡骑尘满城"的荒凉景象,现在回来了,再看看小堂只有鸟,没有人了,贵族的坟那么讲究,但也只剩石兽了。思来想去,人事无常,干脆还是及时行乐吧,"何用浮名绊此身"。这里王嗣奭讲得好,"名"不是名利之名,而是名位之名。为何要为做拾遗这一个小官,把自己绊住呢?我以前念这两句诗,觉得杜甫这两句诗也平常,或者干脆说是有点俗气,我和吴组缃先生聊过,吴先生说这诗很有名,但"细推"这两句也平常,这么写容易念。这回再读,我觉得要注意两个字,一个是"细"用得好,仔细琢磨社会上的道理,下一句"绊"字好,浮名把自己捆住了。我觉得这两句诗不是孤立的,最好还是参考杜甫同时写的其他曲江诗,明显可以看出,他不想久在朝廷。对照"纵饮久判人共弃"、"懒朝真与世相违"、"吏情更觉沧洲远,老大徒伤未拂衣",牢骚之意很直接了,这里"细推"两句没有直说,实际就是不想在朝廷了。古典诗词里及时行乐的情绪很多,比如《古诗十九首》"昼短苦夜长,何不秉烛游",究竟是真的放纵,还是有牢骚,要具体分析,用二分法来看。

再看第二首,"每日江头尽醉归",浦起龙《读杜心解》有一个见解,认为"日"当作"向"。我一开始觉得改得还可以,后来一想,似乎又不好。杜甫连用三个"日"。这句是说自己,过日子拆东墙补西墙,上朝的衣服值点钱,今天喝酒没钱,下朝后就把朝服给当了。我联想到杜甫五律《端午日赐衣》,端午节皇帝赏了一件宫衣。俞平伯先生讲这首诗也讲错了。"宫衣亦有名,端午被恩荣",俞先生认为宫衣是有名的衣服,我跟父亲玉如公说了,父亲说不是衣服有名,而是名单里有杜甫。朝廷赏赐朝官的衣服,也有我一份,我在名单中。端午节我也受到额外的恩宠。"意内称长短",赏赐的衣服,一般没那么合适,没想到赏赐自己的这一件,穿上尺寸正合适,是"意内",不是"意外"。别看这只是一首应酬诗,写得挺好。

如果是"每向江头尽醉归",就不是天天喝酒,隔几天都可以叫"每向","每日"则是天天喝。"酒债寻常",七尺为寻,八尺为常,或倍寻为常,"寻常"是度量词,所以"寻常"对"七十"。走个七八步、十来步,就有个酒馆,便有酒债。换句话说,我喝过酒的地方都欠了酒债。通俗也是诗的好,"人生七十古来稀",一千年来,这就变成了成语。一个人的诗能有一句传诵千年,也是很荣幸的事,不要说我们自己,许多大诗人也没有这样。这诗写得真好,把心情全都刻画出来了。李白是阔喝酒,"五花马,千金裘,呼儿将出换美酒,与尔同消万古愁",是不是说大话且不论,口气在那里摆着,"陈王昔时宴平乐",总是与高高在上的贵族相比。这就是李白。杜甫有些穷酸——"酒债寻常行处有"。为什么如此颓唐呢?因为"人生七十古来稀"。杜甫不到六十岁就去世了,一生穷困,即使在成都日子好过的时候也不宽裕,他这一辈子,好比一个一辈子唱戏的艺人,唱得非常精彩,但就是不上座儿,死了以后却享大名。

"穿花蛱蝶深深见",见(读 xiàn),发现,叶梦得《石林诗话》说,"深深字若无穿字,款款字若无点字,亦无以见其精微。然读之浑然,全似未尝用力,所以不碍气格超胜。"他讲得比较抽象,要我讲,就是花都开在叶子上,穿花,可见蝴蝶飞得浅,就在表面,所以容易被看见,但有时也飞到低处、花丛的深处去。"深深见"即是有时见蛱蝶在花丛深处。蜻蜓点水,速度肯定很快,款款则是慢,在水面上徐徐地,从容不迫地飞。杜甫高明。叶梦得见其好,说"见其精微,读之浑然",但没说出为什么。我这里求个甚解。

"传语风光共流转,暂时相赏莫相违。"这两句不太好讲,前人注解言之不详,我认为这一句是承五、六句而言,让蝴蝶和蜻蜓跟春光传语,"流转"即是流连,请活跃的蛱蝶和蜻蜓,跟风光传语,让它不要走得太快,让它像你们一样在这里流连徘徊吧。我这里看你们很享受,请你们给春光带个话,一块儿多流连流连,多欣赏欣赏,"相赏莫相违"。

这两首诗很有味道,"赋者,铺也,铺采摛文,体物写志"(《文心雕龙》)。什么叫"铺采摛文,体物写志"呢?这两首诗写得很精微,"全似未尝用力"(叶梦得语)。杜甫既铺采又摛文,但有顿挫,而无棱角。看起来很自然,其中见他的功夫。他自己说"晚节渐于诗律细",很流畅,但功夫很深,这才是杜甫。陈寅老自己也会作诗,他曾经说杜甫是中国第一诗人。尽管杜甫也有天才,但他后天的功底,没有人比得上,可是后天功底后人是可以学的,只要勤奋下工夫,能掌握一部分,但先天的才华天赋,没有李白的天赋就别想。一个演员有好嗓子不足为奇,愿意怎么唱就怎么唱,听着是过瘾,但因为嗓子好就不讲究,线条就粗。嗓子不好的人,字斟句酌,也可以有韵味,可以学,有迹可寻。为什么后世学杜甫的人多,因为他后天的功底深,只要下工夫,多少可以得一鳞半爪。

九日蓝田崔氏庄
（乾元元年 华州）

老去悲秋强自宽,兴来今日尽君欢。
羞将短发还吹帽,笑倩旁人为正冠。
蓝水远从千涧落,玉山高并两峰寒。
明年此会知谁健?醉把茱萸仔细看。

《九日蓝田崔氏庄》,这是好得不得了的一首诗。仇注引杨万里评"老去"两句:"方说悲忽说欢,顷刻变化。"把上句之悲与下句之欢对照起来看,他认为这两句写得好,其实我认为这两句功夫太深了,不是很随便写的,中间有一个字"秋",九月初九正是秋天。对照的其实不仅仅是悲秋之"悲"和下句的"欢"。"老去"和"今日",也是对照,"君"和"自"也是对照,还有"强"和"尽"也是对照,"强"是本来没有,硬要让它宽慰,"尽"一欢到底。上句的"宽"和下句的"兴来"也是相衔接的,正因为我"强自宽",所以有"兴",如果"宽"不起来,就没有"兴"。这十四个字,一个闲字也没有,天衣无缝。念起来也很自然、顺畅,锤炼的工夫都在诗的背后,厚积薄发,老杜下的工夫不是一般人能下的,这还只是中期的作品。

"羞将短发还吹帽",用《世说新语》、《晋书》里孟嘉落帽的故事,我要问一个问题:这帽子到底掉了没有呢?桓温在重九请孟嘉喝酒,孟嘉落帽,桓温令人写诗讥其失礼。其实这里的帽子没掉。"将",戴着。在此处不是助动词,而是直接的及物动词。"把",用手拿着,李白"手把芙蓉朝玉京"中的"把"也是拿着的意思。王安石诗"一水护田将绿绕,两山排闼送青来",一般人讲一条水把绿的田绕住了,我认为绿指水绿,田是不是绿不知道,"将"是带着的意思,水带着绿色绕着田;"送青来",送来的意思。羞将的"将",意思是我现在年纪大了,头发稀少,"白头搔更短",我到这里来就怕别人笑话我、奚落我,要像孟嘉似的把帽子掉了就太丢人了。我现在是一头稀疏的短发,就怕帽子太松容易掉,帽子吹掉,就更让人笑话,所以趁着帽子还没有掉,让旁边的人帮自己正一正。用孟嘉的典故,但反着用,用活了,这才是真正的杜甫。他的意思是,自己头发已经短了,再把帽子吹掉了,就更贻笑大方了。所以不等它吹掉,就请人帮忙正冠。诗从一开始说心情,是内在的,"正冠"与"吹帽"是外在的,是心情的表现。一、二两句很含蓄,三、四说得又很琐碎。如果这样一直下去,诗的格局太小,要有气无力了。古代重阳是大节气,杜甫此时在华州,主人把他请到蓝田,离得不远。五、六句掷笔天外,格局一下就展开了,"蓝水远从千涧落,玉山高并两峰寒。"黄庭坚有"落木千山天远大",他不用一个特别大的数词——

"千山",就不足以把格局展开,"蓝水远从千涧落"的"千涧"也是如此,山上的水流下来,这是从上往下看,然后"玉山高并两峰寒"句是从下往上看。蓝田山又叫玉山,旁边还有一座山,不只一个山头,山带有秋意,所以说是"两峰寒"。王维诗"寒山转苍翠,秋水日潺湲",什么是"转苍翠"?我问家父玉如公,他说,如果在夏天,一片都是绿的,看不出哪里不绿,秋天树叶落了,别的地方都不苍翠了,山上都是不落叶的乔木一类,反而只显得它绿了。"转",用得好。"潺湲",现在都和"潺潺"混淆。"潺湲",颜师古注武帝《秋风辞》:"水流疾貌",不是缓缓的流水。秋天水少,水流得急,一天比一天快。许多注都错了。王维这两句,一句水,一句山,都是秋天的景致。"落"还有流得快的意思,这要和王维的诗对照来看。仇注:"山水无恙,而人事难知。"杜甫心里本来不愉快,是"强自宽"、"尽君欢"而已。"明年此会知谁健,醉把茱萸仔细看",茱萸,九月九佩带可以长寿,明年是不是自己的体力还能和你们一起玩呢?希望自己明年健康一点,还来和你们聚会。"把",手里拿着的意思。这诗写得太好了。

独立
(乾元元年 华州)

空外一鸷鸟,河间双白鸥。
飘飖搏击便,容易往来游。
草露亦多湿,蛛丝仍未收。
天机近人事,独立万端忧。

仇注:"此诗托物兴感,有忧谗畏讥之意,必乾元元年在华州时作。"鸷鸟是猛禽;"空外",空读 kòng。杜甫《捣衣服》"君听空外音"之"空",亦读 kòng。"河间双白鸥",不知厄运要来临。猛禽一下就可以把白鸥逮住,而白鸥毫无防备。"容易",从容自得,毫无思想准备。"草露亦多湿",用《诗经》"岂不夙夜,谓行多露"。一位冤无处诉说的妇女,不是我怕夜间赶路,是担心露水沾湿了衣服,这是忧谗畏讥的意思。"蛛丝仍未收",陷阱未收,是比兴。辛弃疾《摸鱼儿》提到"蛛网",也是比兴。我怀疑这里有一个是杜甫的朋友,自己与他是"双白鸥",那位朋友已经遭遇谗害。五、六两句比喻自己还要小心,别人的罗网在那里等着。"天机近人事",虽然是天然之物,但与人事接近,那一只白鸥不知如何,在挚鸟的控制之下,只剩我一个人——"独立万端忧",心中忧虑。诗有古典、今典,此诗具体指什么,今天已不可知,但看诗意,杜甫面临的是又有陷阱,又有风险的处境。此诗前六句全是比兴。人类社会也是弱肉强食,到处有陷阱。

赠卫八处士
(乾元二年 华州)

人生不相见,动如参与商。
今夕复何夕,共此灯烛光。
少壮能几时,鬓发各已苍。
访旧半为鬼,惊呼热中肠。
焉知二十载,重上君子堂。
昔别君未婚,儿女忽成行。
怡然敬父执,问我来何方。
问答未及已,驱儿罗酒浆。
夜雨剪春韭,新炊间黄粱。
主称会面难,一举累十觞。
十觞亦不醉,感子故意长。
明日隔山岳,世事两茫茫。

此诗年月也不容易考,卫八处士不详,杜甫在华州时到过洛阳,诗写于从华州到洛阳的路上,还是辞官后从华州到秦州的路上呢?不太清楚。与卫八二十多年不见。杜甫对老朋友感情很深,像郑虔,到晚年还时时怀念。杜甫早年有一批朋友,到四川以后也不提了,卫八以前没提过,以后也没再提,可见分手后再也没相见。杜诗对友人的真情流露,一是郑虔被贬台州司户,他写的七律:"郑公粗散鬓成丝,酒后常称老画师",另一首就是《赠卫八处士》,这都是杜诗的亮点。"三吏"、

"三别"是好，但是客观描述，这是发自内心的，不是一般应酬诗能写得出来的。

"人生不相见，动如参与商"，本来是见面后写的诗，可开头先说见不到面。参、商，一在天亮，一在天黑，这两颗星永远碰不到面。"今夕复何夕"，用《诗经》"今夕何夕，见此邂逅"，用得很巧妙，今天是什么好日子，我们两人"共此灯烛光"。诗人肯定是黄昏来投宿，我们在一盏灯烛光下见面了，很有味道，要是"共此太阳光"就没意思了。"少壮能几时，鬓发各已苍"，我认为这两句谁都可以写得出来，好在下面的"访旧半为鬼，惊呼热中肠"。我们的老朋友死了一多半，说起那些不在的人，心中一次次难受。这两句的分量说明见到卫八处士是太不容易了。"焉知二十载，重上君子堂"，没想到我和你见面，而且到了你家。"昔别君未婚，儿女忽成行。怡然敬父执，问我来何方。"儿女很懂礼貌，可见卫八处士的家很和谐知礼。这里有一个字，"问答未及已，驱儿罗酒浆"，一本作"儿女罗酒浆"，我认为"驱"字生动。"夜雨剪春韭，新炊间黄粱"，可见卫八处士家里也不富裕，无鸡鸭鱼肉，饭是二米饭，有小米，园中剪来的韭菜，饮食很简单，但太亲切了。卫八是隐士，招待的是家里现成的东西。"主称会面难，一举累十觞"，多年不见，痛快饮酒。"十觞亦不醉，感子故意长"，一连喝了十杯也不醉，不是不醉，是忘了醉。诗太好，不用讲。亲切的友情、和谐的场景、愉快的关系都有了。"明日隔山岳，世事两茫茫"，前途如何，自己也不知道，我怀疑是从华州到秦州去。结尾两句结得太好了，前面和谐的气氛、愉快的场景、亲切的交情，如何收结呢？处士应该没什么变化，茫然的是杜甫自己的未来，说是"两茫茫"，其实诗人主要说自己的感受。

诗讲完了，我说两句闲话。我是戏迷，戏的结尾不容易结好，我看过程砚秋的《红拂传》好多次，程演《红拂传》有个条件，必须是侯喜瑞唱虬髯公。20世纪50年代初，程在天津唱，正赶上侯喜瑞在，我一看马上去搞票，要看这出戏。我主要想看侯喜瑞，程当然也好。程当年拿这戏与梅兰芳的《霸王别姬》较劲，《霸王别姬》是1921年开始排演，1922年正式演出，靠舞剑叫座。程此戏，红拂与虬髯公分手时也舞剑，《别姬》唱二六，这个唱南梆子。我看过好几次，舞完剑戏就完了，这一次我坐得很近,舞完再唱一句。插一句,梅兰芳晚年演《霸王别姬》,舞完最后一句不唱了,那一句是"宽心且把宝帐坐",再下一句"待听军情报如何"唱不唱无所谓,晚年就不唱了,这一句省略了没关系,不影响剧情。可是程《红拂传》的最后一句是"此一去再相逢不知何年",这句不能省。最后唱这一句,我哭了,真是感动。剧情是一个饮酒的欢娱场面,舞剑助兴,舞完了,就是这一句,红拂内心的话说出来了。这不就是杜诗的"世事两茫茫"吗?这是50年代初的事,1958年初程先生故去。到了80年代,程的徒弟王吟秋也唱《红拂传》,他给我送了一张票,在民族文化宫,舞剑之后,王也把最后一句省了,我觉得很遗憾。他没有体会那一句真正的分量。第二天一早他来看我,征求意见,我就把自己的感受跟他说了,我说最后一句不能省,要唱出最深的感情。王很虚心,后来他在中央电视台录像,把这一句补上了。过去人讲做文章要"凤头"、"猪肚"、"豹尾",这个"豹尾"很重要,杜甫"明日"两句,就是"豹尾"。这两句思想感情,与程砚秋的戏最后一句一样,越琢磨越深。杜诗的闪光点不仅仅是"三吏"、"三别",只了解那些诗还是浮在水面上的鱼,做学问更要深入到海底,那里有的是宝贝。这首诗,要有多重的笔力才能收住,最后两句表面上看也挺平常,但它们收住了。

第九讲

安得壮士挽天河 净洗甲兵长不用(上)

洗兵马
新安吏
潼关吏
石壕吏

第九讲　安得壮士挽天河　净洗甲兵长不用（上）

洗兵马
（乾元二年　长安）

中兴诸将收山东，捷书夜报清昼同。河广传闻一苇过，胡危命在破竹中。只残邺城不日得，独任朔方无限功。京师皆骑汗血马，回纥餧肉蒲萄宫。已喜皇威清海岱，常思仙仗过崆峒。三年笛里关山月，万国兵前草木风。成王功大心转小，郭相谋深古来少。司徒清鉴悬明镜，尚书气与秋天杳。二三豪俊为时出，整顿乾坤济时了。东走无复忆鲈鱼，南飞觉有安巢鸟。青春复随冠冕入，紫禁正耐烟花绕。鹤驾通宵凤辇备，鸡鸣问寝龙楼晓。攀龙附凤势莫当，天下尽化为侯王。汝等岂知蒙帝力，时来不得夸身强。关中既留萧丞相，幕下复用张子房。张公一生江海客，身长九尺须眉苍。征起适遇风云会，扶颠始知筹策良。青袍白马更何有，后汉今周喜再昌。寸地尺天皆入贡，奇祥异瑞争来送。不知何国致白环，复道诸山得银瓮。隐士休歌紫芝曲，词人解撰河清颂。田家望望惜雨干，布谷处处催春种。淇上健儿归莫懒，城南思妇愁多梦。安得壮士挽天河，净洗甲兵长不用。

今天重点讲《洗兵马》，这首诗我开始觉得问题不多，当年林庚先生选唐诗，我注释过全诗，但这次看仇注，前两句即引起了我的思考："中兴诸将收山东，捷书夜报清昼同"，我的理解是，把山东敌占区收复，这是大事，应是"捷书夜报"连夜就有捷报，清晨捷报跟着又来。这是古诗的句法，突出夜报，但仇注云"夜与昼同"，白天有捷报，晚上来的捷报与白天一样。这与我理解的正相反。我们要根据生活的逻辑来考虑，如果战报白天就来了，白天时间长，晚上又来，距离不是很短，这不足为奇，而半夜里来捷报，情况就不一样。好比夜里接到电话都比较紧张，白天就平常了。杜甫突出"夜报"，天亮又来，就是捷报频传。夜报更令人紧张而惊喜。

　　平息安史之乱，像郭子仪、李光弼他们做了不少事情，杜甫对他们也特别肯定。但是，安史之乱被平息有内因，首先是安、史父子有矛盾，安庆绪把安禄山杀了，史朝义也被其子所杀。安史之乱被平定，不仅仅靠唐朝借用少数民族的兵力，也因为叛军内讧。安、史叛军由北方各个少数民族的胡人汇集而成，前一段时间我审读《陈寅恪年谱》的稿子，其中提到陈寅老给女儿讲《哀王孙》"朔方健儿好身手，昔何勇锐今何愚"，说自己不会讲了，锐是精锐的意思，愚是糊涂。"锐且愚"很矛盾，是什么意思呢？陈寅老查史书，发现当时郭子仪被任命为朔方节度使，用的一批少数民族的战士，和安史叛军中的少数民族战士是同族的，都归朔方节度使管辖，其中有人受安史挑拨参加叛乱，攻入长安，在京城里横行霸道。杜诗的意思是，你们本来是朔方节度使管辖的百姓，如何跟了叛军呢？陈先生是"以诗证史"，"以史证诗"。周一良先生在文章中也这样讲，王国维讲"两重证据法"，做考证不能用"孤证"，梁启超最反对用"孤证"。我对于"两重证据法"、"孤证不立"的知识，是上高中一年级学的，我的老师朱经畲先生是北师大钱玄同的学生，与隋树森一班，长期教中学。朱老师讲《诗经》，除了毛传、郑笺、孔颖达正义，还告诉我们姚际恒、方玉润、崔东壁、顾颉刚等，他把五四的学问介绍给学生，给我打开了眼界。我早年对梁任公、钱穆、顾颉刚诸先生的了解都是听他讲的，朱老师讲《楚辞》会提梁任公、陆侃如，讲《左传》会提《新学伪经考》、《刘向歆父子年谱》。那时高中老师的水平，恐怕现在教本科的老师也未必赶得上。我知道《史通》"六家"、"二体"，也是高一的历史课上学的。后来我陪邓广铭先生面试研究生，见到报考历史系的博士生、硕士生，就问"六家"、"二体"是什么，结果没有一个学生答出来。"文革"前我在人民大学讲过八周"工具书使用法"，当时的听讲者刘梦溪后来说他对《汉志》、《隋志》等的了解，就是在我的课堂上。

"河广传闻一苇过",用《诗经·河广》"一苇航之",典用得看起来很轻松,"一苇过"、"破竹中",说明唐军势如破竹。中国诗好,就好在这里。强势与弱势一眼就看得出来。"一苇"在《诗经》中没什么特殊,用在这里就意思丰富。"胡危"一句是期望之词。当时安庆绪还在邺城(相州)。郭子仪退守武功山,保卫凤翔,那里是朔方节度使的司令部。杜甫既表扬了郭子仪,同时也提醒唐肃宗"常思仙仗过崆峒",意思是你"蒙尘"了,千万别忘记当初退到凤翔的艰难。虽然"已喜皇威清海岱",但请不要忘记当初的不易。此诗歌颂了唐朝,歌颂了立功的战将,也提出预见,一是皇帝被外戚、近臣包围了,肃宗宠信李辅国、张良娣,"攀龙附凤势莫当"就说的是这个情况;二是唐代宗以前很少有人看到藩镇割据的危险,杜甫是第一个看到了,"天下尽化为侯王"。杜甫虽说自己"乾坤一腐儒"(《江汉》),其实他可一点儿也不腐;第三是借助外来的兵力平叛,要小心事平之后不肯撤回,尾大不掉,安禄山就是前车之鉴。杜甫这三个担心,皇帝的亲信、外戚擅权、藩镇割据、少数民族的入侵,后来全都应验了,不幸而言中。这首诗不太好讲就在这里,它有很多内容,三个担心全写了。

"只残邺城不日得,独任朔方无限功",安庆绪死守邺城,他与郭子仪交战,郭失败了。相州就是邺城。王永兴先生《王永兴说隋唐》有一章专写朔方军,郭子仪是统帅。这也是陈寅老强调的。陈门弟子很重视安史之乱时郭统领朔方军的功劳,和朔方军本身的构成以及它的重要性。这里不细说了。朔方指朔方节度使郭子仪,军队里有许多少数民族的勇士,保卫了凤翔,夺回了长安,这都是靠了郭的指挥,以及他手下军队比较强的战斗力。这里不说"只余"、"只留",而是说"只残"。"残"是剩下,同义词很多,为什么用"残"呢?这里是双关,杜甫用字不是随便用的,安禄山带兵造反,打到唐朝内部,唐朝军队被敌人打得落花流水,这就是"残";而现在扭转战局,敌人只剩一个据点没有拿下来,这也是"残"。后来史朝义父子内讧,安庆绪失败,邺城这才攻下来。"京师皆骑汗血马,回纥馁肉蒲萄宫"两句是互文见义。换句话讲,回纥人骑汗血马,在京城走来走去,大鱼大肉也是给回纥人吃的,蒲萄宫是汉元帝与匈奴讲和时,在长安宴请匈奴使臣的地方。回纥的

军队是回纥的王子叶护带领的。京师中的回纥人皆骑汗血马,汉族的军队并不善骑,唐朝人招待回纥士兵。两句是互文见义。"已喜皇威清海岱",唐朝中兴,内地都已经平定,用今天的"喜",与下文对仗,"常思"其实就是"忧",用"忧"太明显,对肃宗太不客气了。肃宗逃到凤翔,凤翔在陕北,崆峒在甘肃境内。两句对照,不是完全唱颂歌。高兴的同时请不要忘记当年,当年是皇帝"蒙尘"到凤翔去的。"三年笛里关山月","关山月"是老调,战士回不了家,思妇盼归,是替战士鸣不平。李白有"明月出天山,苍茫云海间"(《关山月》),这句就是说征战辛苦,要是直说"三年征战多艰苦",就没意思了。下一句就更厉害了,"万国兵前草木风",反用谢玄打苻坚的典故,苻坚被打败时,"八公山上,草木皆兵"。杜甫的意思是说,万国,万方,唐朝版图以内,当初在危险的时候,我们也曾草木皆兵。这两句就是上接"仙仗过崆峒"而言。打了三年仗,全国都惊慌失措,草木皆兵。

照理讲"皇威清海岱"是歌颂的话,其他三句都不是,杜诗好就好在,这里微微带警告之意,觉不出歌颂里有微词,这样的效果如何实现的呢?诗人使用对仗,"已喜皇威清海岱,常思仙仗过崆峒";"三年笛里关山月,万国兵前草木风",这像律诗一样,对仗的句子很沉稳,反差感觉不出来。我在备课时就想,在封建社会,大臣、知识分子都是被统治的,他要向统治者说话,反映他的看法,希望在上的人能接受,就要讲策略。当年我讲过王安石《上仁宗皇帝言事书》,很长的一篇东西,他实际上是批评宋朝开国到仁宗时,内部已经腐败得不可收拾,所以主张变法,那时他还没有上台,给仁宗写奏章,希望仁宗注意危局,可是表面上歌颂的话很多,歌颂之后提意见。杜甫《洗兵马》是歌颂的,王安石提意见是要针砭时弊,但他不能与皇帝硬抗。很多知识分子缺乏在专制政治下的经验阅历。

请注意,从"草木风"以下,诗转韵了,变成去声韵。这里我想谈谈自己的意见,古人作诗换韵,不是随便换的,在最典型和规范的古诗中,换韵就好像另起一段,必然是有它的道理。现在这规律被打破了,想换就换。古诗转韵很讲究,杜甫恪守传统。他这个下一段,为什么要转韵?因为他开始写有哪些功臣,皇帝如何回到长安,把打仗的事情说过去了，说到另外的事情，所以换韵。"成王功大心转小"是说唐代宗，只说这一句，可见他主要不是歌颂皇帝，正因为代宗有功但小心谨慎，所以他才能放手用大臣；跟着就是"郭相谋深古来少"，歌颂郭子仪；"司徒清鉴悬明镜"，李光弼心中雪亮，如明镜一般；"尚书气与秋天杳"，根据仇注，是指王思礼，他度量很大，如海阔天空一样能包容。以上一君三臣，强调臣子。然后总结一句——"二三豪俊为时出，整顿乾坤济时了"。"了"，不是虚词，秦观词"醉卧古藤荫下，了不知南北"，了，一切、完全。这里的"了"不但有一切、完全的意思，而且有"很完善"的意思，把整个的环境整顿、恢复得很完美。这里说一句闲话，东坡词"大江东去"家喻户晓，朱彝尊选《词综》，主张这么断句——"小乔初嫁，了雄姿英发"，其实按照"念奴娇"词牌也该这么断，但我讲此词，从来没有这么讲，因为容易引人误会。一首《念奴娇》一百多个字，如果是"小乔初嫁了"，"了"就用得没什么内容。我读《词综》，问我父亲，他研究半天，认为应该断在下面。前人说苏东坡不太讲音律，李清照就批评东坡不讲音律，说他的词是"曲子缚不住者"。再有一处，朱认为应是四、五——"故国神游，多情应笑，我早生华发"，黄庭坚手写的东坡词"多情应是，笑我生华发"，还是四、五。朱彝尊根据这一点断定苏轼词的断句，应是"小乔初嫁，了雄姿英发"，"遥想公瑾当年"的"当年"是"正当年"的意思，最有作为，年富力强，又赶上美人嫁给英雄。这样一个十全十美的英雄，所以是"了雄姿英发"。"了"一切的、所有的、完美的雄姿都展现出来了。"整顿乾坤济时了"的"了"也是这样的意思。这个说法，不知者也许以为惊世骇俗，其实朱彝尊就这么讲。为了"从众"，我在课堂上几十年讲课，都没这么讲过。

"东走无复忆鲈鱼，南飞觉有安巢鸟。"唐朝局势恢复了，局面也稳定了，随时可以回江东，不会有家难归了，往南走到湖广以南也可以安居了。两句都是泛指，指天下安定后，百姓可以自由来去了。"青春复随冠冕入"，这句是说大臣可以正式上朝了，你看《喜达行在所》中，杜甫上朝很狼狈，这里大不相同了。"紫禁正耐烟花绕"，一切又恢复了端庄肃穆的环境。"鹤驾通宵凤辇备，鸡鸣问寝龙楼晓"，唐肃宗把玄宗也接回来了，肃宗问候他父亲，可以尽孝了。玄肃父子有矛盾，肃宗

担心玄宗复辟,后来玄宗忧郁而死。钱牧斋的注过分强调此句有讽刺,其实这时还没到矛盾明显激化的地步,所以后来的评论都否定了钱谦益的注解,认为这两句里不一定有讽刺,我也认为大概没有讽刺。老杜都是正面写的,大臣可以正常地上朝了,皇帝也回到长安了,太上皇也从四川回来了,而且皇帝还可以尽孝,问候唐玄宗。这与前面百姓可以自由来往,朝廷可以用豪杰之士,乾坤整顿得恢复正常,都是联系着的,都是正面的。

下面就不是正面了。杜甫的诗总是把需要直说的话,掺在歌颂之中,让它显不出来。下面等于是提醒,"攀龙附凤势莫当,天下尽化为侯王",上一句是说皇帝的外戚和宠臣,比如张良娣、李辅国之流的人;下句指军阀、藩镇。唐朝中叶以后藩镇割据,杜甫早有预见。当时黄河以北,朝廷势力始终没恢复,经过五代,就变成契丹、辽的领土,西边是西夏,银川是西夏的首都。宋代文化是上去了,版图却大为缩小。"攀龙附凤势莫当",这些人都占上风,谁也奈何不了;"天下尽化为侯王",警告藩镇割据的局面已经出现。"关中既留萧丞相",肃宗时有几位丞相,浦江清先生注杜诗,认为此处"不知何所指",我认为指第一任宰相房琯,虽然打了败仗,被撤职,可他还是有见解的政治家。"幕下复用张子房",指现任宰相张镐。可惜肃宗也没有重用他,不久就被撤职。这里杜甫大为称赞张镐。很多注解都说,如果肃宗一直任张镐为丞相,历史就可以重写了,"张公一生江海客",是没有功名的人,但被唐玄宗擢拔,官至宰相。"身长九尺须眉苍",用《史记·张苍传》的典故,张苍也当过丞相,张苍的儿子不如张苍,孙子更不如张苍的儿子。司马迁说张苍身长九尺,儿子比张苍矮,孙子又比张苍的儿子矮。俞平伯先生在讲杜诗的课堂上说,用典故用得最幽默、最巧妙的,莫过于杜甫,好玩儿极了。这"好玩儿极了",是他的原话。"征起适遇风云会,扶颠始知筹策良",重笔写张镐,说张被玄宗从民间提拔起来,正赶上机遇,"扶颠"就是把唐朝从危险的环境里扶过来,这才看出来他会谋划,用重笔写张镐。然后用侯景的典故,"青袍白马更何有",造反的敌人哪里去了? 当时安禄山已死,不久史朝义也死了。"后汉今周喜再昌",周宣王、汉光武都是中兴。表面歌颂唐肃宗,中间又插入"攀龙附凤势莫当,天下尽化为侯王"两句,与前面"常思仙仗过崆峒"、"万国兵前草木风"一样,他把微讽的句子,放在前后歌颂的话中间,让人不易察觉。

下面又转韵了,很难得杜甫一连写了六句歌颂的话。但他歌颂是有分寸的,前四句全是虚的,"寸地尺天皆入贡,奇祥异瑞争来送。""寸地"、"尺天"很不具体,看起来歌颂得很全面,但不具体,"不知何国致白环,复道诸山得银瓮",都是虚报、谎报。"奇祥"、"异瑞"皆祥瑞,但搞不清楚是哪个国家送来祥瑞,又听说许多山里都出了宝贝。"隐士休歌紫芝曲",商山四皓曾经作《紫芝曲》,这句的意思是,隐士们,你们不要再唱隐居的歌啦,这还是虚的,没有确指哪个人被征聘;"词人解撰河清颂",鲍照曾作《河清颂》,读书的人应该写《河清颂》了。此后的六句是担忧,"田家望望惜雨干,布谷处处催春种。淇上健儿归莫懒,城南思妇愁多梦。安得壮士挽天河,净洗甲兵长不用",但老杜把担忧的话放在歌颂后面,又让你不觉得。

要我说,杜甫这首诗也是一篇《河清颂》,但不全是《河清颂》。此诗读起来像一片盛开的蔷薇,但是你不能碰,不能接近,一碰到处都是刺儿,暗藏玄机,暗藏了很多刺儿。要真正把它讲透,很不容易。从内心来讲,唐朝恢复了,杜甫也高兴,不是纯粹虚情假意。但他这个歌颂是有分寸的,第一,他这个歌颂用了一些不确定的词,歌颂而不显得肉麻,言外之意、弦外之音又都在里面透露出来,他的技巧是跟着思想来的,为思想服务,要在歌颂的诗中表达忧患的意识,表达他的预见性。一首歌颂的诗一定要有漂亮的对仗。乍读而过,不会觉出有微微扎手的刺儿。过去歌颂的东西没有提到百姓的,请注意《自京赴奉先县咏怀五百字》的结尾,杜甫就说自己不纳税,不服役,"默思失业徒,因念远戍卒",杜甫思想里始终挂念战士和农民,农民是生产的,战士保卫国家,这是他最关心的,却又是统治者最忽略的。"田家望望惜雨干,布谷处处催春种",天总不下雨,鸟到季节就催种,不要耽误农时,尤其是下面这两句,"淇上健儿归莫懒,城南思妇愁多梦",淇上,靠近邺城一带的河,他不说战士回不了家,而是反过来说该回家了,不要耽搁,快回家,家中亲人盼你回来,其实谁不想回家呢?这就是反话,他故意

这么说。"城南思妇愁多梦",家里人盼你回来。高适《燕歌行》:"少妇城南欲断肠,征人蓟北空回首。"仇注引了曹植的诗。高适也好,杜甫也好,只说到战士要回来,家里的人盼着战士回来,就说到这儿。盛唐诗还比较含蓄,晚唐诗人没这么客气了,比如"可怜无定河边骨,犹是春闺梦里人"(陈陶)、"凭君莫话封侯事,一将功成万骨枯"(曹松),这不是温柔敦厚了。我最欣赏晚唐张乔《河湟旧卒》,虽比高适显露,但是好:

少年随将讨河湟,头白时清返故乡。十万汉军零落尽,独吹边曲向残阳。

我认为这写得很好,一个老兵的寂寞,一个老兵的回忆。唐诗真是太好了。唐代边塞诗不限于高、岑,李颀、王昌龄都有边塞诗,晚唐也有,《兵车行》是反战的。像这样的晚唐诗也应是边塞诗,但它变味了,客观的描写变成主观的谴责。"凭君莫话封侯事,一将功成万骨枯",这话说得很厉害了。杜诗最后的结尾——"安得壮士挽天河,净洗甲兵长不用",完全是一种理想主义的期望,永远不要战争,战争给人民带来的祸患太厉害了。

"三吏"、"三别"作于乾元二年,杜甫自洛阳回华州道中。

新安吏

客行新安道,喧呼闻点兵。借问新安吏,县小更无丁。府帖昨夜下,次选中男行。中男绝短小,何以守王城。肥男有母送,瘦男独伶俜。白水暮东流,青山犹哭声。莫自使眼枯,收汝泪纵横。眼枯即见骨,天地终无情。我军取相州,日夕望其平。岂意贼难料,归军星散营。就粮近故垒,练卒依旧京。掘壕不到水,牧马役亦轻。况乃王师顺,抚养甚分明。送行勿泣血,仆射如父兄。

三吏的顺序是:《新安吏》、《潼关吏》、《石壕吏》。《石壕吏》最普通,大家最熟悉。社科院文学所选注的《唐诗选》认为《新安吏》体现了杜甫的局限性,歌颂了郭子仪,歌颂了统帅,劝被征的孩子不要埋怨,说"仆射如父兄"是杜甫的局限。我不同意这个观点。新安征兵,连孩子都征去了,"中男绝短小"。杜甫是好言劝慰他,我们刚打了败仗,正处于休整状态,你去了挖战壕也不会挖很深,不过放放马,别太难过了,司令官是郭子仪,对士兵很照顾的。这难道就是局限吗?相反,如果对孩子说,你可要小心,上级很严厉,去了说不定会死在那里,这样孩子会是什么心理负担呢!安慰他活儿不重,上级不会太苛求,这才合情理。后人动辄批评前人有局限性,实应想想时代背景。杜甫让孩子安心,是说安慰的话好呢,还是恫吓的话好呢?哪一个效果更强一点呢?尽管说诗无达诂,但讲诗要通情达理,所以我认为讲诗最后要归结为揆情度理。在《新安吏》里,诗人只能说安慰的话。"三吏"每一首诗都有一个中心点,《新安吏》反对征孩子去打仗,所以他要安慰孩子,这不是他的局限。郭沫若批评杜甫是地主生活,因为他屋上有"三重茅",这样批评还有道理可讲吗?所以要体会诗人的良知,要以诗人之意逆诗人之志,不能用个人主观的意逆作者之志。

　　杜甫在华州为官,有事去洛阳,从洛阳回华州,中间过新安,碰到征兵之事。唐王朝估计错误,以为邺城指日可下,没想到安庆绪兵力颇强,竟把郭子仪打败了,邺城没有拿下来。《石壕吏》中说"三男邺城戍,一男附书至,二男新战死",战争很惨烈,因此才有"客行新安道,喧呼闻点兵。借问新安吏,县小更无丁。府帖昨夜下,次选中男行。"未见其人,先闻其声。走到新安地界,听见人声嚷嚷。作者问一位管事的人——"借问新安吏",小吏见杜甫也是个官,就跟他说"县小更无丁",已经没有成年人了,但还要"选中男行","中男"也就十四五岁,"中男绝短小",个头儿都不够,如何替国家打仗呢?这里有问,有答,有怀疑,有感叹。"肥男有母送","肥男"家境还好,父亲早被征走,只有母亲来送,"瘦男独伶俜","瘦男"家中已无人,一个独子,孤孤伶伶一个瘦小的孩子也跟着去了。"白水暮东流,青山犹哭声",水是无情的,孩子的哭声惊天动地,哭声在山中有回音,到黄昏的时候,哭声的回音还在回荡。下面这几句难道谴责得还不厉害吗?够厉害了——"莫自使眼枯,收汝泪纵横。眼枯即见骨,天地终无情",掷地有声,谴

责得很彻底了。可是哭有什么用？

　　本来以为很快就可以把相州拿下，谁料到敌人很强，我军吃了败仗。"归军星散营"，这话说得很委婉，归军就是败兵。讲到这里，我想起来，日伪时期，日军打了败仗，敌占区的新闻如何报道呢？你们都想象不到这样的词："皇军堂堂后退，敌军战战兢兢尾随于后。"败军逃兵乱透了，零零散散地撤退。"就粮近故垒"，没丢的城里还有些吃的，到那里集中；"旧京"指洛阳，他们准备到洛阳去练兵。你这次去了，挖战壕也不用见水，放放马也不是重活儿。这都是劝慰孩子放心去。"况乃王师顺，抚养甚分明"，这不是给王师涂脂抹粉，而是劝慰被征的孩子，所谓"送行勿泣血，仆射如父兄"。郭子仪是好人，他会善待你们的。

　　"三吏"、"三别"有几个中心内容：第一，杜甫发表了他认为打仗时期应该如何应对危险局面的看法，《潼关吏》是代表，这首诗说的是一些劳动者，但强调的是如何应对战争局面；第二是强烈的人道主义思想，《新安吏》就是代表，孩子不应被征。"莫自使眼枯，收汝泪纵横。眼枯即见骨，天地终无情"，什么是"天地终无情"呢？是那些当官的、带兵的人，他们很无情。不是天地无情，而是人无情；第三，对迫害人民的行为强烈谴责。《石壕吏》就是对迫害人民的事件进行谴责。

潼关吏

　　　　士卒何草草，筑城潼关道。大城铁不如，小城万丈余。借问潼关吏，修关还备胡。要我下马行，为我指山隅。连云列战格，飞鸟不能逾。胡来但自守，岂复忧西都。丈人视要处，窄狭容单车。艰难奋长戟，万古用一夫。哀哉桃林战，百万化为鱼。请嘱防关将，慎勿学哥舒。

　　《潼关吏》开头两句是一个韵，下面就换韵了。开头两句是纪实。哥舒翰镇守潼关，安禄山攻了半年而不下，有说杨国忠卖国，私通安禄山。我认为杨不一定交通安禄山，但他有可能受贿。安禄山打不下来，派人行贿杨国忠，完全在情理之中。杨国忠进谗言，于是派中使催促哥舒翰迎敌。其实哥舒翰屯兵不动,可能有他的意图,哥舒翰是名将,杜甫有送他的诗。西北人对他的印象很好:"北斗七星高,哥舒夜带刀。至今窥牧马,不敢过临洮。"镇守西北时,胡人不敢窥边。皇帝不断催促,哥舒翰只好开关迎敌,但战线太长,后面空虚,本来集中守关,黄河沿岸全无防守,敌人深入进去,遂势如破竹,战士多跳河而死,潼关一失,长安很快就失陷了。杨国忠虽然受贿,但没等安禄山攻陷长安,就被唐朝的军人逼死了,也没得好死。

"士卒何草草,筑城潼关道。""草草",指忙忙碌碌在这里修城。下面是互文见义,"大城铁不如,小城万丈余",大城、小城都坚固、高峻。修关是为了防敌。潼关吏说前面太窄,"要我下马行",要同邀,请我下马走,为我指山边的路。想骑马走大路,但大路都被封死了。没有大路可走,其他地方又不通路。"连云列战格",战格,栅栏,整个一片都是栅栏,飞鸟不能过,只能下马步行。下面借潼关吏之口说明潼关的特点——"胡来但自守,岂复忧西都",敌人来了,只要把守住这里就可以了,长安没有危险。"窄狭容单车,艰难奋长戟",如此狭窄的地方,只能走一辆车,如果在这个地方作战,不应该用长兵器,应该短兵相接,长兵器施展不开。一夫当关,万夫莫开。哥舒翰当时战线太长了,潼关通灵宝,灵宝往西,这一带叫桃林塞,败兵被赶到河里,死了好几万人。"请嘱防关将,慎勿学哥舒",许多评论认为,罪责在杨国忠,不在哥舒翰。前面谈过,杨未必是安禄山的内应,我个人认为,他接受了安的贿赂。当时哥舒翰坚守了两年,安禄山进退两难,再坚守下去,安禄山缺乏后继。这一首指明战略性的错误,正面发表他对战争的看法。

石壕吏

暮投石壕村,有吏夜捉人。老翁逾墙走,老妇出门看。吏呼一何怒,妇啼一何苦。听妇前致词,三男邺城戍。一男附书至,二男新战死。存者且偷生,死者长已矣。室中更无人,惟有乳下孙。有孙母未去,出入无完裙。老妪力虽衰,请从吏夜归。急应河阳役,犹得备晨炊。夜久语声绝,如闻泣幽咽。天明登前途,独与老翁别。

废名先生写文纪念杜甫,谈到《石壕吏》,登在当时的《人民日报》上。废名先生认为在这首诗里,作者没主观地站出来发言,只是客观描述,表示他愤怒到了极点。陈贻焮也这样讲。我认为这个意见不一定合理。这一家原先有三个男丁,都被抓走,只剩老翁、老妇、小孙子、儿媳,这个儿媳肯定不是那个写信来的儿子的妻子,一定是那个战死的儿子的妻子。在这种局面下,杜甫路过投宿。唐朝社会,家里没有男人,杜甫不能留宿,如果没有老翁,婆媳是不能留他借住的。如果在抓壮丁的时候,杜甫出面了,这就有问题了,家里一定有男人。他一出面,老翁的事就露馅了。我这是揆情度理。"暮投石壕村",这有一段时间,天还没黑的时候,杜甫投宿,老翁接待。半夜来抓丁,先抓男人,老翁跳墙走,老妇来接待。若杜甫出来,就会引起怀疑。他一定要藏起来,不让抓丁的人发现。"老妇出门看",一作"出看门",一作"出门首",到底哪一个对呢?中古韵,从十一真,上、下平,不等于阴、阳平,《广韵》从"十一真"开始:真、谆、文、欣、元、魂、痕、桓、寒、删、山、先、仙。从"真"韵到"仙"韵,作古诗全可以通。作律诗有限制了,"真"、"谆"合了,"文"、"欣"合了,"元"、"魂"、"痕"合了,"桓"、"寒"合了,"删"、"山"合了,"先"、"仙"合了,变成真、文、元、桓、寒、山。看,寒韵;村,魂韵;人,真韵;村与人,不在一个韵。如果是"出看门",门,魂韵,村和门都是魂韵,这样开头两句就有两个魂韵的字,一个真韵的字,好不好呢?也可以,都押韵了。但要注意,这两句是对着的,"老翁逾墙走,老妇出门看"。"老翁"对"老妇","逾墙走"对"出门看",看虽然是寒韵,但可以和真、魂通。

"吏呼一何怒,妇啼一何苦"这也是对仗的。"一"作何讲,我看《助字辨略》、《经传释词》的讲法,都不合适。我采用杨慎《丹铅录》中《檀弓丛训》的讲法,他认为"一"是独的意思,"闻诛一夫纣,未闻弑君也"(《孟子》),一夫即独夫。一何怒,就是独何怒!

三个男孩子都出去打仗,一个孩子刚托人带信回来,说两个儿子已经死了。家里只有还在吃奶的孩子,"有孙母未去",一本作"孙有母未去",作"有孙"好。丈夫死了,儿媳所以没有改嫁,是因为还有孩子。如果作"孙有母未去",就没有这样的意思了。儿媳守寡,出入连整齐的衣服都没有。"老妪力虽衰,请从吏夜归。急应河阳役,犹得备晨炊。"我老太太打不了仗,但可以给你们做做饭。老妇随吏而去。"夜久语声绝,如闻泣幽咽",什么叫"如闻泣幽咽"呢?是有人在哭,还是没人在哭呢?是有人哭,但哭的声音很低,不敢大声。"天明登前途,独与老翁别",老翁保住了,老太太代他去了。这一篇写得很深刻,《新安吏》是不放过孩子,这里老妇也不放过,《潼关吏》是战争中"百万化为鱼",现在还有许多人在这里修潼关。杜甫的人道主义不只对一老妇、老翁,而是指出由于战略性的错误,千百万人都牺牲在这里,死去的人死去了,现在还有大量的人在这里拼命。有的选本不选《潼关吏》,认为不反映阶级矛盾,这不妥当。《石壕吏》这一家牺牲也很大。老翁天明还送杜甫,很有人情味儿,但其中无情的东西是被杜甫所谴责的。

下次再讲"三别"。

第十讲

安得壮士挽天河
净洗甲兵长不用（下）

别新婚
别垂老
别无家
佳人

第十讲 安得壮士挽天河 净洗甲兵长不用(下)

新婚别

兔丝附蓬麻,引蔓故不长。嫁女与征夫,不如弃路旁。结发为妻子,席不暖君床。暮婚晨告别,无乃太匆忙。君行虽不远,守边赴河阳。妾身未分明,何以拜姑嫜。父母养我时,日夜令我藏。生女有所归,鸡狗亦得将。君今往死地,沉痛迫中肠。誓欲随君去,形势反苍黄。勿为新婚念,努力事戎行。妇人在军中,兵气恐不扬。自嗟贫家女,久致罗襦裳。罗襦不复施,对君洗红妆。仰视百鸟飞,大小必双翔。人事多错迕,与君永相望。

"三吏"、"三别"是组诗。仇注认为《新婚别》全诗都是新妇自述之辞,我则以为前四句是作者的话。"结发为妻子,席不暖君床。暮婚晨告别,无乃太匆忙。"之后才是新妇之辞。"兔丝附蓬麻,引蔓故不长"两句是比兴,"兔丝"是一种爬蔓的植物,它依附在乔木树上,枝蔓可以很长,和爬山虎差不多,高到六楼也可以长上去,但蓬麻很矮,所以"引蔓故不长"。我认为,这两句不是新妇之辞,是作者用比兴起头。"嫁女与征夫,不如弃路旁"两句是作者的愤慨之辞。"三吏"、"三别"都是以不同类型的典型人物来反对战乱,反映了杜甫的人道主义思想,他同情这些下层的被战争迫害的人,所以前四句不可能是新妇之辞。我讲诗始终坚持一条,就是揆情度理。唐朝虽然开明,但封建社会,距离今天一千多年,民间的穷家妇女,出嫁第二天,丈夫出征,新娘子当然会不愉快、很痛苦,但这个话,应该是作者直接出来表态,不像是新妇直接说的。以下"结发为妻子,席不暖君床"到结束,都是新妇讲的,当然也是杜甫替她讲的。

杜诗讲究沉郁顿挫，所谓顿挫，就是有转弯的地方，说一层再说一层，连续若干层，有联结，但错综参差，不在一个层面上，有停顿，又有距离。杜甫的好处，犹如好演员唱戏，虽有顿挫，而无棱角，这才是好诗。从"结发为妻子，席不暖君床"到结尾，我数了一下，有十二层顿挫，但读者不觉其有，读下来好像一气呵成。这是他了不起的地方。"结发为妻子，席不暖君床。暮婚晨告别，无乃太匆忙"，这是两层顿挫，第三层说"君行虽不远，守边赴河阳"，意思是说你虽然离家不远，但战役是危险的，生死攸关。最让新妇受不了的就在这里，说不定结婚才一天，就可能要守寡。《石壕吏》中那个年轻的女子就守寡了。这是杜甫为新妇代言，话里都有讽刺。河阳不是唐朝的边境，已经是内地了，是河南河北交界的地方。丈夫虽然走得不远，但那是前线，"守边"的"边"不是国家疆土之"边"，而是当时战线之"边"，虽不远，但是守"边"。

　　杜甫有讽刺的意思，话里有话。这又是一层。第一层是刚结婚，炕还没睡热你就走，过去结婚都在黄昏，婚者，黄昏嫁娶也。刚迎了亲，就接到命令，第二天清晨就要开拔，未免太匆忙，这又是一层。你守边赴河阳，我怎么办？"妾身未分明，何以拜姑嫜。"过去"嫜"没有女字旁，女字旁是后加的，指公公。古代的礼节，有的是头天入洞房，第二天早晨再见公婆行礼，"洞房昨夜停红烛，待晓堂前拜舅姑"（朱庆余《近试上张水部》），这是第二天。古代还有结婚三天以后正式跟公婆见面，行大礼。不论是第二天，还是第三天见公婆，丈夫都已经走了，只剩我一人去见，那自己又算什么呢？是算儿媳妇，还是算姑娘呢？所以"妾身未分明，何以拜姑嫜"。这又是一层。两句换一主语，"结发为妻子"主语是新妇，"暮婚晨告别"主语是新郎，"君行虽不远"是丈夫要匆忙赴边，主语未变而事情变了，"妾身"主语是新妇，"父母养我时，日夜令我藏"，主语没变而方位换了，说娘家之事，所谓"令我藏"，是不让我轻易出头露面，换句话说就是娇生惯养。说明自己在娘家受娇宠，父母对自己很珍视，也不是随便许人。"生女有所归，鸡狗亦得将"，这是父母嘱咐女儿的话，把你养成人，现在出嫁，就要"嫁鸡随鸡，嫁狗随狗"。"将"根据朱鹤龄、施鸿保的注，都当"随"讲，即"鸡狗亦得随",就是嫁鸡随鸡的意思。照理讲,我的命运寄托在你身上,可你现在生死未卜,前途很难预料。

"君今往死地,沉痛迫中肠",我应随你去,但你是去送命的,所以我"沉痛迫中肠"。"誓欲随君去,形势反苍黄",如果跟丈夫同行,"苍黄"者,变化多端,有仓促、变化频繁的意思,而且有点不可收拾的意思。如果我跟你去,反而让你不好处理。最后新娘子宽慰他,"勿为新婚念,努力事戎行"。"妇女在军中,兵气恐不扬"用《汉书·李陵传》中的话,仇注引《李陵传》:"我士气少衰而鼓不起者,何也?军中岂有女子乎?搜得,皆斩之。"这里是反用。士兵带妇女,违反军纪。新妇这里是自己劝自己,我应该随你去,又担心不合你军中的纪律。

下面又一变,"自嗟贫家女,久致罗襦裳。罗襦不复施,对君洗红妆。仰看百鸟飞,大小必双翔。人事多错迕,与君永相望。"我是贫家女,出身不是多么高贵,但也是守规矩的良家女子,很早以前我就准备嫁妆了。现在新衣服也没用了,下面说得很沉痛——"对君洗红妆",我不再梳妆了。《诗经·伯兮》:"自伯之东,首如飞蓬。岂无膏沐,谁适为容?"女为悦己者容,现在你走了,我不再梳妆。以前我讲唐宋词,讲到温庭筠的《梦江南》,温词把妇女的生活写得细腻入微,"梳洗罢,独倚望江楼"。丈夫不在家,懒得化妆,但心里终归有个盼头儿,说不定今天就回来,所以还是妆扮好,独倚望江楼,但是"过尽千帆皆不是,斜晖脉脉水悠悠,肠断白蘋洲"。"梳洗罢"这一句,有多层意思,第一是说早起,第二就是为远人妆扮,也许今天就回来,所以梳洗好等待。杜诗则是因丈夫出征,要"罗襦不复施,对君洗红妆"。从"结发为妻子"到这里,一共十二层意思,每两句一层,一气下来,不仔细分析,不觉得这其中有变化。《新婚别》是别丈夫,所以下面又用比兴——"仰看百鸟飞,大小必双翔。人事多错迕,与君永相望。""人事多错迕",就是《独立》之"天机近人事"。鸟还可以自由地飞翔,可是人事多不如意。望,读平声。我与你永远相期盼,等着你回来。"君今往死地,沉痛迫中肠",这写得很沉痛。

"三吏"、"三别"都是以不同的典型人物反对战乱,实际上也是杜甫人道主义思想的体现。上次讲《石壕吏》有一段没有引,今天补充一

下。清人汪灏《树人堂读杜诗》分析《石壕吏》，可以作为"三吏""三别"的总结：

　　此一家也，有老翁、老妇，有三男、媳妇，有孙子，虽贫亦乐也，乃一遭兵乱，三男出戍，二男阵亡，孙方乳，媳无完裙，妇今又夜亡，老翁何以为薪火？举一家而万室可知，举一村而他村可知，举一陕县而他县可知，举河阳一役而他役可知；勿只做一事一家叙事读过。

　　实际上，"三吏"、"三别"都是举一事而看全局，看来当时这个新婚被征兵的事，肯定不只这一家。

垂老别

　　四郊未宁静，垂老不得安。子孙阵亡尽，焉用身独完。投杖出门去，同行为辛酸。幸有牙齿存，所悲骨髓干。男儿既介胄，长揖别上官。老妻卧路啼，岁暮衣裳单。孰知是死别，且复伤其寒。此去必不归，还闻劝加餐。土门壁甚坚，杏园度亦难。势异邺城下，纵死时犹宽。人生有离合，岂择衰盛端。忆昔少壮日，迟回竟长叹。万国尽征戍，烽火被冈峦。积尸草木腥，流血川原丹。何乡为乐土，安敢尚盘桓。弃绝蓬室居，塌然摧肺肝。

　　《垂老别》是别老妻，杜甫越写，主题越明确。"四郊未宁静，垂老不得安。子孙阵亡尽，焉用身独完。"这里的老翁也曾有一个完整的家。"四郊"，各处，都不安静，都家破人亡了，自己还活什么劲儿呢？"投杖出门去，同行为辛酸"，"投杖"，意思是在家都拄拐杖了，还要被征兵，同行者看到年纪这么大也要被征，为之辛酸。他不说这件事本身辛酸，而是用陪衬的笔，说一起被征去的人都感觉难过。"幸有牙齿存"，这带有一点讽刺的意味，别看我老，牙齿尚在。"所悲骨髓干"，在农村里的穷人，被压榨得很苦，别说是没有肌肉，连骨髓都干了。这里挺幽默，"男儿既介胄，长揖别上官"，别人未必有这心气儿，自己还强打精神和长官告辞，这带有一点黑色幽默。这种调侃的话，比直说更惨。假如这诗不这样写，而是直写，说自己如何老迈无力，勉强上路，就没有力量，现在反着说，他还楞充有精神，楞要穿着军装还去行军礼，这样的文字后面,该是什么感情!

　　下文杜甫忍不住了:"万国尽征戍,烽火被冈峦。积尸草木腥,流血川原丹。""垂老别",是与老妻别。子孙都阵亡了,家里没有别人了。"老妻卧路啼,岁暮衣裳单",老妻送他走,已经走不动,快到年终还穿着单衣。"孰知是死别,且复伤其寒",孰知,谁知,谁想到,说不定,他不说"明知是死别",而说"孰知"。谁知这一次是不是死别呢?故意把话说得活一点。我走了,豁出去了,可一看自己的老妻,她生病怎么办,挨冻怎么办——"且复伤其寒",自己死活先不管,担心老伴儿何以为生。下面换一个角度,换到老太太角度,她心里也明白老伴儿这一去回不来了,"还闻劝加餐",你自己多保重,多吃一点,多注意身体,"弃捐勿复道,努力加餐饭"。老翁明知自己是去送死,还担心老妻挨冻;老妻也明知老翁不能活着回来了,还是劝他多保重。

　　下面的话也带有讽刺,我这次去守住了阵地,"土门壁甚坚,杏园度亦难",壁,壁垒,包围阵地、保护阵地。阵地还比较坚固,敌人要攻过来也不容易。这比邺城的形势还好一些。就算是战败身死,时间也能延长一点。杜甫真是会写啊。"人生有离合",团聚是有,离别也是有的;"岂择衰盛端",离合与年纪无关,不一定是只有盛年才离别,衰年就不离别,衰是年老的意思,盛,壮年也。人生的离合不管年轻、年老,都有离别的可能。不因为年纪大了就可怜你,不让你离别。

　　"忆昔少壮日,迟回竟长叹",我有一个想法,认为这个老人过去也曾打过仗,可能就被征过,岁数大回来了,但现在又被征。"忆昔少壮日",把过去的经历反复想一下,不禁长叹。有人说这句的意思是少壮时把时间都耽误了,其实这里不是"少壮不努力,老大徒伤悲",而是说自己少壮的时候也没少吃苦,也是死里逃生,现在到老了,又碰见这种局面。"迟回"是留恋徘徊的意思。

　　"万国尽征戍,烽火被冈峦",国,城市,不是国家的意思。安史之乱影响面很大,多少个城市都在打仗,"烽火被冈峦",所有的山野都是烽火。"积尸草木腥,流血川原丹",意思是全国各地都有战事,死人太多了。"何乡为乐土,安敢尚盘桓",不要恋恋不舍了,哪里有太平的地方?"弃绝蓬室居,塌然摧肺肝",一咬牙一跺脚走了,可是内心整个垮

了,全部的精神都垮了。

　　这一首提到"万国"、"何乡为乐土",也是不止于一人一事,而是指大局。所以杜甫他举的是一个例子,背后写的是社会,是历史,是时代,写得了不起。我们老提初盛中晚,一个时期有一个时期代表的作品,但真正描写盛唐社会太平景象的又究竟有多少诗呢?在真正的盛唐诗里倒不一定找得出来,高适、岑参的诗里,有的也是反面的东西。盛唐景象最真切地反映在杜甫的诗里,"忆昔开元全盛日,小邑犹藏万家室"。杜甫的了不起就在这里。

无家别

　　　　寂寞天宝后,园庐但蒿藜。我里百馀家,世乱各东西。存者无消息,死者为尘泥。贱子因阵败,归来寻旧蹊。久行见空巷,日瘦气惨凄。但对狐与狸,竖毛怒我啼。四邻何所有,一二老寡妻。宿鸟恋本枝,安辞且穷栖。方春独荷锄,日暮还灌畦。县吏知我至,召令习鼓鞞。虽从本州役,内顾无所携。近行止一身,远去终转迷。家乡既荡尽,远近理亦齐。永痛长病母,五年委沟溪。生我不得力,终身两酸嘶。人生无家别,何以为蒸黎。

《无家别》,也不仅仅写一个单身汉。家庭是人类社会基本生活单位,社会是由若干个家庭组成的,家庭破碎了说明社会动乱,社会动乱说明国家要垮。杜甫写"无家别",家都没有了,还要走。家里只我一人,我走了,家整个都没有了。换句话说,不是安居乐业的问题,在战乱环境里,过的都是非人生活。诗里出现了"但对狐与狸,竖毛怒我啼",村子里荒凉,住宅里出了野狐野狸,如果人烟稠密,动物会远离村落,现在野狐野狸都搬到村子里。"三吏"、"三别"中,《无家别》是写到了极点。大背景是"寂寞天宝后",换句话说就是从天宝十四年,局势就变了。天宝原本是盛世,但杜甫说"寂寞天宝后",写得好,妙不可言。"园庐但蒿藜",园子里只有野草。"我里百馀家,世乱各东西",我这个村子本来有一百馀家,现在东离西散,没有完整的了,意思是说,不光我没有家,整个村子都是战乱以后的情况。"存者无消息",清初黄生

《杜诗说》很有眼光,他认为"存者"可能指的是他原来的妻子,这个单身汉原是有家的,他当兵后,妻子走了,不是回娘家,就是改嫁了。所以有下文的"永痛长病母",妻子走了,母亲没有人照应。"死者为尘泥",死去的人连死尸都找不到了。"贱子因阵败",我自己因为打了败仗,就是《新安吏》中的"归军星散营",自己可能是被遣散,也可能是逃回来的。

"久行见空巷,日瘦气惨凄",到家后看到一条条巷子都空了。杜诗影响宋诗,"日瘦",宋诗就用这个,太阳如何"瘦"呢,是说太阳光眼看着都弱了,都无精打采了,走到跟前一看,"但对狐与狸,竖毛怒我啼",村子里没有人了,野狐、野狸占据了人住的地方。"四邻何所有",家家都死人了,"一二老寡妻",年轻的都走了,只剩老寡妻。下面又是比兴,"宿鸟恋本枝,安辞且穷栖",家里一无所有,但我又能去哪里呢?哪怕生活很艰苦,我还是回家,凑合着过吧。不愿意流落他乡,回来后还要找活路——"方春独荷锄,日暮还灌畦",自己扛着锄头去劳动,"荷锄"是种大庄稼,"灌畦"是浇自己的菜园子,这样的日子没过一两天,衙门来人,又被征走——"县吏知我至,召令习鼓鼙",当民兵去。"虽从本州役",就在当地当民兵,"内顾无所携",自己什么东西也没有,跟他走便是,到了县衙又把我打发到哪里去,就不管了,"远去终转迷",将来的事将来再说吧。最后如何,我自己心里也没数,也是豁出去了。"家乡既荡尽,远近理亦齐",在本州也好,到远处也好,都是一样的,五十步百步而已,反正是当兵,是送死。既然饶不过我,我也无可留恋。

诗写到这里可以结束了,但他又翻起一层——"永痛长病母,五年委沟溪"。我五年没有回来,母亲死了都不知葬在哪里。或者是母亲已去世五年,或者是自己走了五年,回来母亲已经去世。"生我不得力,终身两酸嘶。"她把我养大,没得到好处,我没有报答她。《无家别》最后归到亲情,对母亲没有尽到孝,我遗憾没有为她送终,我遗憾,我妈妈也遗憾。一个人活到连家都没有了,还要离开故乡,被征走,怎么还能算一个百姓,算这个社会上的一个人呢?家庭是社会的基础,社会组成了国家,汪颢说《新婚别》犹有夫妻,有姑嫜;《垂老别》只有老

妻；《无家别》只剩一人，三首一首比一首惨。写到《无家别》，作者突然提起一笔，追痛病母，自己没有送终，抱恨终身，写得好，他不是无家，是有家而变成无家。他自称"贱子"，没出息的人，回到家乡，回来了还被抓走。

佳人

（乾元二年 秦州）

绝代有佳人，幽居在空谷。自云良家子，零落依草木。关中昔丧乱，兄弟遭杀戮。官高何足论，不得收骨肉。世情恶衰歇，万事随转烛。夫婿轻薄儿，新人美如玉。合昏尚知时，鸳鸯不独宿。但见新人笑，那闻旧人哭。在山泉水清，出山泉水浊。侍婢卖珠回，牵萝补茅屋。摘花不插发，采柏动盈掬。天寒翠袖薄，日暮倚修竹。

今天不一定讲正文，谈谈文学作品应该怎么写。过去我们有很长一段时间强调现实主义。强调现实主义，特别是批判现实主义，这是好事。杜甫《佳人》这首诗应该说也是属于批判现实主义的。

《佳人》这首诗，我从小就念，当时我思想里就有一个疑问，到底杜甫写的是一个寓言，还是实有其人呢？我认为实有其人，但是也有虚构。我们现在一谈典型环境、典型性格，用恩格斯的原则，老谈的是小说，谈剧本都少，更少谈抒情诗。我认为这个准则不限于现实主义手法的小说。我最近重读孔稚圭《北山移文》，过去强调孔稚圭讽刺当时一个姓周的人，隐士就是姓周，找到一个周颙，孔稚圭文中的"周子"就被注成周颙，但周的情况和孔所言不符，不是先当隐士，然后去做官。因此有两种态度：一是怀疑周颙不像史书上说的那样好，可能是一个伪君子，是小人，孔稚圭借《北山移文》骂他；一是认为孔稚圭此文是游戏之作，不专指某一个人。不管哪一种说法，中国人的传统观念，对文学作品总要和事实搭上界。其实应该是，杜甫在现实中遇到这样一个佳人，又加上自己的想象与虚构。"天寒翠袖薄，日暮倚修竹"也未必是杜甫亲眼所见之景，这里有虚构的成分，但想必也有事实的依据。

这首诗的典型环境是,在安史之乱之后,一些贵族妇女处境不幸,"三吏"、"三别"写的都是底层人物,不是"失业徒",就是"远戍卒"。《佳人》是写一个贵族妇女由于丧乱,失去原来贵族的生活,在深山幽谷里度日,又不愿意失去过去的节操。

现实主义有各种各样,但像杜甫这样塑造一个贵族阶层的正面人物,极少极少。法国从自然主义到现实主义,写大家族、贵族,几乎都是反面人物。俄国托尔斯泰也是这样,《复活》是写一个妓女,安娜是贵族,但不守妇道。杜甫这里写的妇女,不光美丽,还有一颗美好的心,保持自己纯真的品格,这在我们传统诗歌里很难找。汉乐府《陌上桑》中的罗敷、《羽林郎》中的胡姬,都不如"佳人"身份地位高,也没有她这样的节操,美好的品德。这个女性的人格很高尚,寄托了杜甫的理想。杜甫始终没说佳人姓张、姓李,出于哪个贵族之家,但它符合历史的真实。正如孔稚圭《北山移文》,要是把辞藻去掉,那是一篇绝好的讽刺杂文,他有意识地塑造一个典型环境、典型人物,是先要做隐士,后要出来当官这样一个人物。孔稚圭是齐梁间的人物,写的是一篇华丽的骈文,还押韵;但他塑造的人物直到唐朝还有,唐代还有很多梦想走终南捷径的隐士,他已经预见到盛唐、中唐,甚至晚唐,几百年间,这样的人物频频出现。他不是游戏笔墨,是一个眼光犀利、思想深远的文学家,用他的形象思维说破了当时社会的丑恶现象。我认为《北山移文》和《佳人》,都有批判现实主义的写作精神,当然杜甫这里也有浪漫主义的东西。他本身的人格与"佳人"有接近之处,有杜甫本人的理想。浪漫主义是有美好理想的、前瞻的生活。《北山移文》也有,但那是南朝的东西,华丽的辞藻掩盖了它犀利的、讽刺的精神。拨开华丽的辞藻,它和《儒林外史》没什么差别,但它要早一千多年。

我们讲现实主义也好,现代主义也好,用西方的理论套我们古典文学的杰出作品,有时套得上,有时也套不上,甚至远远在西方的这些理论出现之前,我们的作品已经说明了理论的那些问题。用恩格斯讲现实主义的原则来看,杜甫的《佳人》,没有说她是哪一家的贵族,但它符合历史的真实。我们的文学评论家,缺乏修养、眼光,更谈不到实践,是不是对杜诗和齐梁美文下过工夫,很难讲。我这次备课觉得一千多年以前的诗人,写出这样超凡绝俗的东西,太不容易了。杜甫这篇《佳人》的主人公无名无姓,类似记叙诗的作品,它既符合现实主义的原则,又富有浪漫主义的色彩,在文学上的地位不可小觑。给学生讲杜诗,要讲杜诗的超越时代的境界、精神面貌、价值,这是永恒的。

　　第二点要说的是,"绝代有佳人",意思是这个女子长得特别漂亮。这里牵扯好几个问题,"文革"否定帝王将相、才子佳人。我认为才子佳人有进步意义,宋以后好多民间的小说、戏曲,用才子佳人反对门当户对,以《西厢记》为代表,《牡丹亭》也有一点。张生与崔莺莺、柳梦梅与杜丽娘都不是门当户对,张生和柳梦梅都出身不高,亦无势,但郎才女貌。门当户对,无非权与钱两个东西,照理说,反对门当户对可以有很多方式,作者之所以用才子佳人来反对门当户对,女子一定是很漂亮,男子一定是很有才,《红楼梦》里没有一个难看的女性,为什么要这样表现呢?因为人都是爱美的。我在课堂上讲过一个笑话,假定崔莺莺长得很难看,张生也是个无才的普通人。观众也好,读者也好,就没人同情。为什么说不能光有抽象思维,还要有形象思维?因为形象本身容易引起第三者的同情。如果杜甫这里写的不是"绝代有佳人",而是相貌平常的一般女子,就不会引起巨大的同情,正因为这个女性外貌是如此美丽,内心的美德又是那么崇高、那么美好,读者看到这样一个人受到不平等的待遇,受到迫害,就更同情她。没有才子佳人的附加条件,光抽象地说要争取女权,争取婚姻自主,读者不会有那么强烈的同情、强烈的不平感。所以说才子佳人也有它的积极意义。

　　《红楼梦》里也有反对门当户对的意思,其中的女性都漂亮,宝钗也漂亮。写女性不好,主要是说她的行为不好,袭人也不丑,至少中等以上,鸳鸯品德好,长得也不难看。嬷嬷在曹雪芹笔下都很差。为什么要把妇女美丽的外表也作为肯定的条件?因为一个漂亮的女子遭受不平的待遇,就更容易让人同情,没有才,没有貌,争取婚姻自由,就不会引起读者的强烈同情,也不会使观众读者进入作者的内心深处,换句话说,要演戏,观众也进入不了角色。

　　"天寒翠袖薄,日暮倚修竹",衣袖的颜色和竹子配合,太美了。"在山泉水清,出山泉水浊",她的品格出污泥而不染,哪怕生活越过越穷,高贵的身份也不存在了,但仍保持高洁的人品。正如妙玉依附在阔人家里,是个寄生者,但她有高洁的人品,也很漂亮。爱美是人类共有的天性。杜甫可以塑造一个"佳人"的形象,但"香雾云鬟湿"就不是描写杜太太,在成都写到自己的妻子,"老妻画纸为棋局"、"老妻书数纸,应悉未归情",有亲情,有感情,有生活,但不写她的形象。估计入川后杜甫的妻子岁数不小了,用不着像写佳人这样去描写。所以文艺作品不是一个孤立的东西,必须体会作者为什么要写一个值得同情的对象,而这一对象又为何须具有超乎一般人的好的条件。

第十一讲

诸葛大名垂宇宙

登楼
八阵图
蜀相
咏怀古迹之五
古柏行

第十一讲　诸葛大名垂宇宙

筹笔驿（李商隐）
猿鸟犹疑畏简书,风云长为护储胥。
徒令上将挥神笔,终见降王走传车。
管乐有才终不忝,关张无命复何如。
他年锦里经祠庙,梁父吟成恨有馀。

登楼
花近高楼伤客心,万方多难此登临。
锦江春色来天地,玉垒浮云变古今。
北极朝廷终不改,西山寇盗莫相侵。
可怜后主还祠庙,日暮聊为《梁父吟》。

八阵图
功盖三分国,名成八阵图。
江流石不转,遗恨失吞吴。

蜀相
丞相祠堂何处寻,锦官城外柏森森。
映阶碧草自春色,隔叶黄鹂空好音。
三顾频烦天下计,两朝开济老臣心。
出师未捷身先死,长使英雄泪满襟。

　　　　　咏怀古迹之五
　　　诸葛大名垂宇宙,宗臣遗像肃清高。
　　　三分割据纡筹策,万古云霄一羽毛。
　　　伯仲之间见伊吕,指挥若定失萧曹。
　　　运移汉祚终难复,志决身歼军务劳。

　　今天我们专门讲杜甫吟咏诸葛亮的诗,包括《蜀相》、《咏怀古迹》第五首、《八阵图》等,还有富于浪漫主义的《古柏行》,篇幅比较长。再有,附带讲一首李商隐的《筹笔驿》。

　　现在的注释本从《蜀相》到《筹笔驿》,包括《八阵图》,多有讲得欠妥之处。先讲《筹笔驿》。有几个字的读音需要注意:第三句的"令"字,应该读 líng,读阳平,全句平仄也调,读去声,平仄也不调了。动词读 líng,名词读 lìng。像"司令"、"发号施令"才读 lìng。表示让人怎么样,读 líng。"徒令上将挥神笔",现在的注释本往往说"上将"是诸葛亮,我说不对。我认为这句是说诸葛亮派他手下的人写下他(诸葛亮)是怎么安排、怎么计划的。"筹笔驿"是个"驿",名字叫"筹笔",就因为诸葛亮曾经在这里驻扎过军队,在这里考虑北伐,筹划军事行动,在这里下过动员令,定过计划,所以叫做"筹笔驿"。诸葛亮是总司令,因为他带兵。注解上说"上将"就是诸葛亮,我认为很勉强。"上将"应该是诸葛亮手下的"上将",如"五虎上将";诸葛亮不能称为"将"。"徒令上将挥神笔",就是诸葛亮考虑好了方案、计划和作战的准备,让手下带兵的"上将"、出征的人把他的计划写下来。"徒令"的主语就是诸葛亮。

　　李商隐写诗和杜甫不完全一样,他有很广阔、很大空间的想象力,他说诸葛亮在这个地方曾经驻扎过、策划过,故此地对诸葛亮的出征来说很有纪念意义。诸葛亮的一言一行、每一道命令,不但使敌人闻风丧胆,甚至让当地的自然动物也觉得他不可侵犯,所以说"猿鸟犹疑畏简书"。当地的"猿鸟",就是野生动物,它们都不敢往筹笔驿这个地方来。为什么不敢来呢?好像它们都害怕诸葛亮的号令森严。它们要是随便飞来飞去,爬来爬去,走来走去,似乎就触犯了诸葛亮的军令。"简书",就是戒命,《诗经·小雅·出车》"出不怀归,畏此简书"这样的拟人写法就把诸葛亮"简书"的力量烘托出来了。同时,这个地方又是诸葛亮出谋划策的一个根据地,大自然、造物者对此地也是珍爱的、保护的、爱惜的,所以"风云"到今天为止,也就是唐朝末年了,还"长为护储胥"。筹笔驿附近可能还有历史遗留下来的古迹。"储胥"就是临时驻扎的军营的护栏、栅栏,好比现在打仗时的铁丝网。"储胥"这个词当"篱笆"讲,是战地的临时工事,典故出自《说苑·贵法》:"爱其人者,兼爱屋上之乌;憎其人者,恶其馀胥。"前者是爱屋及乌,后者是说讨厌一个人,就连他遗留下来的篱笆、临时工事也讨厌。两者有一个爱恶相对的意义。这里是做正面使用,说风云保护着诸葛亮曾经驻扎过的地方。野生动物也好,大自然的天气也好,对此地都怀有感情,或者是敬畏,或者是重视。李商隐的写法跟杜甫不一样,但同样写得好,通过野生动物和自然天气写出诸葛亮的恩和威,很了不起。

但是诸葛亮的神机妙算也好,缜密的军事计划也好,终究没有成果,"徒令上将挥神笔",最后是"终见降王走传车"。"传"字应念zhuàn,读chuán就失粘了。读chuán是动词,读zhuàn是名词,指"车",是交通工具。清朝末年设立交通部,叫"邮传部",就应该读zhuàn。驿站的房间叫"传(zhuàn)舍"。比如汉高祖定天下以后,派人去招降在山东海上的田横。到河南洛阳一带,田横及其部下五百人全都自杀,就死于传(zhuàn)舍。"终见降王走传车",是刘阿斗坐着晋朝派来的车,到了晋朝的京城。虽然有"上将挥神笔",但终究没有挡住刘阿斗投降。所以"令"应读líng,"传"应读zhuàn。插一句,现在很多人读诗读错字,对诗歌的读音不讲究。

"管乐有才终不忝",这一句对诸葛亮的评价比杜甫的低。杜甫在《咏怀古迹》第五首里说诸葛亮"伯仲之间见伊吕",是把诸葛亮摆在伊尹、吕尚的档次,而没有摆在管仲、乐毅这个档次。但是李商隐的话也有根据,因为诸葛亮是自比管仲、乐毅的。忝者,愧也。就诸葛亮本身来说,相比管仲、乐毅是无愧的,他够棒的了。可是无奈蜀国的形势不行,军事力量太薄弱了。出兵得靠武装力量,大将关羽、张飞死得最早,蜀国的军事力量就丧失了半壁江山。刘备再棒,手底下没人也不

行,所以说"关张无命复何如"。诗是始终扣紧"筹笔驿"来写的,因为筹笔驿是诸葛亮定军事计划、下命令北伐的一个出发点、根据地。陈寿说诸葛亮的军事水平不行,而杜甫说诸葛亮不限于打仗,是和伊尹、吕尚一个水平,那其实比打仗更高一个层次,统一天下都可以。李商隐说,诸葛亮比管仲、乐毅一点儿也不差,无愧于管仲、乐毅,但是手底下没人,没辙。

下面两句"他年锦里经祠庙,梁父吟成恨有馀。"注解说"他年"、"他日"、"他生"有两个意思:过去或未来,这里"他年"指过去,即"当年"。因为写《筹笔驿》的前四年,李商隐到过成都,写过歌颂孔明的排律。这首诗写于大中九年(855),比大中四年晚了四五年。现在一般的注解说,当初我(李商隐)路过成都的时候,到过诸葛亮的祠庙;而"梁父吟"就是现在这首《筹笔驿》的自比。我认为注释得牵强。在三顾茅庐以前,诸葛亮还没出山的时候,是有志于治理天下的,只是没有机遇,常常在隐居的时候吟《梁父吟》,所以有句诗云"孔明抱膝吟梁父"。现在留传下来的《梁父吟》是不是当年诸葛亮吟的那首诗,其实很难说,不过后来《梁父吟》实际成了赞美、同情,甚至于感叹诸葛亮本人的一个符号。提到《梁父吟》,就成为诸葛亮心声的一个代表。李商隐确实到过四川成都,经过筹笔驿,但我认为这样注不对,没有注到点子上。像"他年"、"他生",固然可以指过去,但大部分还是指未来,如"他生未卜此生休"。这里的"他年",我很怀疑是否是指前几年路经成都写过诗那次。这《梁父吟》是比喻现在写的诗,还是比喻在成都写的诗呢?"他年锦里经祠庙,梁父吟成恨有馀",到底怎么回事呢?我认为这两句是李商隐用典,用了杜甫的《登楼》:"花近高楼伤客心,万方多难此登临。锦江春色来天地,玉垒浮云变古今。北极朝廷终不改,西山寇盗莫相侵。可怜后主还祠庙,日暮聊为《梁父吟》。"注意最后两句,刘后主是亡国之君,不会单独有一个庙,但是现在他算是有运气,在祭祀刘先主、祭祀诸葛亮的祠庙里,居然也沾了光。"可怜后主还祠庙",因为刘备和诸葛亮对四川的好处太多了,人们纪念刘备和诸葛亮,而刘后主也跟着沾了光。杜甫替诸葛亮感到不平、可惜、无奈,说你们君臣费了这么大的劲,经营了这么长时间,可最后国家还是亡在刘阿斗手里。亡国之君居然还能沾祖宗的光,享受当地人民的烟火,简直是沾光沾得太多了。看到这样的局面,诸葛亮又能如何?诸葛亮心里该怎么想?也不过就是再唱唱《梁父吟》吧。所以杜甫最后说:"日暮聊为《梁父吟》。"心里真是无奈,但也只能替诸葛亮吟吟《梁父吟》吧。这样讲,杜甫的诗就讲得通。仇注引了很多材料讲杜甫的这首《登楼》诗,说杜甫为什么提刘后主呢?因为唐玄宗以后是肃宗,肃宗以后是代宗,代宗刚接班的时候安史之乱刚平定,郭子仪这些老将还在。等到天下安定以后,代宗就宠信宦官,还让一个宦官带兵,就是鱼朝恩。而刘阿斗也是宠信宦官的,黄皓就是刘后主最宠信的人。仇注说杜甫这句讽刺刘阿斗的话是暗指代宗不能继承玄宗、肃宗的遗志,这在仇注里很清楚,所以说"可怜后主还祠庙"。这首《筹笔驿》,李商隐开头说诸葛亮真了不起,军事行动也不错,可惜最后刘阿斗投降了,武装力量都丧失了,诸葛亮才比管仲也好,乐毅也好,岂奈"关张无命",北伐的一套计划没实现,终于蜀汉灭亡了,也就是"出师未捷身先死",大事未成。所以李商隐说,将来有一天我要是再经过成都的祠庙,看见刘后主也在那儿享受烟火,就会感觉到诸葛亮的遗恨太深了。"他年"如果指过去——过去我曾经看过诸葛亮的祠庙,而我现在代表诸葛亮写《梁父吟》,我"恨有馀";说《梁父吟》等于是李商隐《筹笔驿》的自比,祠庙还是过去看过的那座祠庙——我觉得不对,李商隐明明用的是杜甫《登楼》的最后两句。这首诗李商隐就是学杜甫,学得一点不着痕迹。七、八句是接着三、四句来的,诸葛亮"上将挥神笔",尚且无法阻止刘阿斗后来"走传车","他年锦里经祠庙",将来我有朝一日要是再经过成都祠庙的话,走到那儿一看,还有刘后主的牌位呢,那诸葛亮会是什么心思?岂不是更无奈,更"恨有馀"了么?他的《梁父吟》岂不白吟了么,山也白出了,三顾茅庐……什么什么的一辈子功业整个没有了。这样解释就通顺了,写诸葛亮的几首诗也都搞清楚了。后人对诸葛亮的功业是肯定的,对他的命运是感慨的、同情的,所以李商隐说我要是在他年再经过祠庙,就会为诸葛亮感到遗恨无穷,即使是有他的《梁父吟》也是"恨有馀"。解诗太难了,现在讲"接受美学",到底怎么"接受"?我的接受就曾被人批评只注重书本上的典故,是史学

家的接受，不重视心灵上的交流。有人理解陈寅恪的诗"神"了，我说不对，应该看典故，那人就说我太陈旧了。我理解李商隐的这首诗，恰恰就想到了杜诗，才有了与众不同的理解。《筹笔驿》里不仅是李商隐自己感到遗恨无穷，诗人还说你诸葛亮要是看到这个情况，知道后来刘后主投降，你也会遗恨无穷。

下面讲《八阵图》。我的《读书札记》里有一段话讲"杜诗用事"。仇注讲"遗恨失吞吴"一句引了四家之说，权威的是苏东坡、王嗣奭、朱鹤龄的说法，另外还有其他两个人的说法。我认为朱鹤龄的说法对。这句的意思是，诸葛亮有遗恨，遗恨就在于刘备吞吴这一点做错了。"失"者，可以说是失算，也可以说是自己没尽到责任，有遗憾。遗憾就在于刘备不应该"吞吴"。要是不吞吴，结果还不至于这么糟糕。

"功盖三分国，名成八阵图"两句好讲：诸葛亮功盖三分国；八阵图是诸葛亮留下来的古迹。关键是"江流石不转"。仇注找到了典故，但没往深里讲，再往深里讲一步诗就明白了。《诗经》里说"我心匪石，不可转也"，我心不是石头，不可以转。换句话说，石可转也。我心如果是石头，就可以转，可以动。现在是等江水落了以后，八阵图的石累如同"焊"在江里一样，江水涨也好，落也好，都不能动。杜甫说"江流石不转"，是反用《诗经》的话，说明诸葛亮的遗恨体现在"石不转"，遗恨就比《诗经》里的主角恨得还深。恨到什么程度？连石头也转不动。大江比普通的流水要厉害多了，石头都没动地儿，就说明诸葛亮这个人对于蜀汉是忠心不改，即杜诗"志决"之谓。他决心要把蜀汉治理好，而偏偏蜀汉亡了。"江流石不转"是现象，现象是石本可转，但现在石竟不转。不转的原因在于诸葛亮有遗恨，而遗恨就在于吞吴，吞吴是个失策、失算的事，不应该。遗恨者，遗憾也。诸葛亮认为他终身的遗憾就在吞吴这件事上，自己没尽到责任，没有劝阻刘备吞吴。刘备没有接受诸葛亮的话，诸葛亮自己也表示后悔，说法孝直要是在的话，也许不至于打败仗。别看这是一首五绝，很简单，但老杜用事的技巧非常高超。

杜甫入蜀以后，从成都、梓州、阆中，最后到夔州，出峡，从成都到夔州，四川时期的杜诗最大特点是七律特别多。他的七律现存二百多首,其中一大部分好诗都是在成都作的,而《蜀相》是他刚刚到四川后不久写的一首诗。仇注有的地方等于是废话。"丞相祠堂何处寻,锦官城外柏森森",仇注说是"自问自答"。七律一共才八句,上来两句自问自答干什么,这不是废话么?"丞相祠堂何处寻"究竟应该怎么讲?我的理解是,杜甫心目中对诸葛亮崇拜向往已久,到了成都以后第一件事就是要打听武侯祠在什么地方,马上就要去瞻仰、参拜他的祠庙。头一句说明了杜甫对于诸葛亮向往、崇拜心情的迫切,说明了诸葛亮在杜甫心中地位的崇高。杜甫是怀着这样的心理才写了"丞相祠堂何处寻",可见决不是普通的打听道儿怎么走,那就不是诗了。第二句"锦官城外柏森森","柏森森"也有好几层意思:一个是写实,写出了柏树之多。现实的诸葛亮祠堂可能有很多树木,特别是柏树。如果改成"锦官城外树森森"就不行了,没劲了;另一层是"岁寒,然后知松柏之后凋",柏树既是诸葛亮的象征,本身又有高洁的品质。诸葛亮的祠堂种的是柏树,柏树可以存活上千年,而且又是忠贞的象征。换句话说,柏树围绕着祠堂,正是诸葛亮人品的象征。"森森",既多,又高洁肃穆。"锦官城外柏森森",寂寞冷清亦有之,但主要还是肃穆庄严的体现。

"映阶碧草自春色,隔叶黄鹂空好音",这又是宋诗了,好就好在"自"和"空"。虽然诸葛亮的名气很大,四川人纪念他,对他念念不忘,但这个地方比较寂寞,人来的不多,绝不是闹市。"自"字就体现了这地方很寂寞,有点荒凉的意思,和《哀江头》的"细柳新蒲为谁绿"相似。一年一年地,春草自生自灭。这是见,写地上,看见的。写树上,是闻,听见的。"隔叶黄鹂",没看见黄鹂,但是听见它叫了。叫声好听,却是"空好音"。一个"自"、一个"空",就说明这个地方多么安静,多么寂寞。清静是很清静,有鸟叫,有景致,但是"自春色";黄鹂虽好听,但是"空好音"。头一句象征诸葛亮的品德,三四两句写环境的幽静,但是也寂寞,甚至还有点荒凉,关键在于一个"自",一个"空"。这个"自"字惹出很多麻烦,宋朝人就打了好长时间的架。说两句题外话,王安石的《泊船瓜洲》,从古到今,一引便是"春风又绿江南岸"。但我从上世纪70年代"文革"刚结束就写文章,呼吁是"自绿",不是"又绿"。李壁

诗注,王安石几个版本的全集,都作"春风自绿江南岸"。钱锺书先生是大家,周振甫先生的《诗词例话》也不知印了多少版,算是畅销书,他们提到《泊船瓜洲》,都是"春风又绿江南岸"。王安石的原文其实是"自绿",怎么说是"又绿"呢?洪迈的《容斋续笔》卷八那话靠不住。他讲"绿",前面是"又绿",可是原文"自绿"。几个版本的王安石诗集都作"春风自绿江南岸",不是"又绿"。王安石在诗里有三个地方提到这句诗,都作"自绿"。王安石自己的话有"老夫昔有句云'春风自绿江南岸'",不知道洪迈"又绿"是从什么地方来的。可是后人一谈修辞,就说"又绿"。其实这句诗好不好不在"绿"本身,而在"又绿"还是"自绿"。"春风自绿江南岸"是说春草也好,春风也好,都毫无感情,外在的客观景物是没有感情的,到时间它就绿了,即"自绿"。而且洪迈说王安石改字,"又"什么"又"什么,改了很多,其实好多字都不通,除非他同时改两个字,又改"自"又改"绿"。

  这个"自"字还有公案。王安石的《明妃曲》里说"汉恩自浅胡自深"。邓广铭先生曾在《文学遗产》上写文章,大讲《明妃曲》,实际上就是这个"自"字。现在有人批评王安石,认为王安石"汉恩自浅胡自深,人生贵在相知心"有卖国的心思,说王昭君认为胡好汉不好。实际上"自"不是这意思。那这两句应该怎么讲?汉恩是浅,胡恩是深,恩浅的一方对王昭君固然不理解,但是恩深的一方就对王昭君理解了么?也未必理解。"汉恩自浅胡自深",浅也好,深也好,对王昭君都不是知音。王安石替王昭君说话,说"人生贵在相知心",两个统治者都不理解王昭君。真正理解王昭君内心痛苦的是谁呢?匈奴对王昭君是捧得不得了,可是王昭君内心的思想活动匈奴人就了解么?不了解。甚至于用琵琶谱出一个曲子叫《昭君怨》,是不是人人就理解了王昭君呢?杜甫的诗说"千载琵琶作胡语,分明怨恨曲中论。"她心里的怨恨只能通过曲子表达出来,他人是不能理解的。王安石就根据这个意思写了《明妃曲》。讲诗也容易也难,不太好讲,光"自"字就惹了很多麻烦。是"自绿"非"又绿",我呼吁了半天,响应我的,只有一个人,就是金克木先生。后来张鸣做新的《宋诗选注》,用了我的说法。赵齐平的文章承认,第一个发现是"自绿"非"又绿"的是吴小如。这倒不是我居功,问题是集子就摆在那儿。钱锺书、周振甫都是大家,怎么不去翻翻王安石的集子,就听洪迈的一面之词呢?所以读书也是"有人自浅有人自深"。

前四句是写景,后面发议论。现在讲的"频烦"也不对,把"烦"讲成了动词,把"频"讲成了副词,实际上"频烦"是复合词,"频"和"烦"是一个意思。"频"也是多,"烦"也是多,"三顾"可以说是够频繁的。在唐代,写作频烦,不作频繁。刘备所以礼贤下士,三次去拜访诸葛亮,要把诸葛亮请出来,刘备的考虑也不仅仅是为个人的权利、地盘,扩张自己的声势,而是"天下计",换句话说诸葛亮出山也不是专门为了辅助刘备,为了帮着他成事。他们是因为天下太乱了,君臣之间都想着要把局面改观。刘备"三顾频烦"为的是"天下计",而诸葛亮知其不可而为之,也是"老臣心"。诸葛亮也不完全是为了报恩,为了"士为知己者死",为了蜀汉这一个朝代,他的心思也在"天下"。刘阿斗根本扶不起来,他明知道不行但是还要做,也是为了"天下计"。"开济"是一头一尾,"开"是开创,"济"是完成,诸葛亮先后给刘备和刘阿斗做臣,既帮着刘备开创天下,又希望帮着刘阿斗完成统一大业,这是诸葛亮的"两朝开济老臣心",真正的内心。"老臣心"和"天下计"也有点互文见义。

遗憾的是诸葛亮"出师未捷身先死"。英雄不能以成败论,在历史学家的眼光里项羽也是英雄,那是早于诸葛亮的。项羽虽然没成事,但他也是英雄。后于诸葛亮的岳飞也没成事,但也是英雄。诸葛亮本人同样没成事,所以不能以成败论英雄。古往今来只要是能够理解诸葛亮的,都会同情他,认为他"出师未捷身先死",太遗憾了。"英雄"指的既不是诸葛亮本人,也不是杜甫,而是有诸葛亮之志或是有他那样水平而没有成事的人。成事也好,没成事也好,真正具有英雄特质的人没有不对诸葛亮表示同情的,所以说"长使英雄泪满襟"。这首诗看起来好像没什么好讲的,但是仔细读读会发现,杜甫把诸葛亮摆在一个什么档次?摆在一个很高很高的档次,而不是一个普通的吊古、怀古的题目。杜甫对诸葛亮肯定得很高很高,遗憾也觉得无穷,所以写出这首诗。

这在《咏怀古迹》就更显著了,表现得非常明显。头一句"诸葛大名垂宇宙",杜甫对诸葛亮的肯定、评价太高了。天地四方谓之宇,上下古今谓之宙,一个时,一个空,换句话说有时间和空间就有诸葛亮。从先秦一直到近代,真正有几个人能够"大名垂宇宙"的?孔子是了不起的,如说"孔子大名垂宇宙",好像有点废话。历史上还有很多了不起的人物,而偏偏诸葛亮是一个不成事的人,是一个虽有大志而未成大事的人。孔子虽然也没有成事,但是孔子留下来的影响、遗著要比诸葛亮多多了。诸葛亮现在的集子是后人搜集整理的,而且里面有些文章也不一定真是诸葛亮写的,不过有些话,说的还是很中肯,如《临终自表后主》"何其病在膏肓,命垂旦夕",他没辙了,所以只能说"达孝道于先君,存仁心于寰宇……",这篇遗表写的好极了。

第二句是说作者去看诸葛亮的庙。"遗像"可能是个塑像,不一定是画像。"宗臣"者,就是朝廷的大臣。"清"、"高"是这塑像外表体现出来的形象特点。诸葛亮这人淡泊明志,他"清",高大。由"清"和"高"体现出"肃"来,所以说"宗臣遗像肃清高"。

诸葛亮的用心是委婉曲折的,诸葛亮的考虑是深层次的,诸葛亮的做法不是一般人所能理解的。"三分割据"是现实,要想把"三分割据"的局面变成统一安定,需要慢慢来。"三分割据纡筹策",得委婉曲折,得绕着圈子,兜着弯子,所以别人就不了解,而诸葛亮本人是很了解的。"隆中对"时,他第一次见刘备,就说将来的局面是鼎足三分,最好的办法是联吴攻魏。并不是说可以让吴国长存,而是得慢慢来,不能够树立两个敌人。刘备的糊涂就在于两个都是敌人,那不行。得先和一个敌人合作去对付另一个敌人,等那个敌人对付完了,这个敌人也就好办了。所以"三分割据"的"筹策"得"纡",得拐弯抹角,得曲折婉转,得深层次地,一个弯一个弯地、解决完一个问题再解决一个问题。"筹策"不能是一条直线的。刘备就是一条直线,所以蜀汉亡了,可惜了。第四句不是赞美之辞而是感叹之辞,"万古云霄一羽毛",古往今来的这样一个世界,诸葛亮是出类拔萃的,是云霄里的、不是人间的一个凤毛麟角的人物。

下面就是对诸葛亮的评价。虽然诸葛亮自比管仲、乐毅,但杜甫看他就是伊尹、吕尚。把大臣分出若干个高高低低的档次,伊尹、吕尚是一个档次,"伯仲之间见伊吕"就是说可以在伊尹、吕尚这个档次里,把诸葛亮摆进去。"见"(xiàn)是出现,诸葛亮在伊尹、吕尚中间,他表现出来的就是伊尹、吕尚的水平。现在把"指挥若定失萧曹"作胸有成竹讲,说坐这儿不动就可以指挥若定。但是前人已经有不这么讲的。"指挥若定"不是从容自然的意思。"定"者,就是"孟子见梁襄王。出,语人曰:'望之不似人君,就之而不见所畏焉。卒然问曰:'天下恶乎定?'吾对曰:'定于一。'"的这个"定"。换句话说,如果诸葛亮的指挥能把天下定了的话,那么萧、曹之功都不在话下了。萧何、曹参运气好,汉高祖成功了,所以他们名扬天下,被说是贤相、汉代的名相,是了不起的。"指挥若定失萧曹",诸葛亮他没"定",如果他把局面稳定下来,统一了,那萧、曹算什么啊?是这个意思。现在我们说"指挥若定"是诸葛亮从容指挥、羽扇纶巾,摇着扇子天下就定了。但要"定"了就好了,它没定啊。现在正是由于指挥未定,让萧、曹出名了。把"指挥若定"当作一个好的成语,恐怕不是原意。"指挥若定"若是从容自然的意思,萧曹何尝不是指挥若定呢?他们也不是遇到事情就惊慌失措的。

诗的最后说出实在话,"运移汉祚终难复"。汉朝的气运衰了,命运到头了,没希望了。尽管诸葛亮的"志"再"决",可是身体不行了,生命结束了,就是为了"军务劳"。诸葛亮鞠躬尽瘁死而后已,死在打仗的前线了,所以说"志决身歼军务劳"。由于军务太辛苦了,他短寿,没完成他的事业。这不在于诸葛亮本身有什么不足,而是"运移汉祚终难复"。可见,《筹笔驿》也好,《八阵图》也好,包括《蜀相》和《咏怀古迹》里说的诸葛亮也好,全是一个思想,就是诸葛亮的才太大了,他的智慧也了不起,决策并没错。但是,"运移汉祚终难复"。李商隐说"关张无命复何如",实际上孔明也是"无命复何如",这是一贯的。所以诗也不能孤立地讲,串起来成一个专题,也很好。

古柏行

孔明庙前有老柏,柯如青铜根如石。霜皮溜雨四十围,黛色参天二千尺。云来气接巫峡长,月出寒通雪山白。君臣已与时际会,树木犹为人爱惜。忆昨路绕锦亭东,先主武侯同闷宫。崔嵬枝干郊原古,窈窕丹青户牖空。落落盘踞虽得地,冥冥孤高多烈风。扶持自是神明力,正直元因造化功。大厦如倾要梁栋,万牛回首丘山重。不露文章世已惊,未辞剪伐谁能送。苦心岂免容蝼蚁,香叶终经宿鸾凤。志士幽人莫怨嗟,古来材大难为用。

关于《古柏行》,也简单说几句,那是在夔州作的。有人说"霜皮溜雨四十围,黛色参天二千尺",不合尺寸,那我要说"白发三千丈"比这个更不合标准,可知解诗不能胶柱鼓瑟,死于句下。前四句是写实、写景。"君臣已与时际会,树木犹为人爱惜",由景转入情。下面写人。"忆昨路绕锦亭东,先主武侯同闷宫。崔嵬枝干郊原古,窈窕丹青户牖空。落落盘踞虽得地,冥冥孤高多烈风。"地方虽然好,树也好,"落落盘踞虽得地",地势很好;但是"孤高多烈风",风太大。下面由"多烈风"引出"扶持自是神明力",古树参天主要是"神明力","正直元因造化功",又说人又说树。"大厦如倾要梁栋,万牛回首丘山重。不露文章世已惊,未辞剪伐谁能送。""文章"是把树打开以后里面的年轮,树表面上看不见,考定树的年龄得看横剖面。后来陈后山就把这句整个用到他的诗里了,他那个"文章"是真正的文章。"未辞剪伐谁能送",树现在还有,但说不定什么时候就会被人砍掉。树的命运还没有可能永远保存,"谁能送"就是谁能够预料断定,它的命运将来怎样很难说。后面是发牢骚,和诸葛亮无关。"大厦如倾要梁栋",说不定古柏就牺牲了。"苦心岂免容蝼蚁,香叶终经宿鸾凤。"日子长了难免蝼蚁把树给吃了,命运很难说,但是它有一个美好的过去,树上曾经呆过鸾凤。换句话说,它在庙里曾经被诸葛亮、刘备赏识过。后面从树说到人事,"志士幽人莫怨嗟,古来材大难为用。"别光替树可惜了,有时人才大照样不得意。诸葛亮算是幸运的,而这个古柏也算幸运,说不定在别处,古柏早就被砍了。

第十二讲 此意陶潜解

雨喜
夜成
春堂
堂宾至至
宾客村
客江邻
江南
南

第十二讲 此意陶潜解

春夜喜雨

好雨知时节,当春乃发生。
随风潜入夜,润物细无声。
野径云俱黑,江船火独明。
晓看红湿处,花重锦官城。

堂成

背郭堂成荫白茅,缘江路熟俯青郊。
桤林碍日吟风叶,笼竹和烟滴露梢。
暂止飞乌将数子,频来语燕定新巢。
旁人错比扬雄宅,懒惰无心作《解嘲》。

客至

舍南舍北皆春水,但见群鸥日日来。
花径不曾缘客扫,蓬门今始为君开。
盘飧市远无兼味,樽酒家贫只旧醅。
肯与邻翁相对饮,隔篱呼取尽馀杯。

江村

清江一曲抱村流,长夏江村事事幽。
自去自来梁上燕,相亲相近水中鸥。
老妻画纸为棋局,稚子敲针作钓钩。
多病所须唯药物,微躯此外更何求?

南邻

锦里先生乌角巾,园收芋栗未全贫。
惯看宾客儿童喜,得食阶除鸟雀驯。
秋水才深四五尺,野航恰受两三人。
白沙翠竹江村暮,相送柴门月色新。

我们前面第十讲中接触到杜甫的一首五古《佳人》,我把大意说了,特别提到过去以佳人才子为题材的小说、戏曲,在当时来说有一定的进步意义。这首杜甫的《佳人》,我个人认为,正如欧阳修的《醉翁亭记》一样,也是不可无一、不可有二。杜甫在他的诗集里,写佳人这样的题材也只有这一篇,正如他写《月夜》也只有一篇,老写没什么意思。再举一个例子,清朝有个诗人,他们夫妇都写诗。孙原湘,字子潇,他写女性的诗,确实有特色,而且当时也没有女权主义,可是他的夫人能诗,也写得很好。如果比起杜甫来,他们写的内容广阔多了,而且远不止一首。可是多了就难免雷同,杜甫只有这一首,但一首就树立了典范。我认为杜甫这首诗,还是符合西方的文艺标准的,特别是恩格斯所讲的典型环境里的典型人物。"幽居在空谷",空谷就是典型环境,佳人是典型人物、典型性格。诗里杜甫有很深的意思,唐人对门阀贵族,并不像现在讲阶级斗争,谈到门阀贵族就否定。在杜甫当时,富贵人落魄,特别是遭遇安史之乱以后,遇到种种困难,生活越来越困难。作为人道主义的诗人,杜甫是同情的。这诗写到"侍婢卖珠回,牵萝补茅屋。……天寒翠袖薄,日暮倚修竹",就结束了。那我要问了,她的家当要连典带当卖光了,她还能活下去吗?佳人最后的命运恐怕比陶渊明难多了。陶渊明再穷再苦,除了他以外,儿子长大了,多少还有劳动力,还不至于挨饿;可是佳人的命运不堪设想,他不写了。诗人主要是描写在那样一个环境之下,一个出身高贵的人始终保持纯洁的品格、尊严的身份,她的人格没受任何影响,也没有屈辱,也没有降格,更没有被困难所吓倒。当然有人说这是寓言诗,我不相信这完全是寓言诗,有虚构但也有事实,否则他编不出来。所以头两句,就点出了典型的生活环境,然后又是这样的一个佳人,而且"绝代有佳人",在当时来说应该是有才有貌。下边就是社会问题了,"自云良家子",我是好人家的子女,门第也很高贵,但是"零落依草木",只能过着很贫寒、很简朴的生活了。"关中昔丧乱,兄弟遭杀戮",我家里不是没有做官的人,但在动乱中都死了。他们的地位并不低,"官高何足论,不得收骨肉",敌人来了,胡乱杀戮,整个局面都混乱了,我的兄弟们都死了。说明这个女子出身于上层社会,年头太平时也是千金小姐,可是现在零落在穷山幽谷中。杜甫写的是一首抒情诗,只有一个主角,可是要知道,从高贵的阶层一下子跌落到底层,其实整个一部《红楼梦》就是反映这个思想的。你要说《红楼梦》受什么影响,现在谈接受美学,没有人谈《红楼梦》接受杜甫《佳人》的,但这实际就是一个接受。还有,鲁迅的《呐喊·自序》里说只有切身经历了从富裕到贫穷,在逐渐没落的过程中,才能看透人情世态。这在《呐喊·自序》里表白的比较明确了,而《红楼梦》整个就是写由盛而衰的,接受了杜甫的《佳人》,不是我联想太远,而是事实如此。现在我们讲诗歌缺乏比较,我说《红楼梦》里林黛玉出场,曹雪芹用了百分之二百、三百的力量来刻画;你再看托尔斯泰的《安娜·卡列尼娜》,安娜·卡列尼娜出场的时候,托尔斯泰是用了多大的功力来描写这个女性。我发现这样的比较才是真正从作品到作品的比较。诗人当然在这里说得很简单,可是"关中昔丧乱,兄弟遭杀戮。官高何足论,不得收骨肉",这不是家破人亡吗?身世凄凉啊,够了,杜甫就写到这里,也不往深里写,也不往详细里写。下面怕还不明白,就说"世情恶衰歇",社会上就是这种欺负人的情形,当你倒霉、衰歇了,就另眼相看。"万事随转烛",我看了好些注解,什么叫"转烛",都没讲清楚。元宵节时有一种走马灯,灯笼中间点着一根蜡烛,外面的灯笼罩是转的,那个就叫"转烛",所谓走马灯。里面有了热力,外面就转圈,就是说变来变去。万事就跟走马灯一样,有变化的,你倒霉的时候,他跟着瞧不起你;你发财了,他又跟着捧你,"万事随转烛"是这个意思。

顺便提一下辛弃疾《青玉案》里的"玉壶光转"。关于"玉壶"有各种讲法,夏承焘、邓广铭先生都讲成灯。依我的看法,玉壶还是月亮。《全唐文》里有一篇《玉壶赞》,我为此专门请教了沈从文先生,沈先生给我回了一封长信，专讲玉壶是怎么回事。那个壶其实就是一个圆球，既没有把儿，也没有嘴儿。现在我们有冰箱、冷气，不稀奇；但古代没有啊，这壶就起到降温解暑的作用。从鲍照开始就有"玉壶冰"，辛词里还有"冰壶凉簟"；周邦彦词里也说屋子里搁玉壶，苍蝇都不来了。我们不要受今天的壶的概念和器形的影响，其实唐代的冰壶，是圆的，口在上头，内放方冰，外圆内方，是解暑的，器形是滚圆滚圆的。"一片冰心在玉壶"，就是这个壶。这种壶就很容易让人联想到月亮。"玉壶光转"是光转，而不是壶转，辛词从月亮出来一直写到下半夜，所谓"一夜鱼龙舞"。"玉壶光转"显然是月亮在转动、运动。辛词《青玉案》可以参考一下张岱的《西湖七月半》里关于月圆时节的描写。词里的抒情主人公在月圆之夜约了一个心上人，"月上柳梢头，人约黄昏后"，可是在最热闹的地方找不到这个人，"众里寻他千百度"。等到人越来越稀少，抒情主人公心里很失落，以为约会的人没来；但是没想到约会的人早就来了，只是不愿凑热闹往人多的地方去，"蓦然回首，那人却在灯火阑珊处"。真正的知音不凑热闹。《青玉案》写得好极了。李后主词里说"春意阑珊"，"阑珊"就是行将结束。

《佳人》是一层一层地写，先说一个佳人在空谷，然后说是良家子，因为家庭的关系败落了，所以"零落依草木"。为什么呢？因为丧乱，兄弟死了，官高也没有用，"不得收骨肉"，家里人都受连累了。而社会上对我们是另眼相看了，我也嫁过人，对方想必也是门当户对，也是做官的。杜甫的阅历很了不起啊，一千多年后的今天，仍旧可以从杜诗里看到今日社会的不良现象。"夫婿轻薄儿，新人美如玉"，丈夫也把她抛弃了，可见当初丈夫不在乎她的美貌和人品，就因为她家是豪门、权门，有钱有势；如今倒霉了，她家败人亡了，丈夫另选了年轻美貌的，而且想必对他的前途也有好处。下面就用乐府的手法了。"合昏尚知时"，"合昏"就是合欢花，这个花是该开时候开，到了晚上它就并上了；"鸳鸯不独宿"，植物、动物尚且有情，何况人呢？人就是"但见新人笑，那闻旧人哭"，写得好就好在这儿。当然，女性美丽漂亮是一个因素，更重要的是金钱权势，正因为女家败落了，丈夫把她抛弃了。这样的写法，作者不光写一个人有个性，写社会环境也是世态炎凉。下面，这一女子到底是随波逐流呢？还是保持自己纯洁高尚、素有的人格呢？"在山泉水清，出山泉水浊"，我宁可隐居，隐姓埋名，也要保全我人格的尊严。怎么生活呢？家里还有点积蓄，自己不能出头露面，"侍婢卖珠回"，卖点儿钱；然后也不请人，"牵萝补茅屋"，主仆一块儿动手，修理破房子。这里的佳人还是爱美的——摘花，但是再无心把花插在头发上了。"摘花不插发，采柏动盈掬"，柏树是最坚贞的，品格最高的，就是说我的心跟松柏一样，"动盈掬"是下意识的采柏，采了一捧。在这种情况下诗人树立了一个形象，"天寒翠袖薄，日暮倚修竹"，我们说唱戏有"亮相"，而这句诗有一个定格，背景、装束、形象，写得多好、多漂亮。

我以前给学生讲课，说中国文学家，描写妇女怎么美，有两种写法，一种写法，从头到脚，连衣服带什么都写了，不厌其烦，《洛神赋》有点儿这个倾向，但还是写的不错的。后来说书、小说可不得了，又是柳叶眉、杏核眼，又是悬胆的鼻子，樱桃口……身上穿的什么从头到脚，一直这么写。写了半天，既看不出什么美来，而且啰里啰嗦，一点儿不精彩，甚至人家认为是俗套子。当然沉鱼落雁、闭月羞花这种词，第一次说也是不错的，老说就没意思了。所以真正会描写的高手就抽出整个形象的一部分来，这一部分就能胜过全局。你看《陌上桑》和《羽林郎》，都有点儿后来说书的那种口气。真正好的是《西洲曲》，"单衫杏子红，双鬟鸦雏色"。不但把女孩子的美表现出来了，而且还有色彩，既没描写她的脸什么样、身材什么样儿，但仅仅是衣服、鬟发，一看就知道是豆蔻年华的少女。这是真正会写的人，就摘出那么一个片段来，让你去联想。"天寒翠袖薄，日暮倚修竹"，也是如此，这是少妇的形象，而且是很有尊严、人格高尚、品格很美好、气质也非常好的一个形象。我们写东西既要经济，又要突出。光经济不行，没写出来不行，还要突出。人物形象也可以"诗中有画，画中有诗"，但是我觉得真要照着杜甫这个形象画一个仕女图没什么意思，不如读诗。这个好就好在诗用极简单的语言勾勒出一个轮廓来，给你无限丰富的想象空间，这才叫好。

下边讲杜甫入川以后的诗。入川以后有一个特点，就是杜甫的七

律在入川以后写的特别多。今存杜诗的七律,比五律大概少五分之四或五分之三。杜诗七律只有一百多首,而五律有好几百首,多了好几倍。但是入川以后七律开始多起来,《秋兴》、《咏怀古迹》等都是七律。所以入川后着重讲几首七律,今天讲倾向于闲适方面的七律。

好不容易杜甫有比较安定的生活了,不能说描写战乱、民间痛苦就是好诗,是高峰,而潇洒、闲适一点就不好了,这种看法太肤浅。我在备课时一下就想到:杜甫入川后的若干首心情比较快乐、舒畅的诗,怎么那么像陶渊明?所以我有一个想法,一谈杜诗就是忧国忧民,好像他的生活里从来就没有宁静、休闲,更谈不到快乐,当然这是片面的。可是闲适诗离不开生活,在中国的传统诗歌里,写生活而带有淡泊、从容、闲适、宁静,最有代表性的就是陶渊明其人其诗;但是后来人谈陶诗,还有唐朝的闲适诗,都是王孟韦柳,没人涉及杜诗。我后来一想,王维是写了不少自然景物的诗,而且"诗中有画,画中有诗";但是王维是阔人的闲适,有辋川别墅,生活富裕,他的闲适不如说是享受。王维的闲适诗十之八九带有一种旁观者的意思,"竹喧归浣女,莲动下渔舟。随意春芳歇,王孙自可留",这样的诗本身就带有王孙派头的。孟浩然呢,不错,也是一个隐者,但是孟浩然的诗里老有点儿浮躁的成分,比如"不才明主弃,多病故人疏"。还有他最有名的诗,当然前半首很有气势,"八月湖水平,涵虚混太清。气蒸云梦泽,波撼岳阳城",写得多好;可是下边呢,"欲济无舟楫,端居耻圣明。坐观垂钓者,徒有羡鱼情",还是一脑瓜子想出来做官!所以孟浩然的隐居思想不是很彻底,跟陶渊明也不是一个劲头儿。所以我觉得王、孟跟陶诗有距离。韦应物是一个做官的,一直有官做,做到苏州刺史,当然有一点隐逸思想,但是跟陶渊明也不是一回事。特别是近年韦应物的墓志铭出来了,连他的身世、字号都解决了,他的身份跟陶渊明不一样。至于柳宗元呢,柳宗元不像陶渊明,倒像屈原。年纪轻轻就倒霉了,四十几岁人就死了。柳宗元的诗,即使写山水,特点也是幽冷,幽暗又冷。最有名的"千山鸟飞绝,万径人踪灭。孤舟蓑笠翁,独钓寒江雪",这环境就是冰天雪地,一个孤零零的渔翁。因为柳宗元高兴不起来,一辈子受压抑、倒霉,诗当然也好,但是读起来让人心里压抑。所以唐朝所谓王孟韦柳,没有一个能够接近陶渊明,跟陶渊明都对不上号。比较能对上号的倒是些二流诗人,比如裴迪、祖咏、储光羲,像储光羲也不是真隐士,多少有点儿接近。反而是杜甫入川以后、刚到成都写的几首诗,倒和陶渊明的感觉特别接近。在杜甫一生的诗歌生涯里,可能在某一阶段内,他虽然写的是格律诗,可是跟陶渊明颇有相通相近之处。第一,陶渊明和杜甫一生都没有大富大贵,生活都比较贫困,但是都豁达乐观。第二,陶渊明、杜甫始终在诗里保存了忧患意识,不是纯粹的闲适和单一的享受,这一点杜、陶接近。第三,陶渊明、杜甫的诗的最大亮点就是他们的诗是有真感情的。我老说王维诗是阔人的享受,王维感情不是很深;而杜诗,如《赠卫八处士》,跟郑虔告别,都是非常感人的,因为他的感情太真了。应该说陶、杜都是性情中人,所以我主张陶渊明的诗应该拿来跟老杜刚入蜀的一些诗对比,要我看,比王、孟、韦柳更接近陶诗,这是我的个人看法。当然有一点要承认,陶渊明是单一的,他就是田园的环境,即使做官,时间也很短,而且对做官也没什么感情;而杜甫是多面手,又忧国忧民,又经历过好多陶渊明没经历过的种种痛苦的环境,这是不一样的。再附带说一句,杜甫入蜀以后,也有好的五言诗,我们顺带提一句。五言里描写闲适、心情愉快的,比如说"细雨鱼儿出,微风燕子斜";"城中十万户,此地两三家",写的多好。再有就是大家熟得不能再熟的了,"好雨知时节,当春乃发生"。大概杜诗最熟的就是这首《春夜喜雨》了,可是现在这诗的好几个通行讲法都有问题。那个"当春乃发生"的"发生"怎么讲?"好雨知时节",好像雨也懂得季节,春天来了,雨也下了;"当春乃发生",这"发生"跟我们现在说的发生问题、发生事故,是不一样的。发是发育,生是生长;发是萌发,生是万物复苏生长,所以"当春乃发生"是说到了春天它又活了,是这个意思,而不是又"发生"了。这是一个要注意的。还有那句"晓看红湿处,花重锦官城"。我看过好几个注释,似乎都有问题。很多注解说因为头天下雨,第二天花瓣都让雨打湿了,显得很沉重。这样注,那还是花吗?花不都败了、蔫了吗?其实唐诗里用"重"字的太多了,比如《长恨歌》"鸳鸯瓦冷霜华重,翡翠衾寒谁与共",这里的霜大概不会"重"吧,所谓"霜华重"就是密度大,霜下的多,是这个意思。陆

游的诗有一句最能说明问题,"雨馀山翠重",山上的翠色加重了,这个"重"绝不是轻重的"重",而是茂盛、缤纷的意思。所以"晓看红湿处,花重锦官城"者,花盛锦官城也。这场春雨,"润物细无声",所有的花都开了,这个诗人真是个乐观的诗人。锦官城,顾名思义,一是水洗东西越洗越漂亮,"浣锦";还有就是锦城,花开的最盛。所以"晓看红湿处,花重锦官城",一夜春雨,杜甫第二天一看,把花全都催开了,这场雨太棒了,是这个意思。要是花都耷拉下来了,"花重锦官城"成什么了?"因雨打湿了而花瓣就显得重了",这不等于把好诗给糟蹋了嘛!"晓看"两句,恰好还跟前面的"野径云俱黑,江船火独明"形成一个反差,下雨的阴天,看不见路和云的分别,只有江船上的微弱小灯,四面八方全是黑的,再接最后两句,就象征着一个更绚丽、更美好的前景。在这一时期段里,杜甫还有好多的名篇,如五律《游修觉寺》、《后游》等,但是我们就跳过去了。

　　还有一首《江村》,是真正描写生活的。后来杜诗影响到宋朝,而宋诗特别注意生活细节。我们今天写散文有个词叫"身边琐事",像《江村》里写的就是身边琐事,这个对宋诗影响最大。"五四"以后也有两种散文,一种是批判现实的,像鲁迅杂文就是批判现实的;还有一种是身边琐事,当时被否定的,可是我认为身边琐事没法否定。到现在为止,朱自清的《背影》,还有抗战胜利以后回到北京,看见清华的老看门的……这些平淡极了,但是极有感情,至于有名的《荷塘月色》,那就更甭说了。身边琐事不能否定,而杜甫闲适诗里有身边琐事,除了《堂成》、《江村》,再有《宾至》、《客至》,宾是请来的客人,客是熟人串门,不一样。我写过一个小文《释宾客》,专谈什么叫宾、什么叫客。外交部从来有"礼宾司",没听说有礼客司的。"嘉宾",电视里请来的都是嘉宾,没有叫嘉客的。宾者,是被下请柬请来的,来宾、嘉宾,都是受尊重的。《易经》里有不速之客,没打招呼就来了,只有不速之客没有不速之宾。《诗经》里有"宾之初筵",那就是接待上层人物,所以宾跟客不一样。

　　先讲《宾至》、《客至》。在第七讲中略说到《宾至》一诗。宾可能是有身份的人,杜甫住址在"背郭堂成荫白茅",应该是半郊区,草堂比较远,不在市中心;但是杜甫名气很大,可能有什么达官贵人来看望杜甫。越是这种情况,杜甫特别有种态度,就是越要见有身份地位的人,杜甫自己就先把身份地位占足了,这很要紧。不能说你是大官,是阔人,我就低声下气、卑躬屈膝,这不行。大概事先说好了,他就来了,"幽栖地僻经过少",这一句实即陶渊明《饮酒》的"结庐在人境,而无车马喧。问君何能尔,心远地自偏",一句抵四句,我认为跟陶诗很接近。还有《韩诗外传》里的一个故事,子贡坐着高车大马拜访原宪,原宪穷得要命,那胡同太窄了,车马都进不去,结果原宪穷人有穷脾气,对子贡很冷淡,子贡挺谦和、挺礼贤下士的,还是碰了原宪一个软钉子,最后只好走了。子贡前脚一走,原宪就放声高歌。这个故事写的好极了。原宪当然有点狂了,其实他跟子贡还是熟人,只是觉得子贡,你不就是有钱吗,高车大马,纡尊降贵;我虽然身份不如你,但却不失品节。所以杜诗"幽栖地僻经过少"这句是说我人微言轻,地方也偏;但是下面马上要体现自己的身份,"老病人扶再拜难",你来了我得行大礼,只是我身体不行了,"老病"得让人搀扶着,行礼挺费力气的。其实杜甫那时充其量就五十上下,这是占身份的话。然后表示谦虚,反而说了一句狂言,狂言有时自己说是正面的,比如"为人性僻耽佳句,语不惊人死不休"。可是见了来宾,他谦虚说"岂有文章惊海内",我哪行啊,您这么大官儿,瞧得起我,来看我,其实我不行的;"漫劳车马驻江干",也是跟子贡访原宪似的,高车大马,从城里摆着谱儿就来了,我不值得你这么尊重我啊。偏偏来宾还算有礼貌,没有点个头儿就回去了。"竟日淹留佳客坐",宾客真在我这儿坐了一天,我还得留他吃饭,"百年粗粝腐儒餐",没好的,净杂粮啊,您凑合吃吧。最后终于要走了,说两句客气话,"不嫌野外无供给,乘兴还来看药栏"。这个"看药栏",可以参看《江村》那诗。杜甫到了成都以后,什么都好,就身体不好,所以他不是种花种草,他有个药栏,自己种点药。末两句说你要不嫌我这儿净吃粗粮,您有空再来,就这意思。客气话说的也很有分寸,这是《宾至》。我后来还想到,《江村》那首,有一句叫"自去自来堂上燕,相亲相近水中鸥",后半句用的是《列子》的典故,鸥鸟这种水鸟,是跟人亲近,当你跟它和睦相处,它不躲;但是如果你心里想逮一个,它就不

来了,所以"相亲相近水中鸥"。杜诗现在很合潮流,怎么呢?大讲其生态环境啊。就拿现在我住的这房子来说,有时我觉得挺好的,麻雀、喜鹊,人站在窗户那儿它就来,人往窗户台那儿洒点米,鸟儿就来吃,它也不怕人,知道你给它吃的。从前的燕子是在人家屋子里搭窝的,所以"相亲相近水中鸥",这是说鸥鸟。但是请注意,这虽然跟《客至》里的"但见群鸥日日来"典故相同,可并不是一个含义。"但见群鸥日日来"是一句比兴,兴底下"花径不曾缘客扫,蓬门今始为君开",这个过去讲《客至》的人没讲过。"舍南舍北皆春水,但见群鸥日日来",没有人来,只有鸥鸟来做客,今天人来了,所以那个是比兴,跟"相亲相近水中鸥"不完全是一回事,同一个典故但这句是比兴,"舍南舍北皆春水",有了春水了当然群鸥就来了,"但见群鸥日日来"。可是今天不光是群鸥来了,人也来了,来的却是不速之客,"花径不曾缘客扫,蓬门今始为君开"。我这儿"幽栖地僻经过少",没人来,今天却来了。底下"盘飧市远无兼味",今天"飧"都写成"餐"了,飧可以是晚餐,还有一个讲法就是做熟了的饭菜。留人吃饭,做好了的,不是鲜的,而且我这儿离闹市区远,就这么点儿菜,"无兼味",两样好菜都没有;"樽酒家贫只旧醅",酒也是剩的,凑合喝吧,但是跟《宾至》不一样,那个"百年粗粝腐儒餐",特别表示我跟你档次不一样,你是吃酒席的,我是吃粗粮的。《客至》不一样,这里的关系也比较亲近,"肯与邻翁相对饮,隔篱呼取尽馀杯"。你要嫌咱们俩人喝酒没意思,可以找一邻居来,凑合聊聊天,这很亲切。这诗有一点像孟浩然的《过故人庄》,但是比孟诗内容丰富,层次也多,当然七律、五律不一样了,孟诗比较简单,杜诗层次丰富。所以《宾至》是《宾至》,《客至》是《客至》,很好讲,一顺就懂了。

然后咱们回过头来讲《堂成》和《江村》。《堂成》主要是杜甫草堂盖得了,地点是背郭,背靠城市,"背郭堂成荫白茅",不止"荫白茅",而且那首《茅屋为秋风所破歌》里还提到"三重茅",因此郭沫若就批评杜甫,说他过的是地主的生活,因为盖茅草还三层。我说郭老形而上到了极点,就是片面到了极点。请翻李白诗集,那么多诗,从来没谈到他住房子的问题。提到住宅的,那是李白上别人家去,比如《下终南山过斛斯山人宿置酒》。他是旅行到别人家,至于他自己住什么房子,没提过。但想象中李白自己不一定是住茅草房啊,那怎么就挑眼杜甫呢?三重茅也是茅草房啊。我写文章考据过,用瓦盖房子相传是从夏朝以后才有的,在古代来说用瓦盖房已经是高级建筑了,所以用茅草盖房充其量就是一般老百姓。"背郭堂成荫白茅",这个杜甫很满足了,他就写到诗里了。而且盖房过程中,家里人奔来走去,这地方又靠着江边,所以真正房子盖成了,他就说了,"缘江路熟"。虽然房子刚刚盖成搬进来,但是为这房子奔走,道儿已经走熟了。而且这地方地势还比较高,草堂是在江边高处,所以"缘江路熟俯青郊",低下头来看一片绿化。下边两句是即景,但是先大后小。"榿林碍日",一大片树遮住了阳光,这是大场面,然后由大写小,"吟风叶",风一吹,一片片的树叶都发出声音,大的是"榿林碍日",小的是"吟风叶";下边也是,"笼竹和烟滴露梢",早晨来江边水气重,雾大,"笼竹和烟",一片竹林水气弥漫,就像被烟雾所笼罩一样,等到太阳出来雾散了,水气变成露珠,一点点儿从叶子上往下滴,就是"滴露梢"。"笼竹和烟"是大的,"滴露梢"是小的,先宏观然后微观的,之后又是宏观再接微观。这种细腻的写景也只有杜甫能办到,这比那个"冉冉芙蕖"之类的细致多了,那还有点笼统,这个太细致了。可是搬家了,家人都居有定所了,这是安定的生活了,比较平静、幸福,但这样写诗就没意思了。搬家过来大人喊、孩子叫,大人连吵带闹、孩子连蹦带跳,写诗肯定不能这么写。那写什么?写鸟。"暂止飞乌将数子",不写乌鸦叫,因为乌鸦叫不好听。实际是杜甫带着老婆孩子往新家里搬,可是他不那么写,他写"暂止飞乌将数子",人搬来了,鸟也跟着搬来了,带着一群小乌鸦,也来安家,这是动态,一个大乌鸦带着一群小乌鸦也来搬家;然后呢,"频来语燕定新巢"。我房子盖得了,燕子也在我屋里搭窝了,燕子搭窝挺费劲的,衔着泥,一趟一趟,燕语呢喃,不停地叫,它也在这盖房子。这可比写大人吵、小孩闹高明多了。如果写搬家,说孩子也高兴,老婆也高兴,我也高兴,那同样不行,因为太直截了当了。"暂止飞乌将数子,频来语燕定新巢",写得多好啊,人来了,乌鸦、燕子都来了。另一首就换一种写法了,"自去自来堂上燕,相亲相近水中鸥",比较笼统,这主要是写气氛。下边又是自己占地位、占身份。杜甫自己曾经说过"赋料扬

雄敌，诗看子建亲"，换句话说只有扬雄、曹植可以比，杜甫自视还是甚高的。但是扬雄的处境和杜甫是不一样的，扬雄是先穷，住在四川，西蜀子云亭，也算是一个陋室。后来扬雄到长安做官啦，又赶上一个时代悲剧——王莽篡位，结果扬雄患得患失，最后从天禄阁跳了下来，当然没死，但是上演了一出挺无聊的悲剧，这是扬雄。杜甫不一样，他是经过患难，然后缓过来了。诗人入川以后，大家就说四川来了一位大文学家，汉朝这儿出过一个扬雄，现在又来一个杜甫。"旁人错比扬雄宅"，意思是说，要说我的本事，自然不比扬雄差；但是按我的经历来说，还比扬雄强点儿呢，现在拿扬雄比我好像有点贬低我了。既然如此，我就要解释一下，说明我跟扬雄还是有差别的，"业务"上我们差不多，但是人品上我比他强。"旁人错比扬雄宅"，拿我比成扬雄，可是我就觉得，何必白费劲跟这些不了解我的人说太多呢？"懒惰无心作《解嘲》"，甫跟他们解释了，算了，扬雄就扬雄吧。这两句写得好极了。

那首《江村》呢，就更闲适了。应该说非常平淡，就是生活细节描写。"清江一曲抱村流，长夏江村事事幽"，这地方安静极了，住的地方周围是水，"舍南舍北皆春水"，环境特别寂静幽雅。活动的是什么呢？"自去自来梁上燕"，天上飞的是燕子；周围呢？是"相亲相近水中鸥"，跟人很融洽。不要认为这是身边琐事，要讲和谐社会，要讲气氛的和谐，像《江村》这样的诗，真是和谐得无以复加了。那是不是就闲得无聊了呢？不是，闲是闲极了，但闲并不意味着无聊，而是有精神寄托。在这种特别宁静、特别平和冲淡的气氛之下，老婆孩子都在各自忙自己的事，"老妻画纸为棋局"，没有棋盘，拿纸画棋盘，画棋盘干什么呢？当然看得出来，画好棋盘老夫妻俩可以下棋；而孩子就想出去玩，去钓鱼，"稚子敲针作钓钩"，找不着鱼钩，就找一个细一点的铁。身边琐事写得那么细腻而又亲切。老妻、稚子都有事做，并不是闲的无聊；闲是闲，可是他们都有精神寄托，有生活。最后说到诗人自己，"多病所须唯药物，微躯此外更何求"。我并不要求什么，但是我的身体不好。这两句话，得联系杜甫大半生的经历，从早期的《望岳》、《登兖州城楼》开始，杜甫年轻时也享受过一段，后来"朝扣富儿门，暮随肥马尘……"，跟要饭一样，然后又是"三吏"又是"三别"，种种的环境波澜。他还有两首诗,我没讲,一首《夏日叹》、一首《夏夜叹》,那是他在华州做小官、倒霉的时候,生活差极了,现在生活安定了,所以"多病所须唯药物,微躯此外更何求",我能把身体维持好了就不错了。所以这诗,特别像陶渊明。

老杜不是自己有房子住了吗,老婆、孩子也写了,还写了来宾客,再附带谈一首。他还有个街坊,那首也写得很好——《南邻》。把《南邻》讲了,草堂生活基本就差不多了。这个南邻,是"锦里先生乌角巾",注解上有,邻居姓朱,朱山人,杜甫有一首送给朱山人的诗,底下说"园收芋栗未全贫"。《庄子》里有一个朝三暮四的典故,说一个养猴儿的,一天给猴子七个栗子,白天给仨,晚上给四个,朝三暮四,猴子不干;养猴子的倒过来,朝四暮三,猴子就同意了,猴子的脑筋还是太简单。但《庄子》里的栗子是什么呢?是草字头,一个给予的予。这字有两个读音,如果当植物讲,念 xǔ,仄声字;如果是栗子的意思,念 yú,阳平。芋栗是一种特殊的栗子,有一点棱角,它不是圆的。所谓芋栗,就是那种带棱角的栗子。"芋"不能写成芋头的"芋"。芋头是半水产植物,有点像菱角、芡实米这类东西。芋头还有一个名字叫蹲鸱,跟芋栗不是一码事。我们现在有的地方管白薯叫山蓣,草字头下有个预备的预,是薯类,类似白薯,现在都写芋,实际芋只限于黏糊糊、能剥开的那种特殊食品,白薯、红薯、马铃薯应该写作蓣,都跟"园收芋栗未全贫"的"芋"不是一个字。"锦里先生乌角巾",这个人很朴素,他靠什么吃呢,自己种的,芋栗是可以当主食吃的,种点坚果,家里还有点生产,所以"未全贫"。好在底下那两句,"惯看宾客儿童喜",这家也有孩子,但是这家人缘好,东邻西舍老来串门,孩子看惯来客人了,也欢迎客人,所以"惯看宾客儿童喜",孩子有人缘,这样客人就更愿意上他家去了。特别是家里"环保"搞得也不错,"得食阶除鸟雀驯",鸟在院子里随便吃食。我们的诗里也写天然的禽鸟跟人有接近,我在欧洲也看过这种场景,大广场有一大群鸽子,鸽子也不怕人,有时也挺厉害的,跟人要吃的。可是我觉得"相亲相近水中鸥"也好,"但见群鸥日日来"也好,"得食阶除鸟雀驯"也好,都是挺安静的。如果是一大群鸽子,我确实有点嫌闹腾,而且它们有时也不是绝对不怕你,你要真走到鸽子群里

头,呼啦一下都飞起来了,也吓你一跳。在欧洲城市的广场,成群的鸽子很普遍,小孩很喜欢,但是我就觉得不如"得食阶除鸟雀驯",这挺好,不是一大堆,我是觉得有时看起来挺害怕的,一群鸟哗一下都飞了,不够淡泊,不够平静。凡是东西一多了就不好了,偶尔看见一两个蜻蜓还挺有意思,要是一大堆蝗虫就不行了。而且朱山人还有生活,有时也出去逛逛,"秋水才深四五尺,野航恰受两三人"。插句闲话,我有一次被朱德熙先生谬赞。有人问朱先生,说某人的书斋起名叫"恰受航轩",什么叫"恰受航轩"呢?朱先生被问住了,不知道。于是就让陆俭明打听,陆俭明说这事得问吴先生,就跑来问我,说朱先生让我问你什么叫"恰受航轩",我说杜诗里"秋水才深四五尺,野航恰受两三人",出处在这儿。这诗好在最后,第七句说他这个邻居,隔着不远,风景是这样的,"白沙翠竹江村暮",好在什么地方呢?杜甫有时上邻居家串门,"相送柴门月色新",这句太好了。黄昏时,不早了,该回家了,"相送柴门月色新",好极了。

我讲杜甫的闲适诗就举这几个例子,《宾至》、《客至》、《堂成》、《江村》、《南邻》,当然还有其他很好的,但就到此为止了。杜甫美好生活的一面很短暂,但是也不妨作为一讲来谈。

第十三讲

怅望千秋一洒泪
萧条异代不同时

咏怀古迹五首
白帝
登高
闻官军收河南河北

第十三讲　怅望千秋一洒泪　萧条异代不同时

咏怀古迹

（大历元年　夔州）

其一

支离东北风尘际，漂泊西南天地间。
三峡楼台淹日月，五溪衣服共云山。
羯胡事主终无赖，词客哀时且未还。
庾信生平最萧瑟，暮年诗赋动江关。

其二

摇落深知宋玉悲，风流儒雅亦吾师。
怅望千秋一洒泪，萧条异代不同时。
江山故宅空文藻，云雨荒台岂梦思。
最是楚宫俱泯灭，舟人指点到今疑。

其三

群山万壑赴荆门，生长明妃尚有村。
一去紫台连朔漠，独留青冢向黄昏。
画图省识春风面，环佩空归月夜魂。
千载琵琶作胡语，分明怨恨曲中论。

其四

蜀主窥吴幸三峡，崩年亦在永安宫。
翠华想像空山里，玉殿虚无野寺中。

古庙杉松巢水鹤,岁时伏腊走村翁。
武侯祠屋长邻近,一体君臣祭祀同。

其五

诸葛大名垂宇宙,宗臣遗像肃清高。
三分割据纡筹策,万古云霄一羽毛。
伯仲之间见伊吕,指挥若定失萧曹。
运移汉祚终难复,志决身歼军务劳。

登高

(大历元年、二年,居夔州时作)

风急天高猿啸哀,渚清沙白鸟飞回。
无边落木萧萧下,不尽长江滚滚来。
万里悲秋常作客,百年多病独登台。
艰难苦恨繁霜鬓,潦倒新停浊酒杯。

贯穿整个杜甫一生的诗的主题,有两个,一是古人说的"每饭不忘君",连吃一顿饭的工夫都不忘记朝廷、君主,《秋兴》就能体现,诗人老是回忆在朝廷的那段生活,如"几回青琐点朝班"等。当然有人说这是杜诗的"局限",其实倒不好说是个人的局限,而是时代的关系。《登楼》里说"北极朝廷终不改",朝廷再差,但跟北斗星一样,"譬如北辰,居其所而众星拱之",朝廷永远是朝廷,所以"西山寇盗莫相侵"。不过,杜甫虽然"每饭不忘君",但我体会,他对"君"也是有所选择的,《咏怀古迹》里的"云雨荒台岂梦思",这句我认为杜甫的思想指唐玄宗。天宝时社会那么繁荣,而皇帝却铺张浪费、荒淫无道,最后导致朝廷崩溃,"岂梦思",不要以为那是做梦,意思是宋玉即使作了《高唐神女赋》,那也是有所寓意的。杜甫最向往唐太宗,"煌煌太宗业,树立甚宏达",老想着"贞观之治";唐玄宗早年也不错,"忆昔开元全盛日",他对玄宗后期持批判态度,诗人是有所选择的。而对于亡国之君,诗人不客气,"可怜后主还祠庙",亡了国的刘阿斗,还沾着父亲和诸葛亮的光,受享人间烟火,这样诸葛亮在九泉之下,心里怎么想?所以杜甫就替他说"日暮聊为梁父吟"。再看《登楼》,"花近高楼伤客心",照理讲看花是高兴的事啊,但是归结到"万方多难此登临"。然后,景物是好的,"锦江春色来天地";但是社会的变幻是无常的,"玉垒浮云变古今",山光物态,容易变化。可是诗人的心目中是"北极朝廷终不改",现在地方上叛乱,搞独立王国,"西山寇盗莫相侵"。这种局面,四川的历史上有个例证,亡国之君还沾祖先的光,所以说"可怜后主还祠庙,日暮聊为梁父吟"。

再有一个,没有什么归纳很好的话,我们姑且还用老的说法,就是杜诗的"人民性"非常强。在讲《咏怀古迹》以前,就举一首杜甫在白帝城写的非常有名的诗《白帝》,这诗就完全能体现杜甫忧国忧民的思想,而此种思想贯穿了老杜的一生,一辈子如此。诗人在白帝城,住在山上,看见下面,诗里说"白帝城中云出门,白帝城下雨翻盆。高江急峡雷霆斗,古木苍藤日月昏",这几句写实,写白帝城的气象和景色,非常有气派,尤其三四句实在是好。四句景写完了之后,忽然说"戎马不如归马逸",打仗的马不如回家的马那么潇洒从容;"千家今有百家存",十分之九的老百姓都因为战乱而家破人亡了。最后他举了一个突出的例子,"哀哀寡妇诛求尽","哀哀寡妇"家里什么都没有了,"诛求尽",就等于是程砚秋唱的《荒山泪》,一家人死亡殆尽,家徒四壁了,还逼着要钱啊;末句杜甫表态,"恸哭秋原何处村",别看古老的名胜好,但老百姓家破人亡,白帝城这儿连一个整个的村落都没有了。写诗人在白帝城亲眼所见到的景象,诗人的心目中没有别的,就是装着老百姓,生活那么困难依然想到老百姓。像《白帝》就最能体现杜甫时时刻刻考虑的不完全是个人命运,而是整个社会国家,这一点贯彻杜甫的一生。这种诗一直到他离开四川以后,依然如此。《登岳阳楼》也是气魄很大,但最后归结到"戎马关山北",从楼上往北看,还有战乱,老百姓还没有过安定的日子。诗人自己倒霉、挨饿,生活没着落,无家可归,这不说了,等到看远处的时候,"凭轩涕泗流",诗人哭,为的是朝廷和国家。他自己"亲朋无一字,老病有孤舟",也够惨的,但并没有流泪,等他想到北方的战乱还没平定,就哭了,哭的是国家大事。杜甫的晚年,有人考订生活非常悲惨。没有房子住,从四川出来,就弄一条破船,所以"老病有孤舟",全家老小就住在一条破船上,船就是家。到了耒阳,地方官请他上岸吃饭,居然撑死了。此说虽然近于传奇,但是也有可能。多少天都没饭吃,突然间大吃大喝,一下就撑死了。杜甫很长时间挨饿,肚里没有油水,猛地又喝酒又吃肉,吃不消,一下就致命了。这冤不冤啊,但仔细想,虽然有偶然性,但也有必然,还是符合科学道理的。有时苦尽甘来,但也不能暴饮暴食。

《白帝》的前半截写景,气势很壮,但后面写的很惨,《登高》也是如此。"风急天高猿啸哀,渚清沙白鸟飞回",景致写的非常好,虽然写秋天,但也很漂亮。"渚清",水中的一块孤岛还是绿洲,秋景尚有值得玩味的地方。然而诗的气势好就好在三、四句:"无边落木萧萧下,不尽长江滚滚来",其实要单抽出第四句,谁都会说,但是有了第三句就不一样了。写远景,可这是登高,只有居高临下,才看到全面的景致,所以前四句的气势非常好。可是在这种景象之下,诗人的忧愁来了,"万里悲秋常作客","万里"的言下之意就是说我非四川人,离开故乡万里,又赶上秋天,"悲秋",而且多年在外面"作客",这句有三层倒霉的意思;"百年多病独登台",岁数大了,而且多病,况且一个人独自登台,这句也有三层意思。五、六句合起来就有六层意思,浓缩在两句里,老杜的这些律诗真是好得不得了。"艰难苦恨繁霜鬓",在这种情况之下,诗人的生活艰难,而忧愁、忧患的意识始终如一,头发也越来越白了;"潦倒新停浊酒杯",我本来是喜欢喝酒的,"何以解忧?惟有杜康",酒可以解忧,可是偏偏我刚喝完酒啊,酒杯刚放下,心里的忧愁并没有解开,这意思就深了,就像"旁人错比扬雄宅,懒惰无心作《解嘲》"那两句,意思有转折顿挫。杜甫入川以后的七律,虽然数量不特别多,但每首都是好诗,而且所谓顿挫都出来了,就像那句"万里悲秋常作客,百年多病独登台",这是一种浓缩的、七个字里包含多层意思的写法。《宿府》也是如此,"永夜——角声——悲自语,中天——月色——好谁看",意思一层套一层的。

《咏怀古迹》五首也不好讲,首先有一个问题,有人就批评,说诗的题目就不通,什么叫"咏怀古迹"?阮籍有《咏怀诗》,说自己心里的抱负,那叫"咏怀"。可是"咏怀"的后面又有"古迹"。我体会,古迹是一直存在的,诗人到了夔州以后,准备顺江而下,到荆州、江陵,所以古迹不限于白帝城一带,而是指一路之上的古迹。古迹是原有的,而且都涉及古人,所以这是因地及人、因人及己,因此题目看似不通,但是要把因古迹而及古人、因古人而及本人这种意思串起来写,可见题目包含的意思也很深。换句话说,杜甫的诗题也是用沉郁顿挫的手法来拟的诗题。所以诗题看起来欠通,其实不是,得看诗的具体内容。

五首诗,第一首说庾信,第二首说宋玉,据说在楚国的境内,有一处宋玉的故宅,看来从前的人保存文物比我们现在还注意。当梁武帝在台城被侯景困死以后,国不可一日无君,梁元帝就在湖北的江陵即位。庾信的父亲叫庾肩吾,是梁武帝的大臣。因为金陵失守,庾信就去投靠梁元帝萧绎,元帝也很器重他,相传庾信就住在宋玉的故宅,大文豪住大文豪的故宅,这很巧合。但是梁元帝派了庾信一个使命,现在南朝的局面不保险,皇帝派庾信做使臣出使北魏。可庾信到了北方以后,赶上政变,北魏分裂了,被大军阀官僚瓜分了,一分为二,变成东魏和西魏,其中西魏占上风。庾信被迫留在了西魏,西魏很快又变成了北周,而北周的宇文氏对庾信特别看重,重用他。后来梁朝也被灭了,庾信想回南朝也回不去了,只能留在北周。庾信的官做的也不小,"清新庾开府",这是北周封的。没有太长时间,北周很快消灭了北齐,而这时宇文氏的手下又出了一个大臣杨坚,就是后来的隋文帝。当然庾信没赶上隋统一中国。庾信虽然在异国他乡,但受的待遇不错,他自己也没有那种亡国奴的感觉,北周对他很礼貌。那时和后来宋朝讲理学的时代还不完全一样。我看过很多的墓志铭,一个人,往往从魏到周到隋,甚至到唐,跨越几个朝代。唐朝统一以后,给好多的隋朝功臣立碑,有墓志铭。好多的唐碑,实际写的是隋朝人,比如欧阳询有《皇甫诞碑》,皇甫诞就是隋朝的忠臣。所以唐朝对于隋朝的所谓亡国之臣,不是另眼看待的,情况跟后来不一样。庾信的命运就是如此,这恰好跟杜甫相反。杜甫是北方朝廷变乱,没辙了,先到了秦州,由秦州又到了四川。在成都,严武对杜甫很照顾;严武走了,他就不得意;严武回来了,他还凑合;没多久严武死了,没办法了,只好离开成都。后来杜甫到了梓州、阆中、白帝城,最后待不住了,干脆出峡,从四川往湖

南、湖北走。杜甫和庾信的经历恰好相反,所以杜甫觉得,第一、自己可以和庾信的才华学问媲美,第二、跟庾信的命运相似。所以第一首的最后说"庾信平生最萧瑟,暮年诗赋动江关",指庾信虽然在北周地位很高、做官很大,大家对他很看重,但他作了一篇《哀江南赋》。直到今天,这都是一篇非常好的文章,后面是赋,学《离骚》;而前面有序,是典型的高水平的骈文,有人选文章就专选《哀江南赋序》。所以庾信的才华学问那是比不了的,而杜甫的心目中所佩服的人,庾信是一个,宋玉也是一个。

说点题外话。程毅中同志是搞小说的,他从《汉书·艺文志》一直到《隋书·经籍志》,找出了一部佚书《宋玉子》,书是看不见了,但我读了他的考证文章受到启发。宋玉的一生,究竟怎么回事,不很清楚。但有两点,《屈原列传》写得很清楚,宋玉是能写赋的,现在流传下来的赋是否宋玉所作,不敢说,但宋玉能写赋。现在都说《九辨》是宋玉作的,那是模仿《离骚》的。不管怎么说,屈原以后,写"楚辞",有名的就是宋玉,而且他的赋很有名。宋玉流传的这些赋有意思极了,《风赋》、《登徒子好色赋》、《高唐神女赋》等,《文选》里都有,每一篇赋都是一个小说。程毅中研究小说,他从小说的角度切入,来研究宋玉。宋玉的特长是用当时流行的赋体来写传奇故事,所以有高唐神女的故事、登徒子的故事等等,甚至包括《对楚王问》,都带有传奇色彩。中国的小说,如果往上推,可以推到《穆天子传》,推到战国时的《燕丹子》,现在程毅中又找出《宋玉子》。用赋来写小说,一直到敦煌的文献里还保留。不要以为中国古代就没有小说,而且中国的小说往往不是通过散文、故事来写的,而是通过这样一个庞大的文学体裁,以一种特殊的形式来写传奇故事。请问《桃花源记》算不算一篇小说?也是小说。文学史上的现象很不容易理清楚,看了程毅中的文章,受很大的启发。我始终坚持一点,尽管宋玉的赋不一定都可靠,但我坚信《高唐神女赋》肯定在司马相如的《子虚上林赋》之前。如果没有《高唐神女赋》这样的姊妹篇,那司马相如的《子虚上林赋》出不来。我以前给北京出版社《历代赋选》写过序言,有人说那篇序言解决了不止一个问题。《高唐神女赋》的主要特点,就是人跟神发生爱情关系,这样的情节在《楚辞》里屡见不鲜,《离骚》、《九歌》里都有,总之都跟神女打交道。所以《九歌》里的《山鬼》实际是《神女赋》的前身,后来林庚先生也同意我的观点。《山鬼》里"采三秀兮於山间","於"读"巫",所以我就跟林先生说,注《楚辞》"於山间"能不能注成"巫山间",山鬼实际就是神女,后来林先生认为可以。因为《楚辞》里找不出"於"是介词的。"於"是象形字,指一群乌鸦在飞,是"乌"的本字。我这个说法,周祖谟先生也同意。有点古文常识的都知道,古书里"於戏"读"呜呼"。我跟周先生讨论过,现在有个词,北京话口语说,我"糊弄"你,什么是"糊弄"?"糊弄"就是戏弄。因为"戏"最早读"hū"。我当年在北大,选过三四门周先生的课。周先生上语言班的课,课堂只有三四个学生,而我是正式选课的学生。其实我是文学班的,不是搞语言的。周先生开《尔雅》的课,我选了。有一次跟周先生讨论,我说准备搞《尔雅》,并提到王闿运有关《尔雅》的书,周先生说没看过。后来又跟魏建功先生谈了想法,魏先生说,丁福保有《群雅诂林》,别人搞出来了,你就别费事了。我又准备搞《方言》,杨伯峻先生说,杨树达先生搞了,遂又作罢。但我后来就以外行玩票儿式的搞训诂,也搞出了一点点名堂。我搞训诂虽然属于外行,也算解决了一些问题,而且被我的老师所认可。

回到杜诗。我讲杜诗有时也钻牛角尖,"支离东北风尘际",我们现在"东北"的概念,以山海关以外作东北。唐朝高适的《燕歌行》也是这么认为的,"㧑金伐鼓下榆关,旌旗逶迤碣石间","榆关"是山海关,"碣石"是秦皇岛的渤海湾,"燕"是河北,所以高适的《燕歌行》说的是河北的东北部。安禄山造反是在河北、山西一带,用我们现在的观点指华北。可见唐朝的东北概念跟我们今天不一样。那为什么叫东北呢?我后来懂了,唐朝的中央不是今天的北京,而是长安。所以在长安的东北边的,都叫东北。比如山西,今天看,肯定在中国的西部,可是在唐朝,那是东部,因为陕西是中央。唐朝有个词"三边",刘长卿的诗说"独立三边静",后来我查书,"三边"指幽州(河北)、并州(山西)、凉州(甘肃)。这样看,"支离东北风尘际",杜甫的方向是以长安为中心,因此安禄山在幽州、河北造反,杜甫就认为是东北。

我老说,讲"四书"也不太容易,动不动就是"修身、齐家、治国、平

天下",但是那个"家"跟我们今天的"家"不一样。先秦的"家"是家族,不是今天的小家庭,所谓宗法制度的一个大家族。"四书"里"家"的范围比我们今天"家"的范围大,而"治国"的"国"比今天的"国"小得多,那个"国"是诸侯国,那时的"天下"就指周朝的版图,不知道中国以外还有世界。《穆天子传》,跑到西边去,看见西王母,那就出了"天下"的圈了。我们看京戏《伍子胥》,老觉得戏词不通啊,伍子胥一家三百余口满门抄斩,一家有那么多人吗?后来改成"数十余口",那也够多的。其实不对,这里指伍子胥整个一个大家族全都受株连。

"支离"就是颠沛流离的意思,指诗人在大乱的局面下东奔西跑,逃难。"漂泊西南天地间",四川是西南,这个好理解。

"仇注"有时也有问题,"三峡楼台淹日月",他说杜甫在夔州耽搁的时间太久了,把"淹"当留讲,我说不对。杜甫在夔州只是居留四川阶段里的一段时间,"丛菊两开他日泪",没待太长时间。"淹日月"不是淹留日月,"淹"有时是遮盖的意思。这句杜诗怎么讲?三峡本来四面皆山,中间一条长江,已经够高的了,别管什么神女峰,七十二峰全都是高山,而高山上面又有楼台,因此日月就被遮挡住了,看不见了。用梁朝吴均的散文就能说明问题,"横柯上蔽,在昼犹昏,疏条交映,有时见日"。连树枝遮挡,就看不见太阳了,何况在群山之上又有楼台,当然日月就被遮盖了。所以"淹"一定不是淹留、耽搁,而是遮盖的意思。"五溪衣服共云山",古今的注都没注清楚。我在废名先生讲陶诗的课堂上,跟他聊天,聊出这句杜诗怎么讲。"五溪"指少数民族。五溪蛮,这个少数民族四川、广西、湖南都有,是一个大范围的少数民族。少数民族穿的服装都是花花绿绿、五颜六色的;而西南方的山,包括三峡的山,一直到广西、云南、贵州等地,也是五颜六色的。我们画画有个词叫"金碧山水",指山不是单纯的绿色或灰色,南方的山是五颜六色的,和北方的山色彩不一样,所以五溪少数民族穿的衣着、装饰跟云山的色彩是调和配合的。而云霞也是五色的,不是一个颜色。这样讲就通了。此两句不是具体古迹,但杜甫已经写出当时的特点。

"羯胡事主终无赖",承第一句,"羯胡"指安禄山,他在造反以前,对唐玄宗特别尽忠,竭诚表忠,博得唐玄宗百分之百的信任。"无赖",

仇注引古书,解释成今天的"无赖"、"二皮脸"的意思。我认为不能这么讲。赖者,倚靠也,"终无赖"就是终于靠不住啊。安禄山造反前和造反后的态度截然不同,那是假的,赖当依靠讲,《孟子》里有"富岁子弟多赖",衣食无缺,不事生产,反正有所依靠。而诗人却受牵连了,"词客哀时且未还",从安史之乱开始,诗人一直有忧患意识,为时局担忧,"词客哀时"。"且"用的很无奈,暂且的意思。老想着回去,但暂时回不去。

"庾信生平最萧瑟",庾信一辈子倒霉,但是"暮年诗赋动江关",晚年写出了不朽的作品,他的《哀江南赋》不但在北方流传,甚至南方人读了以后也觉得很沉痛、很有感情,诗人的意思是,我虽然写不出《哀江南赋》,但我的心愿、思想是跟庾信一样的。所以这首诗里,既有"咏怀",又有"古迹"。

第二首写宋玉。"摇落深知宋玉悲","摇落"是一个词,见于《九辨》。秋风起而树叶落,就是"摇落",后来变成一个专名词,指没落、迟暮的意思。杜甫这里即用这个专名词,宋玉的一生便是"摇落",仿佛树叶在秋风中飘零,对于人来说便是年老体弱之义。人们都看到宋玉是楚王的宠臣,但我能看到宋玉的心情是摇落的、悲哀的。杜甫对宋玉评价不低,"风流儒雅亦吾师",不但有文采,而且儒雅有内容,"风流"指文采,"儒雅"指内容,宋玉的作品无论外表,还是内容都是我所师法的。但是,宋玉一生未曾如何得意,不过一介词臣而已,也是怀才不遇,如李白翰林供奉一样。"怅望千秋一洒泪",对于宋玉的身世洒一掬同情之泪。"萧条异代不同时"一句前人有争论,有人认为这句重复,"异代"不就是"不同时"吗?1946年我住在严群先生家里,他是严几道先生的侄孙,小时跟严几道先生读书。我第一次跟他聊天,他就问我这句该怎么讲。我认为不重复,"异代"是说彼此的时代背景不同,"不同时"是指生活遭遇、生活的环境氛围也不一样。时代不同,遭遇也不同,这是两层意思,不重复。宋玉一生虽然萧条,但还有故宅,杜甫自己居无定所,写此诗正是漂泊的时候。两人所处的环境,生活遭遇、生活条件完全不同。

"江山故宅空文藻",宋玉的故宅,后来庾信住过,到唐朝时还在,

大概保存得还不错,所以说"空文藻",不要认为宋玉的《高唐赋》、《神女赋》是在宣扬色情和国王的享受,或是在编造神话,其实那是有所指的,国王与神女的故事不是编神话、歌功颂德,这一句杜甫实有所讽刺,不要说楚国的古迹故址现在早已看不见了,但是当年宋玉写《高唐赋》、《神女赋》时,他未必全是幻想,因为眼前唐玄宗所做的,不就是"云雨荒台岂梦思"吗?这与写刘备是一样的——"翠华想像空山里",当初楚王与神女在这里,肯定是一个豪华宫殿,"最是楚宫俱泯灭",那种过眼的繁华、富丽堂皇的东西,现在什么都没有了。"舟人指点到今疑",江上的船夫在那里指指点点,可能当初这里就是楚宫,但找不到准确地点了。富贵享受、荒淫无道的生活,不过是一场梦,可是宋玉写的不一定是一场梦。这首诗的意思很深,里面有一个对比,"江山故宅空文藻",宋玉的故宅还有文藻,可是楚宫泯灭了,文人的命运,当年虽然萧条,但是千百年以后,国王、神女、传奇美梦都没有了,可那个故宅文藻还保留着。因地及人,因人及己,所以是咏怀,"云雨荒台岂梦思",不仅仅指楚宫,还有讽刺当前的意思,唐明皇够荒唐的了。

　　第三首最难讲,我们可以说杜甫以王昭君自比,但杜甫和王昭君还是不同,这一首以凭吊王昭君为主,我认为古今歌咏王昭君的诗,以杜甫这一首写得最好,最精练,最概括,最有深度。后世真正懂得杜甫此诗的是王安石,其他人,包括欧阳修,都隔着一层,后来很多吟咏昭君的诗都有自己的主题思想,但真正能表达杜甫此诗之义的,还是王安石的两首《明妃曲》。

　　"群山万壑赴荆门"现在中学课本被注成"群山万壑"是主语,此句是动宾结构,这样讲意义错了,诗也讲歪了。杜甫写诗好,好就好在始终没有离开长江,一个旅行者坐船从重庆顺江而下,通过三峡,一路下来,两面是群山万壑,一直到荆门。山水移动是坐船人的感受,并非山水真能搬家。就在群山万壑之中,出现了一个很小的"点",在地图上可能都找不到,湖北秭归县相传有王昭君的故里,这也是"古迹"。在如此大背景下的一个"点",这里出现了一个千古不朽的女性——王昭君。杜诗常常以气势夺人,李白也很有气势,但是杜甫的气势与李白不同。"白发三千丈"一看就是夸张,而"群山万壑赴荆门"是写实,却很有气势。

"一去紫台连朔漠,独留青冢向黄昏"不宜断成四——三的句式,应该是二——五,王昭君离开了故乡之后,经历了两个生活阶段,一是在"紫台",一是在"朔漠",这两个环境都是不理想的,独留的是向着黄昏的青冢,读成二——五,意思才深。下面"画图省识春风面,环佩空归月夜魂",其中的"省识"的"省"是读 shěng,还是读 xǐng? 读 xǐng,就是两个动词连用,读 shěng,就是副词,古人一般都读 xǐng,读 shěng 是从金圣叹开始。下句"空归"之"空"是副词,因此这里应读 shěng。"画图省识春风面"是什么意思呢?皇帝没有深入调查研究,仅凭画图大概地判断,"省"今天还有省事的意思。由此造成王昭君不幸的遭遇,到了北方,身在异国他乡,她的内心是很寂寞的,王安石的诗说"汉恩自浅胡自深,人生贵在相知心",汉朝对她不好,匈奴对她比较好,甚至可以说特别好,但匈奴就知心吗? 汉恩浅、胡恩深,对王昭君而言不过是五十步和百步,本质上没有什么差别。心情寂寞,死在异国他乡,所以下句云"环佩空归月夜魂","空"字很重要,死后即使魂想回故乡,但也没有人理解,回来也找不到知己。因此杜甫就揣摩昭君的心情,"千载琵琶作胡语,分明怨恨曲中论"。

后来的人根据王昭君的心态编成了曲子,通过琵琶来演奏,琵琶是胡乐,杜甫说琵琶奏的是胡语,虽然不懂琵琶,但昭君的怨恨还是从乐曲中传达出来。此诗也许有诗人怀才不遇的寄托,但主要是凭吊王昭君,替她鸣不平,她的怨恨的表达方式,千载以后的人也未必彻底理解。她的怨恨是太深了。曹禺晚年写过王昭君的剧本。记得我在1961年写了一篇关于王昭君的文章,《光明日报》发了两版,影响很大,翦伯赞亲自和我谈话,系里也议论纷纷。直到 80 年代还有读者给我写信,同意我的观点。

第四首写刘备。杜甫对王昭君是同情,人道主义思想很充分,对庾信和宋玉有共鸣,对诸葛亮是称赞歌颂,而对于刘备,则有微讽。五首的分量各不相同。"蜀主窥吴幸三峡",本不应该跟孙权打仗,但想钻空子,希望侥幸灭吴,"窥"字用得很有特点;"崩年亦在永安宫","亦在",死也死在白帝城。这也是古迹,是个不光辉的古迹。来的时候还是很排场的,"翠华想像空山里","翠华"是皇帝的仪仗队,从成都顺江而下,一眨眼就没有了,我现在只能想像当年的排场;今天是"玉殿虚无野寺中",当初的行宫变成一个破庙。"古庙杉松巢水鹤"一句与"映阶碧草自春色"的意思差不多,现在古庙中老树还在,但栖息的不是在陆地上活动的禽鸟,为什么是"巢水鹤"? 老实说,我不太懂这句的意思。"岁时伏腊走村翁",这里用了一个"走",快跑谓之"走",快走谓之"趋"。就是路过顺便看看的意思,当年刘备是君,诸葛亮是臣,现在逢年过节的时候,"伏腊"一是指"腊月",一是指三伏天。刘备的祠庙也不是没人来,但也只是顺便看看,这里不用"吊村翁"、"祭村翁",而用"走村翁",很有意味。"武侯祠屋长邻近",因为刘备的庙临近诸葛亮的庙,人们去诸葛亮庙时,顺便会来这里看看;"一体君臣祭祀同",祭祀诸葛亮的时候,顺便祭祀一下刘先主,后人对两人祭祀的待遇是差不多的,但二人本是君臣,其实刘备的地位是低了,沾了诸葛亮的光。杜甫对诸葛亮崇敬极了,"诸葛大名垂宇宙",评价何等之高,而对刘备则是"蜀主窥吴幸三峡",乃春秋笔法。写诸葛亮的第五首前面第十一讲已经讲了,兹不赘。

我个人认为,《咏怀古迹》五首甚至比《秋兴》八首还要好。有人指出,《秋兴》第五首"降王母"、"满函关"、"开宫扇"、"识圣颜"、"惊岁晚"、"点朝班"都是动宾结构。前两首很精彩,"寒衣处处催刀尺,白帝城高急暮砧",这里有生活;"请看石上藤萝月,已映洲前芦荻花",这也写得好。"同学少年多不贱,五陵衣马自轻肥","鱼龙寂寞秋江冷,故国平居有所思",也很精彩。杜诗也不是首首好,句句佳,如《将赴成都草堂途中有作先寄严郑公五首》其四,"新松恨不高千尺"一联固然不错,但结句"衰颜欲付紫金丹"就不算好,像《登高》那样通首都好的,也比较少。《闻官军收河南河北》是杜甫在四川一系列诗中,最高兴的一首,也是唯一的一首。

剑外忽传收蓟北,初闻涕泪满衣裳。
却看妻子愁何在,漫卷诗书喜欲狂。
白日放歌须纵酒,青春作伴好还乡。

即从巴峡穿巫峡,便下襄阳向洛阳。

每一句都有一个虚词,"忽"、"初"、"却"、"漫"、"须"、"好"、"即"、"便"。八句诗有八个虚词,生动活泼,很提神,喜气洋洋,一下子就活了。杜甫听到喜讯,想到自己颠沛流离,百感交集而涕下,但老婆孩子比较简单,他们喜气洋洋。要收拾自己的行李,屋中都是书,书都是卷子,这里收拾一下,那里收拾一下,不知从何下手,这就是"漫卷诗书喜欲狂"。想象回家时非常顺利,顺风顺水。用想象未来归途的顺利来衬托自己"喜欲狂"的心情。虚词用得这么巧,这么合适,只有这首诗。李白《早发白帝城》很潇洒,要表达愉快,就让你感觉到愉快,直截了当,比较容易理解,如果处理不好就显得肤浅。"床前明月光"这首诗最早的本子是"床前看月光,疑是地上霜。举头望山月,低头思故乡",现在改成"床前明月光,疑是地上霜。举头望明月,低头思故乡。"著作权不全是李白了。李白的诗好在一念就好,"抽刀断水水更流,举杯消愁愁更愁",不用讲,就是好。杜甫的诗要一个字一个字地琢磨。明代的王世贞评李杜,说李白是天才,但千篇一律,杜诗好,又太费琢磨。没有李白的天赋水平,最好不要学;杜甫只要工夫下到,还是可以学的。

第十四讲

彩笔昔曾干气象——《秋兴》

秋兴八首

第十四讲 彩笔昔曾干气象——《秋兴》

秋兴八首

玉露凋伤枫树林,巫山巫峡气萧森。
江间波浪兼天涌,塞上风云接地阴。
丛菊两开他日泪,孤舟一系故园心。
寒衣处处催刀尺,白帝城高急暮砧。

夔府孤城落日斜,每依北斗望京华。
听猿实下三声泪,奉使虚随八月槎。
画省香炉违伏枕,山楼粉堞隐悲笳。
请看石上藤萝月,已映洲前芦荻花。

千家山郭静朝晖,日日江楼坐翠微。
信宿渔人还泛泛,清秋燕子故飞飞。
匡衡抗疏功名薄,刘向传经心事违。
同学少年多不贱,五陵衣马自轻肥。

闻道长安似弈棋,百年世事不胜悲。
王侯第宅皆新主,文武衣冠异昔时。
直北关山金鼓振,征西车马羽书驰。
鱼龙寂寞秋江冷,故国平居有所思。

蓬莱宫阙对南山,承露金茎霄汉间。
西望瑶池降王母,东来紫气满函关。

云移雉尾开宫扇，日绕龙鳞识圣颜。
一卧沧江惊岁晚，几回青琐点朝班。

瞿唐峡口曲江头，万里风烟接素秋。
花萼夹城通御气，芙蓉小苑入边愁。
珠帘绣柱围黄鹄，锦缆牙樯起白鸥。
回首可怜歌舞地，秦中自古帝王州。

昆明池水汉时功，武帝旌旗在眼中。
织女机丝虚夜月，石鲸鳞甲动秋风。
波漂菰米沉云黑，露冷莲房坠粉红。
关塞极天唯鸟道，江湖满地一渔翁。

昆吾御宿自逶迤，紫阁峰阴入渼陂。
香稻啄馀鹦鹉粒，碧梧栖老凤凰枝。
佳人拾翠春相问，仙侣同舟晚更移。
彩笔昔曾干气象，白头吟望苦低垂。

讲《秋兴》八首，恐怕不能细讲，因为一次要把这八首诗都分析清楚、讲明白，时间不够用，如果分为几次讲，中间"断气儿"就没意思了。因此我不准备逐字逐句地像讲古汉语那样讲，而只讲关键性的东西。首先，这是杜甫在夔州的作品，作于大历二年(766)，这点没有不同意见。杜甫在夔州已经待过了两年，所以有"丛菊两开他日泪"的话。

杜甫晚年的组诗很多，悼念的诗有《八哀》，谈中兴名将的有《诸将》，都不是一首，都是一组一组的。《咏怀古迹》是一组，《秋兴》也是一组。杜甫一生写诗，他时时刻刻都在尝试。《丽人行》是尝试，《佳人》也是尝试，《咏怀五百字》同样是尝试。有些诗他一生就写了一次，不再重复了，他就是在不断尝试，看能不能成功，能不能站得住。《秋兴》八首也是杜甫的尝试。

题目叫《秋兴》，不是"秋感"，也不是"抒怀"。杜甫也没有用"咏怀"的词。"秋兴",换句话说这"兴"就是赋比兴的兴,是由此及彼;"秋兴"就是因秋而有所感、有所联想。这八首的特点就是"兴",是"兴"体。我认为这八首诗中第一首是总纲,仔细读一下,第一首也是写得最好,最能够体现出既是秋天,而又是"兴"。从第二首开始,一直到第八首,他思想集中点,都不在四川夔州,而在长安。特别是第四、五、六、七、八首,全是长安,回忆在长安的生活,也提到他在长安见皇帝、上朝、做小官,觉得跟最高统治者还是有过接触的。后面几首的"兴"主要是"兴"在长安,而第一首是在夔州。当然,既然叫"兴",而且是"秋兴",所以内容有的写"秋"比较多,有的写"兴"比较多。总的说来写"兴"多,而到后面写"秋"往往是点一句就完了,像"鱼龙寂寞秋江冷"那首,剩下的就和"秋"没关系了。

　　同时,我还有一个看法,这八首的次序不能颠倒。我尤其反对在组诗里挑出几首来讲。本来是一组诗,挑出来就给人家割裂了,喜欢哪首就讲哪首,这不是法子。我说一下这八首诗不能颠倒的原因。实际上八首诗的线索、脉络是很清楚的。第一首"寒衣处处催刀尺,白帝城高急暮砧",这是傍晚,由傍晚写到天黑。第二首"夔府孤城落日斜,每依北斗望京华",然后是"请看石上藤萝月,已映洲前芦荻花",到夜里了。第三首是第二天清晨,"千家山郭静朝晖,日日江楼坐翠微";最后写到长安,从"同学少年多不贱,五陵衣马自轻肥",一下就扯到长安去了,就回不来了,此后一直是写长安了。第四首"闻道长安似弈棋",主要写长安,最后还归结到自己,实际上这首诗里就没什么"秋"了,只是第七句点明了一下。第五首接着第四首的末句"故国平居有所思",从"故国"引起自己当年在朝廷的回忆,线索很清晰。"蓬莱宫阙对南山",是写皇宫了。第六首追写唐玄宗,把夔州跟长安联系起来谈。"瞿唐峡口曲江头"一句就把他所在的当地跟他念念不忘的长安联系起来了,这里有点技巧。第七首"昆明池水汉时功",还是由开元天宝之盛转入乱后之衰,最后结到自己。第八首"昆吾御宿自逶迤",不但写朝廷有今昔不同,自己也有今昔不同。所以《秋兴》八首最后的落脚点还是他早年在长安的那一段生活,思想注意力集中的焦点还是在长安,他对时局、对当时社会和国家的政权都有看法。因为长安毕竟是

政治中心,所以他的思路去了就没再回来,一直是长安。《秋兴》八首也是老杜一生经历的一个很简明的概括,我把八首诗的总体情况就先大致说到这儿。

我个人有个看法:《秋兴》是名篇不成问题,这组诗的特点是以写作技巧取胜;按思想内容说,不一定超过杜甫那些零星的七律。《登高》"无边落木萧萧下,不尽长江滚滚来";《登楼》"花近高楼伤客心"一直到最后"日暮聊为《梁父吟》";尤其是《白帝》"白帝城中云出门,白帝城下雨翻盆……"我认为这些七律的思想性都不低于《秋兴》,甚至比《秋兴》还要突出。《秋兴》的特点就在于它是组诗,而且在写作技巧上更成熟了。

为什么我说第一首写得最好呢?因为第一首没有涉及过去的回忆,没有说他过去在长安的生活怎么样,而主要写的就是当前他在白帝城、在夔州的感受。头一句把秋天的特点写出来了。"玉露凋伤枫树林",请注意一件事情:到现在为止,秋天看红叶还是一道风景。我在十几岁刚学作诗的时候就发现,人们对于黄叶是感觉到凄凉,而对于红叶是欣赏的;但实际上红叶也是一个衰败的现象,叶子先红,红之后就该掉了。杜甫能够知道红叶不是一个好兆头,说"玉露凋伤枫树林"。你仔细想想,它这是一片红叶,不是一片黄叶。白居易《长恨歌》里有一个写法,人家就不懂:写唐明皇回到皇宫以后,秋天了,树叶全都落下来,没人管,"落叶满阶红不扫"。人家说"落叶满阶"应该是"黄不扫",怎么"红不扫"呢?我说当然了,"黄不扫"还写它干什么?"黄不扫"那就没味了,不是诗了。我这里讲个笑话,有点"水分"啊。我父亲讲课,有时给学生讲诗,老是用这种办法,测试你的文学细胞、文学智商到底有多高。他在南开大学教书时,我帮他看卷子。他出了一个题目,就一句话:"一叶落□天下秋",中间空一个字,请学生填一个字,填好了就满分,填不好就不及格。最好的答案是什么?是"一叶落而天下秋",用一个虚词。一般大伙都能及格的水平是什么呢?是"一叶落知天下秋",知道的"知"。只有一位,我给父亲念,没给他及格,他写的什么?"一叶落地天下秋",这不能及格。我觉得这法子不错,很能测试对于文学欣赏的程度。"一叶落而天下秋","而"虽然是虚词,但给你想象的空间;"一叶落知天下秋","知"是实词,已经实一点了;至于"一叶落地天下秋",叶子不落到地上,难道落到天上去吗?太糟了,肯定不能及格。

下面写江水,长江水。"江间波浪"是地上的,可是"兼天涌";"风云"是天上的,可是"接地阴"。这一片暮秋的景象,整个是一个气压很低、很压抑的环境。再仔细琢磨琢磨,"玉露凋伤枫树林"是实景,杜甫真看见了;第二句"巫山巫峡气萧森"是虚的,这是实——虚。"江间波浪连天涌",杜甫就在江边上,它也是实;可是"塞上风云接地阴"是虚的。当时杜甫在夔州,不能算是"塞上"。要往长江上游说,到西藏是"塞",往北说,长城是"塞",在三峡一带谈不到"塞",但古人写四川有时用"塞",因为太靠边了,所以用"塞"。这四句写秋天,是实——虚——实——虚。我认为写得最彻底,写得好。

下面"丛菊两开他日泪",我不认为"他日"是指从前。有人说杜甫在夔州呆两年了,这两年他都哭,"他日泪"者,是昔日之泪、往日之泪?我说不是。由于杜甫在夔州只是寄居,他时时刻刻想离开三峡往北去,他要回家。一年走不了,走不了就伤心啊;第二年又走不了,走不了又伤心啊。伤心就哭,所以说"丛菊两开"。"丛菊两开他日泪"是说现在把我想要回家的,未来的那种伤感"透支"了。"他日泪"应该是我真正离开了夔州以后,惜别也好,回顾这些年的坎坷也好,我可以哭。而现在走不了,走不了别扭啊,也哭。这个哭是为我未来的命运而哭的。所以这个"他日"我不主张当"过去"讲,还是应该当"未来"讲。下面一句更好了:你想回家就得坐船,工具就是一条孤舟。有了这个孤舟你就可以出三峡,可以奔湖南、湖北,最后杜甫还是死在湖南了。这首诗最核心的两个字就是"故园"。杜甫老想着要走,可是走不了。所以"孤舟一系","系"读jì,就是这个船动不了,老在这儿拴着、停着,我就离不开夔州,走不成啊,所以我的"故园"也是可望而不可即,"孤舟一系故园心"。

下面"寒衣处处催刀尺,白帝城高急暮砧"。看起来这两句很客观,天冷了,大伙都要忙寒衣了。古代的布料、绸料做衣服以前得下水,衣服料子下水以后要用砧把它打平,叫"捣衣"。李、杜的诗经常写到，张若虚《春江花月夜》也有"捣衣砧上拂还来"。"寒衣处处催刀尺，白帝城高急暮砧"，老百姓全都忙着过冬了，大家赶着做寒衣了。那么我就想要问一个问题，题外之话——杜甫寒衣准备得怎么样了？很难说，他没有写自己怎样，但是整个的老百姓都在准备寒衣，"九月授衣"。杜甫有没有寒衣？到底是他的寒衣足够过冬了，在看别人紧张地做寒衣；还是他没钱做寒衣？所以这地方杜甫很含蓄，他没有说自己有没有寒衣。可是从这个口气来看，大概他那个寒衣有问题。后来清朝人黄仲则就够直截了当的，"全家都在风声里，九月衣裳未剪裁"，说穷得就做不了寒衣。黄景仁这两句诗好不好呢？也好，他说得直接，那真是心里话，就是太穷了，别说皮袄了，连夹衣服还没有呢。对照黄景仁的这两句诗，就看出杜甫此两句还不失"温柔敦厚"，也就是含蓄。他没有直接说"寒衣处处催刀尺，白帝城高急暮砧"对他自己的影响如何。他的家里人是不是也参加了这个寒衣的准备工作呢？还是光看别人很紧张地工作而自己无可奈何呢？他没说。

　　这首诗的"兴"都是很切身的，一个"丛菊两开他日泪，孤舟一系故园心"，一个"寒衣处处催刀尺，白帝城高急暮砧"，都跟自己有切身的关系。这是"兴"，但是这个"兴"他没有说透。"兴"跟秋有关系，前四句说秋深了，后四句说秋天大家的生活是这样的，而他本人的生活又是如何如何。这第一首诗要用现在的词儿来说，就是只有人性而没有政治性，真正好的诗别老扯到政治。所以后人评杜诗，认为《秋兴》里最不好的，就是那政治性最强的，实际上也不对。我的观点是，什么叫好的政治诗？就是人性体现得最足的那个政治诗。比如《白帝》："白帝城中云出门，白帝城下雨翻盆。高江急峡雷霆斗，古木苍藤日月昏。戎马不如归马逸，千家今有百家存。哀哀寡妇诛求尽，恸哭秋原何处村。"这是不是政治诗？是。但人情味最足，是最高标准的政治诗。真正最好的作品是高度思想与高度艺术相结合的，让你看不出它在那儿说教。我认为第一首就好在没有多少政治色彩，而主要是生活，主要是自己切身的感受。

　　到了第二首，杜甫对于朝廷那种"每饭不忘君"的感情就来了。"夔府孤城落日斜，每依北斗望京华。""每依"者，就是经常依，几乎天天依,每天都要看着长安。换句话说,"每饭不忘君",时时刻刻老想着长安,这就是政治性了。

"听猿实下三声泪",《水经注》里说三峡特别难走,听见猿叫三声泪沾裳了,那是民谣。杜甫说"实下",就是我听到猿声我真哭了。"奉使虚随八月槎",也是用古典说今典。"奉使"是张骞,他出使西域,在张华的《博物志》和宗懔的《荆楚岁时记》里都有神话,说张骞走到天河,看到牵牛、织女星了,然后上天又把他送回人间了。二书记载略有出入,但事实指的是一个。就是说乘着槎,即挖的木船,可以走到天河里去。杜甫之所以到四川,是由于严武的关系。严武在四川的时候,杜甫的日子比较好过。中间严武调走一次,他在四川就有点玩不转了。然后严武又回到四川,杜甫有点奔头了,缓了一口气。最后严武死了,杜甫又没着落了。这就是杜甫的遭遇和生活状况,他是寄人篱下。所以他说,如果拿张骞比严武的话,那么我可以沾张骞的光。他希望搭张骞的便,随着船回"京华"长安去,可是没办到,所以是"虚随八月槎"。

底下又想到自己的朝廷。"画省香炉",说当初在朝廷值夜班,住在皇宫里,点着檀香、麝香。尽管有时夜里有事,但我平时在"画省"里睡的是舒服觉。现在我在夔州生着病,整天趴在枕头上。这个"伏枕"是比较痛苦、凄凉的"伏枕"。"违"者,离也。"画省香炉"离我今天这个"伏枕"的日子非常远了,跟现在的生活是正相反了。现在我听到的是胡笳的声音、边塞的声音。四川老有战乱,"悲笳"就象征着战乱还没有安定。"山楼粉堞隐悲笳"还有一层意思,凡是胡乐奏的,都引人思乡。可以用中唐李益的诗来对照:"不知何处吹芦管,一夜征人尽望乡",还有一首叫"横笛偏吹行路难",再有李白和陆游都写过《关山月》,像这样的诗全都是思乡、怀念故土。所以"山楼粉堞隐悲笳",听见这个声音就引起自己思乡的那种感情,而且更深切了。

杜甫从"落日斜"就看北斗,大半宿也不睡,就在这儿回忆过去。他不是忆苦思甜,他是忆甜思苦,现在的生活太不好过了。时光就这么过去了,"请看石上藤萝月,已映洲前芦荻花"。原来月亮从山的东边出来,还照着山顶,离我很近,现在大半夜过去了,它已经到了江边了。有的时候诗用不着细讲,但是特别好。就像这句写时光流逝,写得那么带诗意。《赤壁赋》也有这个描写,开头是"白露横江,水光接天",最后是"相与枕籍乎舟中,不知东方之既白",一宿过去了。这里不是一宿,是傍晚的一段时间。"石上藤萝月,已映洲前芦荻花"是"兴",可是这里也有不是"兴"的,大部分还都是具体生活的回忆。

第三首到了第二天了。"千家山郭静朝晖",早晨起来山城是很安静的。"翠微"是半山腰,我的家就在半山腰。"日日江楼坐翠微",我整天就坐在半山腰看,看什么呢?"信宿渔人还泛泛,清秋燕子故飞飞。"这两句是眼前景。渔人是没有定居的,今天上这儿,明天上那儿,但别看他长期出外,最后还是有个归宿。一宿叫"宿",两宿叫"信"。他在白帝城的江边老看见有渔船。虽然渔船是不定的,有时候呆一宿,有时候呆两宿,好像很潇洒,但是打鱼的人迟早都是要回家的。"燕子"是候鸟,现在秋天了,它们都又回到南方来了。"故"者,常常也,经常在这儿飞。可是春天一来,燕子又飞走了。换句话说,渔人也好,燕子也好,都不是死盯着夔州住一辈子的,诗里有文章。而我在这儿是寄居,我也不想在这儿呆着,我就好比那燕儿、渔人,但是燕儿和渔人还能回去,我呢?诗句含有这层意思。

下面两句最难讲。曾经有三个清华大学的名教授研究过这两句,杨树达写过信,我不记得是给陈寅恪还是刘文典了。我看过他们的文章,这两句最难讲。匡衡在汉元帝的时候曾经抗疏,但看《汉书·匡衡传》就知道匡衡是个小人,当他没有发达的时候,他是直言抗疏,后来有机会了,他结交宦官、外戚,就是内宠,最后官做的很大,做到了宰相。匡衡做宰相很不冠冕堂皇,很不光明磊落,他是靠着走后门、靠着运动上去的。所以匡衡虽然很有学问,早期声誉不错,但在历史上评价不高。照字面上讲,杜甫也曾经"抗疏",他是为了救房琯。你要治房琯的罪我就抱不平。因为他是拾遗、言官,这也是他的责任所在。但是一抗疏就倒霉了,官也丢了,被降级了、贬出去了,杜甫就因为救房琯而遭到不幸。诗人说我早年也曾像匡衡一样抗疏,但是我的结局可和匡衡不一样。匡衡会走后门,他的功名可不薄。我不行,我抗疏以后就再也走不了运了。我不会他那一套,我的"功名"可是"薄"。这不好讲极了。匡衡占便宜,汉元帝以后独尊儒术。宣帝是元帝之父,倒说汉家自有一套治理国家的办法,外儒内法,不止王道,还有霸道。他讨厌太子,认为元帝太懦弱。其实元帝倒是一个儒家信徒,遇事犹豫,拿不定主意,王昭君在他手上就倒了霉了。而汉元帝之后的成帝是个酒色之徒,更不怎么样了。西汉后期,宣帝以后就滑坡了。哀帝不光是酒色之徒,还搞同性恋,结果最后王莽就上去了。等到哀帝之后的平帝,完全是个傀儡,王莽就把他收拾了,最后王莽坐天下。这里说"匡衡抗疏",其实匡衡功名不薄;而我杜甫虽然也一样抗疏,但是却功名薄。下句"刘向传经"是怎么回事呢?刘向是汉朝的宗室,他是楚元王刘交的后代。而且刘向是个大学问家、大经学家,还是版本目录学的开山祖师。他不是在内阁校书吗,但没校完就死了,他把事业交给儿子刘歆。刘歆的学问倒是不小,也不能说他对于传统文化没有贡献。刘歆是主张立古文经的,也有他的道理。但就是人品差点儿,有一样,刘歆会拍马屁。王莽得势了,刘歆不但依附王莽,还干脆给王莽做了国师。他把扬雄也给牵累了,扬雄也是很有学问的人,也爬上去了。等到后来,听说对于他们这些有点卖国嫌疑的人要处理,扬雄就沉不住气了,从皇宫图书馆天禄阁上要跳下来自杀,最后没死成。所以杜甫就说,"刘向传经心事违"。刘向死了,他的遗愿没有实现。他本来希望儿子能继承他的事业,把它发扬光大,可惜他这儿子不争气,跟他的本心不一样。父亲是个大学问家,是一个忠于汉朝的宗室,儿子倒帮着篡位的王莽,刘歆背叛了他的父亲。就像赵子昂,宋朝的宗室,但是做了元朝的官,所以后人不原谅,天下事很难说。我最近时常临帖,看到碑帖,那时对于改朝换代好像没有后来那么看重。试想,由北魏变西魏,由西魏变北周,由北周变隋,由隋变唐,到了唐太宗的时候,还给隋朝的功臣立碑,隋朝也给北周的功臣立碑,北周也给北魏的功臣立碑,而且有的是世世代代官越做越大,不是说你侍奉这个朝代就不侍奉那个朝代。当时的朝廷、皇帝得看这些门第的贵族眼色行事,孟子说:"所谓故国者,非谓有乔木之谓也,有世臣之谓也。"这些门第出身的后代都是世臣,家族的势力非常之雄厚,所以新的皇朝建立了之后,不但不追究这些大臣,反而得利用这些大臣。你捧我吧,我就

坐稳了；你都不跟我合作，我的天下坐不下去。那时改朝换代的观念不像后来。后来为什么改朝换代的思想那么严格，就因为宋朝是被少数民族给亡了，被元亡了，辽、金、元都是少数民族，而元是被汉族明朝给亡了，而明之后的清又是一个少数民族。所以现在思想界有个问题，民族主义到底应该不应该肯定。所谓忠臣义士，常常是民族主义的忠臣义士，他对那个王朝尽忠，可是有时也难说。皇族总是越来越庞大，人越来越多。试想，一个祖宗娶八十六个老婆，然后生一百多个儿子；这一百多个儿子又娶八十六个老婆，又生了不知多少儿子，所以宗室越来越庞大。等到了赵孟頫那一代，他跟赵宋王朝的嫡传的根，究竟有多少关系，也很难说，他也就是姓赵而已。也就是沾那么一点仙气，所以赵孟頫就做官了。还有人就说，赵孟頫有个堂兄赵孟坚，字子固，就没做元朝的官。后来因为我编工具书，一考，赵孟坚不算有民族气节，宋朝还没亡，他就死了。赵孟坚也是才子，能书会画；可是他死得早，没等元朝杀进来，已经亡故了。就跟考察做《琵琶记》的高则诚一样，高则诚好像被朱元璋捧得如何如何；但今人傅璇琮有个考证，高则诚是死在元朝亡国以前，明朝还没统一，所以这也谈不上什么民族气节。回到"刘向传经心事违"。杜甫是个诗人，这个"传经"也不一定指学术角度，他的意思就是我也曾经替朝廷做过一番事业。但我认为杜甫这一句诗不完全是指自己，他还有一点影射皇族。唐玄宗的前期是个非常有作为的、仅次于唐太宗的好皇帝，可是晚年就荒唐了，糟糕了。那个肃宗早就想做皇帝，赶上安史之乱，唐明皇跑了，肃宗等不及了，赶快就做皇帝，唐明皇只好变成太上皇。最近我看王永兴先生的著作，里面出现一个问题。以往说唐朝的内禅，只有唐睿宗传唐玄宗是个和平过渡，结果王先生的夫人李锦绣考证，根据《唐书》、《资治通鉴》等史料记载，原来唐玄宗对于睿宗也是逼宫，逼着他内禅。甚至于当初保护唐明皇的忠臣都反对李隆基整睿宗，等到玄宗即位，就非要杀这人——郭元振。其实郭是玄宗的功臣，搞得张说都看不下去了，张说替他讲情，终于还是把郭元振给发配了。朝廷内部的斗争向来如此。唐玄宗本来是个励精图治的皇帝，可是后期就变成这么一个局面。而唐肃宗为了巩固自己的皇位，对于弟兄又不怎么样。那永王璘是起兵勤王的,矛头是对着安禄山的,他不是反肃宗的,结果肃宗将他镇压了,捎带上李白也跟着吃了亏。可惜肃宗没做几天皇帝又死了,就把皇位传给自己的儿子代宗,代宗又不争气,宠信宦官,唐朝的内乱始终没有平息。一直到杜甫往北走,都到了洞庭湖了,还说"戎马关山北,凭轩涕泗流",战乱还没平定,后来藩镇割据,唐朝就完了,所以局面越来越差。我觉得杜甫这句诗不完全指自己,"刘向传经心事违",好皇帝有作为的时候,他的后代未必都好,未必都是能继承父业、一代比一代强的;父亲是个大学问家,是个忠于汉朝的宗室,儿子倒帮着篡位的王莽,你说这是怎么回事?我讲的出了老清华几位先生的圈儿了,我甚至怀疑这句指朝廷之间、皇室内部父子、兄弟之间的矛盾。上一句杜甫说,我曾经为抗疏而倒了霉;下一句说,真正传经的刘向也没有满足他的心愿。这才是"兴",他这话说得很隐晦,很曲折,不仔细琢磨,不明白是什么意思。

正因为朝廷多事,有一帮拍马屁的人跟杜甫当初是好朋友,"同学少年多不贱,五陵衣马自轻肥"。一朝天子一朝臣,他们都起来了,都升官发财了。这里请大家参考杜甫另外一首七律《狂夫》。《狂夫》里有两句诗写得很沉痛:"厚禄故人书断绝",我现在在成都呆着没着落,他们都不理我了;"恒饥稚子色凄凉",我的孩子老挨饿,脸上都没有人色儿。这是杜甫在成都过好日子的时候写的诗。所谓"厚禄故人书断绝",就是说的"同学少年多不贱,五陵衣马自轻肥",他们都升官发财了。杜甫也是杜陵人,当初也是世家子弟,现在可倒霉了。

从"同学少年"就引到第四首。有人说这首诗写得最不好,我不同意,我认为这首写得相当好,真是政治诗。"闻道长安似弈棋,百年世事不胜悲。"我离开长安以后,长安的局面再也不像从前一样了。就跟下棋一样,一会儿你赢一会儿我赢。杜甫另外有一首七古叫《贫交行》:"翻手作云覆手雨,纷纷轻薄何须数",世间都是轻薄人;"君不见管鲍贫时交,此道今人弃如土",管仲和鲍叔牙的关系已经被"今人弃如土",现在没人管了,世道变了。所以有时候看社会现象,好多的问题,其实这是传统,从古来就这样。当初孔、孟是什么思想?似乎向来只要是统治者、当官的就占一点便宜。有人问孔子一个问题:父亲偷了一只羊,儿子举报了,这事你怎么看?孔子说:"吾党之直者异于是。父为子隐,子为父隐。"这是孔子的思想,你说这算精华吗?我认为不是。现在都提倡小孩儿读经,上来如果选这个给小孩讲,"父为子隐,子为父隐",长大了都世故。孟子是什么思想?也有人问孟子一个问题:舜为天子,皋陶是法官,瞽瞍杀人,你说怎么办?皋陶虽是执法如山的法官,舜可是天子,瞽瞍是舜的父亲,瞽瞍是坏蛋,他杀人了,问孟子怎么办。这题目不好回答。要是今天就好办了,父亲归父亲,儿子是儿子,杀人犯法,一命偿一命。这是今天的观念。那时法律有达不到的地方,伯夷、叔齐不食周粟,出了法制治理的范围。孟子就替舜出个主意,我要是舜,就把瞽瞍偷出来,窃父而逃,逃到没人的地方,我们过老百姓的日子。孟子就说,舜碰到这种情况,宁可天子不做,为了孝顺,背着杀人的父亲,走到荒野,法律管不着的地方,在那儿忍了。可是今天"普天之下,莫非王土;率土之滨,莫非王臣",你上哪儿躲?所以我认为儿童读经要慎重,没有一定的判断力是不行的。当然,孔孟的道德、学说是很高尚深奥的,但不可一概而论。高深的很难懂,如果讲课人的素养再不高,就有误导儿童之嫌。不如年岁大一些,阅历多了,再读儒家经典,可以辨别是非。"百年世事不胜悲",就是我所经历的一生太可悲了。"王侯第宅皆新主,文武衣冠异昔时。"是说一朝天子一朝臣,得势的又得势了,倒霉的又倒霉了,这是内忧。还有外患。你们在这儿升官发财,可是"直北关山金鼓振,征西车马羽书驰"。从安史之乱以后,杜甫几次都觉得好像天下该太平了。像《闻官军收河南河北》,高兴了一阵。但后来又是"西山寇盗莫相侵",天下总还是有事,家也回不去。诗人说我现在是边缘人物,"鱼龙寂寞秋江冷",又回到秋;"故国平居有所思",前六句都是他"有所思"的内容。他说我好像是个旁观者,但我并不是个旁观者,我是一个对朝廷、对国家大事十分关心的人,但我现在是边缘人物,我无可奈何。后面不是说"江湖满地一渔翁"么?我倒成了渔翁了。要说杜甫忧国忧民的思想,恐怕比我们现在的人是有过之而无不及。杜甫穷到这样了,"白帝城高急暮砧"了,但他还是"故国平居有所思"。

过去我认为第五首写的最无聊,"蓬莱宫阙对南山,承露金茎霄汉间。西望瑶池降王母,东来紫气满函关",很多旧注说这四句是用典故写长安都城的气氛。现在我说不那么简单。"蓬莱宫阙对南山,承露金茎霄汉间。"外面是终南山,皇宫里面是承露盘。"茎"字是平声,念xíng,就是个金的柱子,上面有一个盘子。秋天到了会接露水,据说喝那个露水可以养生。承露盘是汉武帝时做的,因为特别高,在皇宫里是一个很突出的建筑物。李长吉的诗里也有这个东西。我认为这三、四两句一个西、一个东,是过渡的。"西望瑶池降王母",相传周穆王去见过西王母,后来小说里也说汉武帝和西王母有来往,还有人说西王母是个妖精,反正她是个女性。我认为这句指的是唐玄宗宠女色。"东来紫气满函关"是老子的故事,这个典故用得好。老子姓李,就是说李姓的天下还有重兴之日。这句是指安史之乱时,东方的将帅起兵勤王,使得肃宗在凤翔可以即位,唐朝的元气总算没有伤,天下保住了,唐朝没有亡。这两句里有这个意思,虽然不明显。也就是《登楼》里的"北极朝廷终不改"。然后五、六、七、八句是说杜甫见到肃宗,皇帝给他官做云云。"云移雉尾开宫扇",历史上皇帝都是给自己制造尊严的。现在戏台上的宫扇在人的后面,其实古代的宫扇设在人的前面,等皇帝在殿上坐好以后,宫扇打开才能看见皇帝,这显出派头儿。"龙鳞"指龙袍上有龙鳞,"日绕"是说太阳光一晒,看到皇上在这儿坐着。后两句应该倒过来说,"几回青琐点朝班",那个时候我有时值夜班,我也在青琐门外等着传呼"点朝班",点到谁,谁去上朝。他把这句搁在最后了,中间插了一句"一卧沧江惊岁晚"。

然后就到第六首。他把夔州跟长安用一句诗就给联系起来了。"瞿唐峡口曲江头,万里风烟接素秋。"这两句技巧很好,一下子就把现实跟长安连上了。夔州就是三峡,长安就是曲江。"花萼夹城通御气"一句很有微言大义。唐玄宗刚即位的时候就认为,我坐天下不是我一个人的本事,是我的弟兄保着我,所以他对于宗室、皇帝的帝室,对于他同族同宗的人很是笼络。既不是像太宗玄武门之变把哥们儿杀了得天下,又不是对兄弟没有感情。玄宗为了联络皇帝和兄弟之间的感情,盖了一个楼叫"花萼楼",供封王的弟兄们在那儿聚会。因为是兄弟关系,所以叫"花萼楼"。另外还有一个情况,就是为了皇帝和皇族

过去玩,花萼楼到曲江,它中间有一个夹城,跟过街楼似的,人不用上马路,从夹道就能到曲江了。皇帝可以有特权走这条专修的道儿,所以"花萼夹城通御气"。底下这句很好,"芙蓉小苑入边愁"。芙蓉小苑是个什么形象呢?是皇帝享乐的地方,人很少,很清静,只有杨贵妃、只有皇帝最宠爱的人,在小环境里自乐其乐。既享受,又过着宁静的、平安的,而且又最幸福的日子;但如此安逸美好的所在却"入边愁",写得太好了。请别忘了上一句啊,"花萼夹城通御气",玄宗最早的思想是想把宗室之间的矛盾化解,希望国家太平。没想到晚年自己给自己耽误了,所以"芙蓉小苑入边愁"。

"珠帘绣柱围黄鹄,锦缆牙樯起白鸥",浦江清先生的《杜甫诗选》有一个讲法很荒唐,他说这个殿上荒凉了,本来是珠帘绣柱,现在就剩下黄鹄了。这显然不对。那个"围黄鹄"是图案。这几句都是皇宫:"花萼夹城通御气"是皇宫;"芙蓉小苑"是皇宫;"珠帘绣柱"是皇宫;皇宫通曲江,"锦缆牙樯"是曲江。"起白鸥"也是有典故的。还是那句话,人要是不犯鸥鸟,鸟是跟人很亲近的,所以"锦缆牙樯起白鸥"。

这里杜甫就感慨了。末句还是得倒着念,这"秦中自古帝王州"。照理讲此地应该是太平盛世,可他最后来了一句,"回首可怜歌舞地",现在是今非昔比了。他就想到了开元的盛世,而经过安史之乱以后,毕竟有所不同了。他这首诗把"秋"搁在前头了,后头就全都是长安的事,没再提"秋"。他那个"秋"点了一下,就是"万里风烟接素秋"。

下边这首呢,诗人也有意思。"昆明池水汉时功",原来的昆明池是汉武帝修的,这里比喻长安。杜诗里多少次都用汉武帝比唐玄宗。《兵车行》"武皇开边意未已",就是用汉武帝比唐玄宗的。唐玄宗刚即位的时候,平定天下,用武力扩充地盘,把边塞好多地方都收归唐朝的版图了,在当时是很了不起的。所以"昆明池水汉时功,武帝旌旗在眼中",现在想起来,那还是唐玄宗最得意的一段事情。

可是现在怎么样呢?"昆明池"里有些东西还有,其中有个人工做的"织女机",还有一个石刻的鲸鱼,那个鲸鱼跟活的一样。但是"织女机丝虚夜月,石鲸鳞甲动秋风",那地方没人去了。这今昔之感,诗人也是点到而已,不再往深里说了。再看看这个昆明池里,石鲸还有,织女机还有,但是"武帝旌旗"换样了。安史之乱以后,唐朝的武功不能谈了,军事力量衰弱了,敌人入侵了,长安还一度失陷。你要联系历史来看,他这句诗就是感慨无穷。

"波漂菰米沉云黑,露冷莲房坠粉红",跟上面意思差不多。这菰米本来是为了给皇帝吃的,菰米长在池塘里,就是我们现在说的莲子、鸡头米那一类的东西。菰米应该是随长随摘,摘了就吃,特别嫩,特别好吃。可现在是没有人摘了,那个菰米越长越多,越长越多,长得水里头全都是。光长不吃啊,所以"波漂菰米沉云黑"。而那个荷花也没人看了,没人摘了,等到秋天"露冷莲房",露出莲蓬来了,水面上全都是落花。这四句全都是今昔之感。

杜甫不是走三峡进的四川,他是从秦州、汉中、陕西、剑门那边进的四川,也就是"明修栈道,暗度陈仓"的那条道,就是陆放翁的诗"此身合是诗人未,细雨骑驴入剑门"。他走的是小路,所以说"关塞极天唯鸟道"。而我今天的身份呢,变成一闲人了,变成一边缘人物了。那些个东西我都经历过,织女机我也见过,石鲸我也见过,菰米、莲蓬我都知道,昆明池我也去过,但我现在变成一渔翁了。其实他自己并不是渔翁。换句话说,渔翁都在江湖上漂流,他不会到那昆明池里去打渔——那儿不允许老百姓去打渔,所以说"江湖满地一渔翁"。

最后一首,昆吾是个地点,御宿也是个地点。据说汉武帝曾经在那儿住过,所以那个村子就叫"御宿"。"自逶迤"是说,从长安出来以后,顺着名胜古迹,先到昆吾,后到御宿,然后到紫阁峰,又到渼陂。白居易诗里也有紫阁峰,紫阁峰再往北就进了湖了,就是渼陂。杜甫前期的作品里有一首七言古诗,就是《渼陂行》"岑参兄弟多好奇",那个陂读pí,也可以念bēi,一般我还是念pí,因为这里是当湖讲的意思。这都是长安的名胜,杜甫早年跟岑参一些朋友都去逛过、游览过。这是一路风景,逛了这个接着逛那个,所以说"昆吾御宿自逶迤,紫阁峰阴入渼陂"。有的注解注出了,注的好,有的就没注出。

底下两句问题就来了。有人说明是"鹦鹉啄馀香稻粒,凤凰栖老碧梧枝",这才顺。为何要"香稻啄馀鹦鹉粒,碧梧栖老凤凰枝"?颠倒过来,句子多别扭啊。我看仇注和其他的杜诗注解,各自有各自的解

释。我先说我的解释：在我们的诗和文里边，往往两个词应该顺着说——或者两个名词，或者两个动词，或者动宾结构，或者是什么样的一个词语结构——硬给它颠倒过来了。倒过来是什么意思呢？一句话应该只有一个重点，现在把这一句话成心拧着说，把它倒过来，它就变成两个重点了。我的《古文精读举隅》里谈到曾巩有一篇文章，他说老百姓对政府不满意，就在房间里议论国家的事情，不公开议论，走在街上就叹气。它应该是"议于室，叹于途"。曾巩的文章就倒过来了，"室于议，途于叹"，这不通啊。不是，他的意思是说到了街上你只能叹气，在房间里你只能议论，这两个都是重点。他把它倒过来了，让你特别醒目。韩愈的《与孟东野书》里也有一句。应该说我们为了吃饭"奔走于衣食"吧？韩愈那句叫"衣食于奔走"，倒过来了。杜甫这两句诗，就跟这儿一样了。它是既着重那个香稻，又着重那个鹦鹉；既着重那个梧桐，又着重那个凤凰。两个都重要，那怎么办呢？所以他就成心把这两个一颠倒，这句子就特别醒目。这是我的讲法，也未必可靠。我最近看仇注，他也是引别人的话，有一个解释。他说香稻是不应该让鹦鹉吃的。香稻满地，都是吃剩下的，就是浪费啊。香稻都让你养的这些家禽给浪费了。特别是"碧梧栖老凤凰枝"，凤凰根本就没有，这是很明显的。他说碧梧长得这么好，应该是让凤凰呆的，可是现在没有凤凰。仇注是这么讲。总而言之这个句子是一个别扭的句子，但是杜甫有他别扭的意图。这种倒句子在杜甫的诗里就出现这么一次，再找没有了，引得后世纷纷的议论，实际上他就是做一个尝试。

"佳人拾翠春相问"，用的是《洛神赋》"或拾翠羽"。是说到了大好春光的时候，在长安盛世，在名胜古迹的地方，很多女性去逛风景，仕女如云，就跟洛神出现一样，漂亮极了。"仙侣同舟晚更移"，注解上说是《后汉书》里写李膺招待郭泰，他们是"仙侣"。岸上的人看见这些名士坐在船里，就望之如神仙。可是这儿不光是用《后汉书》的典故，有古典也有今典，就是有当时的典故，是说自己在这个地方也曾经划过船，也跟岑参等好朋友来过。在长安的时候也曾潇洒过，也曾到处去逛过。上朝啦，逛风景啦，这些都是美好的回忆。

最后一句"彩笔昔曾干气象，白头吟望苦低垂"，是结合到自己。

但最后落实到今天,我自己现在还是很不得意的一个情况。八首诗写到最后,用了一个自己也不得不扫兴的句子结束。"彩笔昔曾干气象",说我这一生不是没有才。当初的志向是"彩笔",而且还实现了,和江淹梦中拿到彩笔一样。"干气象"有两个解释:一个是说文章可以一直高达九霄云外;另一个,钱牧斋讲"气象"是朝廷的气象。"彩笔昔曾干气象"就是说我的文章曾经被皇帝赏识过。老杜献三大礼赋的时候也风光了一阵,《喜达行在所》以后封了左拾遗,也高兴了一阵。"日绕龙鳞识圣颜"、"几回青琐点朝班",他有光荣历史啊。"彩笔昔曾干气象",可是最后是什么呢?现在是"白头吟望苦低垂"。这个"望"不一定是盼望、探望、拿眼睛看;"望"还有另外一个意思,就是怨恨、怨望,有一种埋怨、不得意、郁闷的意思。当然这个"望"也有抬头望的意思,但最后还是"苦低垂",还是耷拉脑袋了,没辙了。"白头吟望"是说,诗人把《秋兴》八首写完了以后,心情并不平静,有很严重的失落感、没法排遣的不愉快的心情。我发现,"仇注"的文学艺术细胞似乎差点儿,仇兆鳌把这句改成"白头今望苦低垂",他因为上一句是"彩笔昔曾干气象",既然从前曾经"干气象",所以今天就"今望苦低垂","今望"怎么讲啊?实在是"点金成铁"之手也。

《秋兴》八首里杜甫很写实地把他大半生的经历说了一遍。又用典故,又写实,又回忆,虽然技巧用得很多,内涵还是比较丰富,得仔细琢磨。像《读杜心解》、《杜诗详注》、《杜诗镜铨》、《杜律启蒙》……凡是研究杜诗的,必在这上头下大工夫。今天我就删繁就简讲到这儿。

第十五讲

落日心犹壮
秋风病欲苏

丹青引（赠曹将军霸）
观公孙大娘弟子舞剑器行
江南逢李龟年
登岳阳楼
江汉

第十五讲　落日心犹壮　秋风病欲苏

丹青引（赠曹将军霸）

　　将军魏武之子孙,于今为庶为清门。英雄割据虽已矣,文采风流今尚存。学书初学卫夫人,但恨无过王右军。丹青不知老将至,富贵于我如浮云。开元之中常引见,承恩数上南薰殿。凌烟功臣少颜色,将军下笔开生面。良相头上进贤冠,猛将腰间大羽箭。褒公鄂公毛发动,英姿飒爽犹酣战。先帝御马玉花骢,画工如山貌不同。是日牵来赤墀下,迥立阊阖生长风。诏谓将军拂绢素,意匠惨淡经营中。须臾九重真龙出,一洗万古凡马空。玉花却在御榻上,榻上庭前屹相向。至尊含笑催赐金,圉人太仆皆惆怅。弟子韩干早入室,亦能画马穷殊相。干惟画肉不画骨,忍使骅骝气凋丧。将军画善盖有神,偶逢佳士亦写真。即今漂泊干戈际,屡貌寻常行路人。途穷反遭俗眼白,世上未有如公贫。但看古来盛名下,终日坎壈缠其身。

观公孙大娘弟子舞剑器行

　　大历二年十月十九日,夔府别驾元持宅,见临颍李十二娘舞剑器,壮其蔚跂。问其所师,曰:"余公孙大娘弟子也。"开元三载,余尚童稚,记于郾城观公孙氏舞剑器浑脱,浏漓顿挫,独出冠时。自高头宜春、梨园二伎坊内人,洎外供奉舞女,晓是舞者,圣文神武皇帝初,公孙一人而已。玉貌锦衣,况余白首,今兹弟子,亦匪盛颜。既辨其由来,知波澜莫二。抚事慷慨,聊为《剑器行》。往者吴人张旭,善草书书帖,数尝于邺县见公孙大娘舞西河剑器,自此草书长进,豪荡感激,即公孙可知矣。

昔有佳人公孙氏，一舞剑器动四方。观者如山色沮丧，天地为之久低昂。㸌如羿射九日落，矫如群帝骖龙翔。来如雷霆收震怒，罢如江海凝清光。绛唇珠袖两寂寞，晚有弟子传芬芳。临颍美人在白帝，妙舞此曲神扬扬。与余问答既有以，感时抚事增惋伤。先帝侍女八千人，公孙剑器初第一。五十年间似反掌，风尘澒洞昏王室。梨园子弟散如烟，女乐馀姿映寒日。金粟堆南木已拱，瞿唐石城草萧瑟。玳筵急管曲复终，乐极哀来月东出。老夫不知其所往，足茧荒山转愁疾。

江南逢李龟年

岐王宅里寻常见，
崔九堂前几度闻。
正是江南好风景，
落花时节又逢君。

登岳阳楼

昔闻洞庭水，今上岳阳楼。
吴楚东南坼，乾坤日夜浮。
亲朋无一字，老病有孤舟。
戎马关山北，凭轩涕泗流。

江汉

江汉思归客，乾坤一腐儒。
片云天共远，永夜月同孤。
落日心犹壮，秋风病欲苏。
古来存老马，不必取长途。

　　我们今天主要讲两首古诗，然后顺带谈一首七绝，都是同一倾向性的写法。一首《丹青引（赠曹将军霸）》，曹霸是天宝时代给唐明皇画画的，就因为他是世家子弟，"将军魏武之子孙"，所以封他为左武卫将军,画家被封为将军。结果安史之乱以后,他不但将军地位丢了,身份也没有了。还有一首诗《观公孙大娘弟子舞剑器行》,公孙大娘是唐明皇时期最走红的一个舞蹈家,杜甫在夔州看到公孙大娘的弟子李十二娘的剑器舞,他又发了一通感慨,所以诗的主题倾向性是一样的,都是乱后见到当年很受欢迎的艺术家。杜甫晚年离开四川后进入湖广地界,碰见了李龟年,作《江南逢李龟年》,李龟年也是当时著名的音乐家。这三首诗的内容不一样,但是倾向性,甚至说诗的主旨都是一样的,不过有详略的不同。

　　《丹青引(赠曹将军霸)》这首诗的结构是有意识安排的,八句一换韵,前八句是平声韵,第二个八句是仄声韵,第三个八句又换成平声韵,第四个八句再换韵,八句一换韵,结构很整齐。曹霸首先是一个名门贵族,"将军魏武之子孙",而且在天宝时代被封为左武卫将军,乱后将军的头衔没有了,门第也谈不上了,所以说"于今为庶",现在变成老百姓了,"为清门",就是寒门。从魏晋时开始就有九品中正制,所谓"上品无寒门,下品无士族",那么按道理讲曹霸在九品里应该是属于高级的,因为他是魏武之子孙嘛。可是天宝乱后不讲究了,他沉沦了,所以现在既是老百姓,又是寒门。这两个有点差别,门第下降了,身份是百姓了。因为从曹操讲起,故而下面说"英雄割据虽已矣",这句有点陪衬的意思,曹操当年那种身份地位、威风权势,所谓一世之雄,谈不到了;可是"文采风流今尚存",曹霸出自名门,是魏武帝的子孙,不是普通画匠,学问很好,本身的艺术修养也很高。这里我要谈一个问题,现在我们的国画家不会写字,绘画不说多好,起码还可以有个六七十分;但写出的字,说不客气话,有时太次了,这就不行了。请看杜甫对于曹霸的评价:"学书初学卫夫人,但恨无过王右军。"换句话说,曹霸写字的功夫了得,在王羲之以后,就很少有像曹霸的书法那么漂亮而有功力的了。杜甫这里不是强调曹霸会写字,可是特别提出两句来。说点闲话。有位自命为书法家的人,跑到北大讲坛讲书法,他有一个演讲集。这位书法家写一手狂草,但是我发现他写字就像用钢笔写外文一样,千篇一律。一篇下来,该黑的地方一片黑,该白的地方一片白,看不出"狂"在何处,最大的特点就是"不认识"。他在北大的演

讲有一段话,认为基本功第二,创新精神、自我精神面貌的体现第一。他认为基本功不是不要,但是得摆在其次。王羲之的基本功是最高的,如果只讲基本功,你写的再好,也超不过王羲之,永远排老二。这是那位书法家的高论。我就想,假如王羲之排第一名,然后把历代的书法家一个一个排下去,排到一千名、一万名,是否能排到这位书法家头上,我看都很成问题。如果有一天,有人说写毛笔字,王羲之第一,而吴小如能排到王羲之之后的一百名,那我真要弹冠相庆了。从王羲之排下来,"书法排行榜",不要说一百名,就是五百名以内,我都很高兴,因为它是以王羲之打头的,什么颜真卿、苏东坡了……最后哪怕第一千名是吴小如,我也高兴。而这位在北大做讲演的书法家,我敢保排到第一万名,也不一定能排到他。同样道理,拿唱戏来说,如果京戏老生行的谭鑫培第一,那余叔岩应该算谭鑫培第二;或者干脆把谭鑫培迈过去,余叔岩第一,而把孟小冬排第二,杨宝森排第三,那很不错了。要我说,能排到余叔岩之后的若干位,就该很知足了,因为第一位的都是大宗师啊。我就想问这位书法家,以王羲之做冠军,你排多少名?换句话说,你参加初赛,接下来的复赛都未必进得去,你还夸夸其谈什么?最近有熟人跟我聊天,说有人对文徵明的字评价不高,认为缺少变化。我说,古往今来少变化的字很多很多,有名的书法家的字缺少变化当然是个缺陷,但也是特点。启功先生的字变化就不大,谁一看就知道是他写的,但启先生有他自己的特点。说文徵明的行草变化不大,因此就没落了、不行了,这就好比说启先生的字千篇一律一样。我就想问一句,你写一个试试。不是学启功先生的字,拿到潘家园还能卖钱吗?后来有人告诉启先生,启先生说,他没饭吃,让他弄俩钱过日子吧,不必追究。记得报纸上登过一段启先生的逸事。启先生晚年拿毛笔写不了了,但有一位跟他太熟,强迫他写,他随便给写了几个字,结果那人就裱了;另外又拿了一条琉璃厂冒充启先生书法的,一块儿拿给启先生看。启先生的评论是,我这个是真的,是我写的,但太劣;那个虽是假的,但还够格,写得不错,不劣。所以,在启先生眼里,字像不像,是不是一个风格,跟好坏两码事。即使真是启先生写的,要是力量达不到或者精神不行了,自己也会说"劣";而虽然是假的,但写的不错，就不劣。我跟启先生是老朋友了，他故去多年，我觉得作为一个大书法家、艺术家，第一、他有容人之量；第二、他评论优劣，不以真假为标准。现在回过头来说到画画的人，现在的画家很多不会题款、写字。"文革"后一个朋友出国，想着送给美籍华人一幅画，我看了，画不错，结果题款的人不懂行，行款的字既难看，位置也不对，把一幅好画给糟蹋了，拿出去也显得外行。北大艺术系曾经找我去讲课，让我谈书法，我倒没谈书法，大谈了一通如何在书法和绘画上题款，位置、词怎么题，甚至还谈了给人写信，长辈、平辈、晚辈各称呼什么，信封、信内容格式怎么写，题画、册页、中堂、对联怎么题，讲了一堂课。我又说，写字都得从临帖开始，或欧字、颜字，或楷书、行书，帖不是单个字，而是一篇文章或者一首诗，碑是碑，铭是铭，泰山刻石也好，千字文也好，我要求各位在临帖或者创作作品时，先把文章或诗弄懂了再写。我就看见有人写扇面，王维《终南山》"太乙近天都"那首，字写的好坏不说，写到七句话"欲投人处宿"，没地儿了，末一句"隔水问樵夫"只好不写，题一个款了事。结果一个扇面七句话，这不行。要临帖，必须把碑帖的意思弄懂，王羲之《兰亭集序》、柳公权《玄秘塔》、颜鲁公《多宝塔》等等，都有含义，先把文弄懂了，再临帖。

　　杜甫对于曹霸的画，说吹捧也好，说赞美也好，总之非常崇拜曹霸，当然也很惋惜他。这首诗涉及好几个问题。画画的人是艺术家，艺术家一般不考虑两个问题：一不考虑年轻时攒钱为将来养老，包括杜甫也不考虑这个；其次不考虑把画拿出去挣点儿钱，预防以后生活出问题。当曹霸做将军的时候，画个马，皇帝就赶快说赏钱，我想那时曹霸的生活是很优裕的，至少在当时比杜甫要优裕，甚至比郑虔也优裕。可是晚年在成都，杜甫碰见他的时候，觉得他已经"世上未有如公贫"，大概他是最穷的了。就是说画家不事生产，他没有考虑到年龄问题和生活问题，所以"丹青不知老将至，富贵于我如浮云"。杜甫把一个艺术家的品格概括得再好没有了。一般现在的画家不至于"丹青不知老将至"，也不至于"富贵于我如浮云"，搞艺术的都有点儿钱了；可是曹霸没这个问题，"丹青不知老将至，富贵于我如浮云"。"不知老将至"是孔子的话了。曹霸一脑门子就是画画，根本不考虑年龄，也不考虑生活，"富贵于我如浮云"。当时他是将军，即使不带兵，是个荣誉衔，我估计待遇也不差，何至于安史之乱以后，流落到成都？说不定他还是护驾，因为唐玄宗到四川去了，可能也带走一批人。但是，终于流落在四川，穷的不得了。当然杜甫的遭遇跟曹霸不一样，可是杜甫也处于这种环境。杜甫七律《狂夫》有一句"厚禄故人书断绝"，赚钱赚得多的老朋友跟我不来往了，嫌我穷，所以他说"同学少年多不贱，五陵衣马自轻肥"。他们升官发财有的是，我倒霉了，而且不但是"厚禄故人书断绝"，连他的孩子都老在死亡的边缘上挣扎，"恒饥稚子色凄凉"。从《自京赴奉先县咏怀五百字》、《北征》，那时起，他的家庭就困难，到成都以后，日子算好过了，他孩子还带着饥色，面有菜色，这就是杜甫及其家人的生活。换句话说，比曹霸也强不了多少。所以前八句，就把曹霸的性格、出身、门第、成就、性格，全都写了。

然后写具体的事，最得意的，是"开元之中常引见，承恩数上南熏殿"。皇帝都在殿上召见他。曹霸有两个特长，一个画马，一个画人物。开始是画人物。"凌烟功臣少颜色"，"凌烟阁"原来是唐太宗时就开始建造的，从太宗到玄宗时，差不多有将近百年了，这些人物画的颜色都有点变了，时间久了，该刷浆加工了，所以就请曹霸去了，我们今天有个词叫"整旧如旧"。请看杜甫写的，他不说画房玄龄这些宰相啊，是什么样，也不说画武将应该怎么样。他说"良相头上进贤冠，猛将腰间大羽箭"，说的都是配搭，正面的没写。可是，在这两句以前有一句"将军下笔开生面"。我们现在有个成语叫别开生面，就是从杜甫这首诗里来的。什么叫"开生面"，就是开了一个新的面貌。"面"是面貌，指人物的面貌；"生"有两个意思，一是新，还有一个是栩栩如生，又活又新。所谓别开生面者，就是别开新面也。人物还是那个人物，画完以后人的精神面貌变了。"别开生面"现在用的很广，实际上这个成语原来应该只限于画画。这一句"开生面"就够了，所以下面就画装饰了，一个帽子，一个兵器。但是，特别提到其中的两个人，"褒公鄂公毛发动"。后来，苏东坡用典，说你要画人物，"但写褒公与鄂公"，用的就是杜诗。大概凌烟阁上画的武将里，这两员猛将特别有神，所以专门讲。褒公是段志玄，鄂公是尉迟敬德，"毛发动"，画的比"开生面"又进了一层了,简直就跟在前线打仗一样,所以"英姿飒爽犹酣战"。"飒爽英姿"也出自杜诗。凌烟阁上自然都是文官武将,这是写曹霸画人物。

除了画人物以外,曹霸还会画马,也举了例子。上面八句人物过去了,下边又换韵了,写画马了。当初唐玄宗最喜欢的一匹马就是玉花骢,"先帝御马玉花骢,画工如山貌不同"。请了多少人画,就是画不像。"貌不同"者,就是画不像也。会画画的当然不止曹霸一个,当时名家有的是,就是画这匹马不行。"是日牵来赤墀下,迥立阊阖生长风",先写真马。说皇帝要考考曹霸,这天把玉花骢牵来了,就在宫殿的赤墀下。墀是台阶,在红色的台阶底下,把这马搁在当院里,让曹霸看;这匹马是"迥立阊阖",阊阖本来是天帝、上帝的门,这就指殿门。马在院子里、殿门外"迥立阊阖生长风",不得了啊,一牵来就不同凡响。马本身就带着"生长风"的特点。请看,不用多,说一匹马牵来以后是神马、是骏马,简直神气极了。"诏谓将军拂绢素,意匠惨淡经营中。须臾九重真龙出,一洗万古凡马空。"写的多好。皇帝说了,画一个跟真马一般大的,得费好多纸。古人画画不心疼纸啊,你看《韩熙载夜宴图》多长啊,《清明上河图》更长,古人就是讲究画一个整体。所以"诏谓将军拂绢素",拿出画画的用具;当然曹霸也不是神,"意匠惨淡经营中",他也琢磨,一看这马,意匠是指他自己的设想和规划,怎么把马画好,"惨淡经营"也出在这儿,这首诗里的成语太多了。他为什么经营还特惨淡呢?想必也是发了愁,在那儿皱着眉头琢磨,费了老大劲。曹霸并不是欢欢喜喜,拿过来哈哈一笑就画得了,他也下了工夫,但这时间并不长,"须臾",没多久就画出来了,"九重真龙出",那马活脱就是一匹活马,"一洗万古凡马空",画出来的马简直不得了,这还不够,下边换韵了,还说这匹马。

画出来的马搁在殿上,皇帝的榻旁边,展开让皇帝看,"玉花却在御榻上";真马没牵走,还在庭前,"榻上庭前屹相向"。屹,就是相对的,不动了,愣在那儿了。屹立是两个对峙。诗人写得好就好在这儿。那马,应该是活的,不受任何拘束的,但是真马看见旁边有一匹马跟它长得一样,这个活马也愣了,也对着那个画儿发愣,当然画儿是不会动的,可是你看老杜写的"榻上庭前屹相向",真马、假马都愣在那儿了。

当然那假马愣不愣无所谓了，但是画的马儿多像真马啊；而真马愣住了，好像照镜子一样，出来一匹跟它一样的马。然后，下面两句衬笔。有人问我什么叫陪衬。在写事物本身以前，加以铺垫，叫陪；写事物本身以后，还要再写几句话来衬托，就叫衬。所以下面两句是衬笔。"至尊含笑催赐金"，皇帝一看，假马跟真马一样，画得太好了，赶快赏钱，这一赏钱呢，"圉人太仆皆惆怅"。圉人是养马的人，太仆是管马的人，心想我们伺候真马也没赚这么多钱，画一匹马就给这么多钱，发财了，愣在那儿了。养真马的不如画马的博得有名有利，艺术水平太高了。这是衬笔。上面都是说曹霸，忽然底下来了四句说韩幹的话。韩幹是先拜的曹霸，然后自己又独创了，也是画马的杰出人才。诗人说"弟子韩幹早入室"，是曹霸最得意的弟子，"亦能画马穷殊相"，各式各样的马他都能画。可又点明了一句，"幹惟画肉不画骨，忍使骅骝气凋丧"。有人注解，把"忍"当忍心讲，实际这个"忍"是不忍的意思。说韩幹画马，光画肥马，不画瘦马，画肉不画骨。要照现在的注解讲，这么一画就使得骅骝不高兴了。我认为，韩幹之所以光画肥马，不画瘦马，画肉不画骨，是不忍让骅骝看到自己有不幸的一天。所谓瘦马，有骨头的马，有两种，一种天生的骨架就瘦，杜诗里有《房兵曹胡马》，"胡马大宛名，锋棱瘦骨成"，那个马天生就瘦，可是有精神，"竹批双耳峻，风入四蹄轻"，这是一种；另外杜甫还有一首古诗《瘦马行》，那是官兵打败仗了，把一匹老弱病残的马扔在那儿了，太可怜了，那真是一匹瘦马。本来是一匹好马，结果被抛弃了，搞得瘦骨嶙峋的不成样子了，杜甫可怜这马，觉得马太冤了。这种马不是为打仗用的，骅骝是名马，就好像伯乐看见那马，不是拉车用的，是骏马，结果因为不善于驮东西，也不善于打仗，受伤就扔在那里了。杜甫一看，写了《瘦马行》。这是另一种瘦马，是被摧残的、被抛弃的，或者说营养不良、倒霉了的马。韩幹画马有个原则，就是专画膘肥个大、雄伟壮大的马，不画瘦马，省得引起误会，所以韩幹画出的马看起来全都精神。这里有一个说法，就是韩幹带有一点浪漫主义精神，把马美化了。曹霸不是这样的人，曹霸画马是什么样就什么样，画玉花骢，当然玉花骢是吃的饱、喝的足，特别受照顾，肯定不会瘦，可是他画的特别像。到韩幹这儿有变化了，他专画膘肥体壮的马,而不画瘦马。就在把曹霸捧到天上的时候,说他画玉花骢,画的连皇帝也高兴,圉人、太仆都惆怅了,这马神了,已经写到极点,忽然笔锋一转,插进几句韩幹,这是什么意思?这不是写曹霸的诗吗,说他徒弟干什么?而且徒弟的画风跟曹霸又不一样。韩幹画马是中国美术史上有名的,他画马穷殊相,可见什么样的马都会画,甚至于名气比曹霸还大。诗人为什么要来这么几句,有两种说法,一种说法认为韩幹不免媚俗,也说的通,但是这么说委屈韩幹了,显得韩幹人品比曹霸差,或者说他老把马美化、理想化,不画容易引起负面影响的东西。另外,还有一说,说曹霸怎么不跟你徒弟学学呢。你徒弟早就看出来人情冷暖、世态炎凉,他画马尽量满足马的好的一面,也让人只看到马美好的一面,他不画马的容易使人怜悯、遗憾的一面。换句话说,韩幹比他老师世故,会动脑筋,所以韩幹不至于落到你曹霸今天的这个局面。所谓"忍使骅骝气凋丧",影射的是曹霸。你要有你弟子的那个聪明脑筋,画出画来让人们都欣赏、都喜悦、都满足,而不是你想怎么画就怎么画,画出来让人讨厌,让人不高兴。曹霸是忠于艺术,而韩幹也忠于艺术,但是韩幹不完全为艺术服务,也考虑到人事。你曹霸比韩幹傻,比你的弟子脑子少根弦。虽然你画画的功力、精神、水平,高得多,但是不如你弟子吃得开,有这个意思。不是说对韩幹进行贬义,而是说韩幹比你曹霸识时务。说韩幹难免媚俗,那是古人说的,也有道理。

底下转到后八句,就全是同情曹霸的话,说曹霸倒霉了。你看你,当初画人物、又画马,结果怎样呢,"将军画善盖有神",当年你画人物是次要的,画马是主要的,现在"偶逢佳士亦写真"。"写真"这个词目前已经变了意思,古代"真"就指的是人像,所以现在日本照相馆还有个词叫"写真馆"。古代没有照相,画出来得跟真人一样,所以叫写"真"。有的时候,古书上画着个美女,底下题字,苏小小"真",就指苏小小的像,某某人的"真","真"是名词,就是画像。所以"写真",不是我们现在静物写生、写真,不是那意思,这"真"就是人像。曹霸也画人物,"偶逢佳士亦写真",佳士是什么呢?比如凌烟阁上的当然都是佳士,还有知名之士,也是佳士。苏东坡有一首诗,他说一个画家会画两种人,第一个画的是唐玄宗,玄宗最早做潞州别驾的官,"君不见潞州别驾眼如电",那是苏东坡说画家能画人物,像玄宗那是贵族;"又不见雪中骑驴孟浩然",画家既能画贵族阔人,又能画寒士,孟浩然下面说,"皱眉吟诗肩耸山"。皱着眉头吟诗,"肩耸山",两个肩头都耸起来了,苏东坡形容那个画家举这两个例子,最后结束说,你要画画还是画褒公与鄂公。可见"真"是指人像。过去他老给佳士画,"即今飘泊干戈际",惨了;"屡貌寻常行路人",貌读 mò,当动词解,不要曲解说曹霸专画贵族阔人、不画平民穷人,"寻常行路人"就不该画吗?我们很多写实主义的画家专画农村老太婆,不也是"寻常行路人"吗?不是那个意思。意思是说曹霸太穷了,只要给钱什么人都画。现在是战乱之后,飘泊于干戈之际,没辙了,不能捡着他想画的人画了,变成摆地摊的了,经常给陌生人、过路人画,什么人都伺候了。"屡貌寻常行路人",过路的人找他画也画,那画就不值钱了。安徽不是有个画家叫黄叶村嘛,早年专门在邮局门口摆摊,可是现在他的画也价值不菲了,甚至还有冒充他的画赚钱的。艺术家,在他生前未必就那么红。现在提起来,唱京剧老生的杨宝森是一派——杨派,余叔岩之后除了孟小冬,就得数杨宝森了。那会儿我看杨宝森的时候,经常卖三成座儿,没人看。我二十岁左右在天津,跟一个朋友去看杨宝森的《洪洋洞》,唱到最后,台底下没人了,就我们两个观众,杨延昭临死前的一大段唱,专给我们两人唱了。我们特别捧场,唱一句就给鼓掌,他唱得太好了!我估计宝森当时心里一定在想:这回可遇见知音了。我的朋友在旁边大声说:"一字一珠!一字一珠!"演员绝不因为没观众就不好好唱。回到杜诗,曹霸关键不在于寻常行路人不画,而在于"途穷反遭俗眼白,世上未有如公贫",没有比你再穷的了。最后慨叹"但看古来盛名下,终日坎壈缠其身",不是说一会儿坎壈,而是整天的倒霉,那个倒霉劲儿啊,一辈子到死都倒霉。所以说曹霸也罢,公孙大娘弟子也罢,李龟年也罢,全是乱前曾经享盛名于一时、有真才实学、有绝招的艺术家,天宝乱后,到了晚年都让杜甫碰上了,诗人遂感慨万千。总结一下《丹青引》的几个问题,我特别提出来,第一,画家要会写字;第二,画家是不考虑年龄与生活的;第三,曹霸不如他弟子的思想会转弯;最后,人生坎坷,倒霉到什么程度,一如诗所云。这一首就讲完了。

《观公孙大娘弟子舞剑器行》有序,比较长,其实就是一个具体的叙述,我简单的顺一下。序里有几个词,解释一下就过去了。杜甫先天元年生人,序里提到开元三年,杜甫五六岁时看过公孙大娘舞剑器。杜甫是个天才,他自己说"七岁咏凤凰",七岁时就可以写诗,可见他五六岁时看这个节目,对公孙大娘的印象一定很深。杜甫从小就看艺术,他懂艺术,不是看着玩儿。序是从公孙大娘写起,写到李十二娘,由李十二娘回忆开元天宝的盛况,然后归结到唐玄宗已死,所谓"金粟堆南木已拱",金粟堆就是唐玄宗的墓地,旁边的树都长得很粗了,换句话说,唐明皇已经死了一段时间了。因此诗是由李十二娘回忆开元天宝的盛况,归结到玄宗墓木已拱,然后写自己,层层递进,点题为止。现在的考证说,剑器大概就是剑,也不是流星锤,也不是什么特殊的兵器,可能剑的形象不是三尺龙泉,不太长,但还是剑。诗的主题不在于舞剑,而在于舞剑由第一代传到第二代的人,他又看到了,然后联想到开元盛世,联想到唐明皇死,最后又想到自己,有了身世之感。就是从艺人的身世之感,联想到自己的身世之感,这是主题。我们谈戏,有个词叫"关目",其实舞剑是这首诗的关目,是很关键的东西,但不是主题。诗是通过这样一个媒介物,串起诗的主题来。剑器是关目,当然关目也很要紧,不能随便找个东西就当关目。比如《牡丹亭》,杜丽娘自己画的像就是关目,要是没有那个自画像,故事没法往下发展;又如《窦娥冤》,六月雪其实不是关目,真正的关目是羊肚毒药,那是关目,害死人了,结果窦娥蒙冤了,那碗汤是关目。至于《长生殿》的金钗钿盒,也是关目。《长生殿》这戏,有个常识,一般爱情主题,当一个爱情要起誓,大概这爱情就不保险了,"在天愿作比翼鸟,在地愿为连理枝",最后来个"此恨绵绵无绝期"。当时是金钗分一半,钿盒也分一半,跟杨玉环密誓嘛,那是《长生殿》很重要的一折戏。换句话说,实际上这个爱情是不坚牢的,可是,为了表示所谓海誓山盟这东西,只得如此。这是一个事实。封建社会的皇帝,动不动就"丹书铁券",保证功臣及其后代,就是犯罪也死不了。但是真正发给"丹书铁券"的,有哪个不是灭族的?有哪个不是倾家荡产的?

这首杜诗使人感动的地方在于，大乱之后，看到一个公孙大娘的继承者，感慨万端。这首诗我跟林焘先生有具体感受。在抗日战争以前，我们对于京剧武生泰斗杨小楼都崇拜得不得了，但是杨小楼1938年就故去了。杨氏故去的那天，我正在饭馆吃饭，听到杨氏逝世的消息，我午饭都没吃。一个艺人的去世竟能影响一个十几岁的小孩不吃饭，那我确实是动感情了。哎呀，杨小楼死了，觉得太遗憾了。之后国家就陷入长期的战乱。记得1936年，我最后一次看了杨小楼的戏。林焘先生在去内地以前，也看了杨小楼的戏。我们北大的好几位老师都是杨小楼的戏迷，在去西南联大以前，还在看杨小楼的戏，临上火车都要看杨的戏，看完再走。经过多少年动乱，直到1979年末，快过年了，俞平伯先生主持的北京昆曲研习社复社，我忽然接到复社专场演出的邀请函，大轴《挑滑车》，没写谁演，我心想业余的还能演《挑滑车》，倒要看看。林焘先生是昆曲研习社的社员，也在现场。到了剧场才发现，是王金璐先生演《挑滑车》，王先生也是研习社社员，特邀他演的。换句话说，从1936年至1979年，这中间经过多少年，几十年过去了，最后在舞台上看到王金璐，演的全是杨小楼的路子，我一下就想到杜甫当年看了公孙大娘，又看李十二娘，其实就是我那时的感情。散戏以后，我跟林焘先生一块儿走出剧场，他就说，哎呀，我们几十年都没见过这场面了。他回忆起来，简直是感慨万端。我说这首杜诗我讲了，就把我那时的心情传达给各位，就知道杜甫是什么心情了，就是这么一个感受。从公元715年（开元三年），到写这首诗的公元767年（大历二年），是相隔了五十多年，"五十年间似反掌"，这五十年杜甫过的什么生活，首先是安史之乱，然后是"漂泊西南天地间"。在成都也没过几天安生日子，挪到这又挪到那，最后落到夔州，在夔州看的这场表演。正如同我们这些人经过了十年浩劫，居然又看见这儿还有个演杨派武生的演员，而且演得还相当好。我们是什么感情？就是这首杜诗的感情。

这里我想解释几个词。诗序里说，"壮其蔚跂"。什么叫蔚跂？杜甫以前和以后都没有用这个词的，于是就有人说杜甫不通，这词儿是生造的。不过这确实是个特殊的词儿。真是活到老学到老，我后来才发现这"蔚"字有两个读音,我们现在都读错了。说"蔚秀园"的"蔚",出自《醉翁亭记》"望之蔚然而深秀者",是草木茂盛的意思。还有个词,我们都念错了。说"蔚蓝色的天空",这里"蔚"念 yù,跟郁郁苍苍的"郁"是一个意思,深蓝色的,带有点透明度的。"蔚然大观"的蔚可以念 wèi。"蔚跂","蔚"是草木茂盛;"跂",足字旁一个支,就跟我们今天写企业的"企"是一个字。这个字形容跳芭蕾舞最合适,一个人踮着脚跳舞,就是"企"。另外,一个人看不见什么东西,把脚踮起来,为了看远处,那也叫"企"。"蔚跂"两字连起来,就好比一个人舞剑器,让你看到天花乱坠、眼花缭乱,这是"蔚";同时又轻飘飘的,跟凌波微步、罗袜生尘一样,等于脚没沾地,这叫"跂"。蔚跂这两字是相反的意思,一方面非常缤纷缭乱,热闹极了;另一方面脚底下轻极了,简直脚没沾地,所以叫"壮其蔚跂"。这舞的太棒了,上头看不见人了,两把兵器耍的跟千军万马一样,底下脚就靠两个脚尖在那撑着,这就是"蔚跂"。

还有,"自高头宜春、梨园二伎坊内人……",什么叫高头?高头就是上头,指"内廷供奉",是最接近皇帝、最接近上层的那个戏班。再有一个最难讲的,"玉貌锦衣,况余白首"。这有两种说法,一个说此处有阙文,还有的说杜甫不善于做文章,文章不通。"况",今天只作连接词用,况且、何况。古代有个词叫"譬况","况"是连类相比也。我听过周祖谟先生讲声韵学,周先生在讲课时,经常讲某个词是譬况词,就是可以拿这个词比那个词,"况"即连类而比的意思。杜诗上头说了"玉貌锦衣",那是诗人看的舞者,主要指当年他看的公孙大娘,那时玉貌锦衣;对比之下,我现在头发已经白了。底下还有两句,"今兹弟子,亦匪盛颜"。当年公孙大娘玉貌锦衣,我是娃娃,现在比比看,公孙早就没有了,我的头发白了,是个衰翁了,而她的徒弟也不年轻了,这不就连上了吗?诗人的意思就是作个对比。诗人下面没太写李十二娘,主要还是写公孙大娘,因为前边序里有"波澜莫二",居然这个弟子能把师父的东西继承的非常全面,这就够了。

"昔有佳人公孙氏,一舞剑器动四方",这都好讲,我就略过去了。最妙的是"观者如山色沮丧",不是"色兴奋",不是眉飞色舞,观众一看都傻眼了。就像我们今天看马戏似的,风险太大了;大家提心吊胆的,

怕出事,看着害怕,是这种感觉,不是说"观者如山色狂欢",而是看的观众都面无人色了。而且,写得太抽象了,"天地为之久低昂"。不光是在一个场面上活跃,天地好像都随着起起伏伏,简直太神了。下面接连四个比喻,"㸌如"、"矫如"、"来如"、"罢如"。头两个因为用的是神话,比较抽象,但我们也知道是什么意思。"㸌如羿射九日落",那是说剑光闪烁,㸌是闪烁的样子;"矫如群帝骖龙翔",一群神仙骑着龙在天上飞,也有点儿悬,不太好想象,但我们知道意思是舞台上一个人如同千军万马一样。一个是剑光闪烁如同羿射九日落,一个是公孙大娘一人占满了全台,跟千军万马一样,到处是她的影子。发点儿感慨。梅兰芳唱《游园惊梦》,或者什么独角戏,戏台上就一个演员,可是好演员有一个人占领整个舞台的神奇功力。梅兰芳就有这个本事,整个舞台就一个人,但观众全被吸引住了。可是我们现在舞台上出来穿靠旗的,动辄二三十,然后旦角又出来好几十,恨不得舞台上能站两千人,这到底看谁啊?怎么看啊?公孙大娘一个人就好像是"群帝骖龙翔",这了不起。这两句还比较抽象,下边两句就可以体会,"来如雷霆收震怒",要不怎么色沮丧呢,那气势之猛,简直震撼人心,然后表演到一个关节时,一下就打住了,"收震怒",戛然而止,这个我们能体会到。因为打雷我们都有经历,而且这个"收震怒"好,本来气势汹汹,让你惊心骇目,可是一下顿住了。其实还在"怒",但是暂时停顿。最后等节目演完了,就好像梅兰芳《霸王别姬》舞完了剑以后,台底下和台上都静默无声。又像是大风大浪的江海,最后波平浪静,"罢如江海凝清光",这个境界太好了。前边热闹的简直让你透不过气来,最后收住的时候一点声音没有,波平浪静,宁静到一根针掉在地上都听的见,这两句比头两句更好。写舞蹈表演就到这儿为止了。然后说"绛唇珠袖两寂寞",什么叫"两寂寞"?绛唇是唱歌,珠袖是舞蹈。从公孙大娘以后,音乐听不见了,舞蹈也看不见了,此之谓"两寂寞"。"晚有弟子传芬芳",这个弟子是谁呢,她是临颖美人,现在到白帝城来,到夔州了,"妙舞此曲神扬扬"。她舞蹈的节目和诗人小时候看的舞蹈是一样的,还是"神扬扬",觉得好像神采不减当年,就是说现在公孙大娘的徒弟很好地传承了老师的艺术。底下这句不太好讲,"与余问答既有以"。

"有以"在古文里常见,"古人秉烛夜游,良有以也"。这里的"有以"是什么意思?还有,"视其所以,观其所由,察其所安",那个"以"是由的意思。"良有以也"就是良有由也,良有原因。可杜诗里的"有以"不好讲,我认为这个"以"跟那个表示完了的"已"相通。"与余问答既有以",就是说我跟她谈话告一段落了,我是这么讲。因为这两个"以"和"已",古通用。"感时抚事增惋伤",这不用讲了。当初"先帝侍女八千人,公孙剑器初第一"。"五十年间似反掌",快的很;"风尘澒洞昏王室",天下大乱。"梨园弟子散如烟,女乐馀姿映寒日",现在的"映寒日"都是说到了天冷的时候,快散场了,可是"女乐馀姿映寒日"不是指现场。有人讲成杜甫看节目时是十月,所以叫"映寒日",我认为太简单了,不是这个意思。三十多年前,我听俞平伯先生讲杜诗,对于"女乐馀姿映寒日"一句,他说这句是暗用向秀《思旧赋》的序,借以寄今昔沧桑之慨。我认为这个解释是很精辟的。正与诗里头的上文"感时抚事增惋伤"一句相映照。《思旧赋》的序怎么说的呢?嵇康,"临当就命,顾视日影,索琴而弹之"。他临死时看看太阳,然后拿琴弹,广陵散从此绝矣。向秀就说了,"余逝将西迈",我就要往西走了,"经其旧庐",走过他的故居,"于时日薄虞渊,寒冰凄然"。在向秀走过嵇康的故居时,太阳快下山了,"寒冰凄然",天气特别冷,"邻人有吹笛者,发音寥亮。追思曩昔游宴之好,感音而叹,故作赋云"。这是向秀《思旧赋》的序,所以俞先生说"映寒日"者,用《思旧赋》的序"日薄虞渊,寒冰凄然"。"梨园子弟散如烟"了,而女乐的馀姿还有个别人留下来了,但是就好像向秀过嵇康的故居一样,是"映寒日"。我觉得俞先生的说法是对的。做学生的,也有师承,也有家法,我觉得俞先生讲的好的,一定都照着讲。有一次我在城里讲杜甫,俞先生的女儿、外孙、亲戚去了一大堆,讲完以后,俞先生给我写了封信,说"感谢你宣传鄙说"。到下边就是,"金粟堆南木已拱",唐明皇已经死了,诗人会跳跃,一下子蹦到自己,"瞿唐石城草萧瑟"。皇帝早已死了,我现在瞿塘峡这个地方,"草萧瑟",时令也到了暮年了。"玳筵急管曲复终",这个节目演完了,大家散了;"乐极哀来月东出",等到散了,月亮出来了,可是我的心情太乱了,看了这么个好节目固然很激动,跟她谈话以后又很感慨,所以

诗人思绪纷乱。"老夫不知其所往",这就跟那《哀江头》似的了,我要回家,路都走不出来了;"足茧荒山转愁疾",走的是山路,特别难走,我倒反而发愁了,干吗走那么快啊,简直累不了了,"转愁疾","疾"是快的意思。这个"茧",他用的是蚕茧的茧,还有一个说脚上长了趼。"趼"念 jiǎn。

这个讲完了,捎带讲《江南逢李龟年》。好讲极了,就四句。"岐王宅里寻常见,崔九堂前几度闻"。岐王也好,崔九也好,都是长安的贵族大官,在那个地方我们经常见面,而且也常听说你的消息。"正是江南好风景,落花时节又逢君"。俞平伯先生当年说,这诗还用讲?多念两遍就行了。其实就是诗人这种今昔之感,内心的伤痛,用不着多说。当年,"岐王宅里寻常见",贵族门前是踪影不断的;"崔九堂前几度闻",也常听说你的消息。"正是江南好风景,落花时节又逢君",赶上这么一个时候,诗人已经从四川出来了。好风景啊,可是落花时节,赶上春暮,暮春又碰见你了。我常用对比,李白要写碰见熟人,送给人诗,那可是一气呵成,"李白乘舟将欲行,忽闻岸上踏歌声。桃花潭水深千尺,不及汪伦送我情"。就大白话,而且一目了然,就这么点意思全说了。这也有好处,这是李白。可杜甫不这么说,"正是江南好风景,落花时节又逢君"。我又碰见你了,这次碰见你,既不是岐王宅里,又不是崔九堂前,时间又是"落花时节",虽然现在是"江南好风景"……琢磨琢磨吧,这诗就得反复多念几遍,它这个含蓄的劲儿在里头。《世说新语》有两句话"风景不殊,正自有山河之异",杜诗就是这种类似的感情。

这首诗我提醒大家,杜甫做了一个尝试,可惜在杜诗中就见过这么一次。是我的一个学生发现的,当时我没理会,后来我发现这又是杜甫写旧体诗的一个新尝试,可惜这个传统,大家都没注意。"岐王宅里寻常见"的"见",和"正是江南好风景"的"景",属于见纽,见古音念 giàn,景念 gǐng,这音我们现在都发不出来了。请注意,一三两句的末字,虽不押韵,但是同纽。"见"和"景"同纽,就是现在的读音也类似。不要以为一三两句的末字就没关系,照样可以有音律上的特点,可惜我没有找到杜诗其他的例子,但是这个例子很突出,因为头句没韵,第三句当然也不入韵,而他用这两字怎么那么巧,用了两个古音非常难读的见纽,这个要提醒大家一下。杜诗有很多创造性的东西,后人没有注意,我讲《江南逢李龟年》跟别人的讲法也不完全一样。这三首诗倾向性是一样的,曹霸也好,公孙大娘也好,李十二娘也好,李龟年也好,都是盛时在长安碰头见过、经常了解的,各自身怀绝技,可是现在跟我一样,都倒霉了,结局如此,都有沧桑之感。

　　杜甫离开四川以后,最有代表性的两首诗,是《登岳阳楼》和《江汉》。

　　先说《登岳阳楼》。"昔闻洞庭水,今上岳阳楼",这两句不用讲。可是"吴楚东南坼,乾坤日夜浮",是气象阔大得不得了。有两句唐诗,"到江吴地尽",到了江边,吴地就尽了,以江为界,这边是吴,那边是楚,"隔岸越山多"。长江是分界,所以说"吴楚东南坼",坼是断开、裂开,"乾坤日夜浮",也是"天地为之久低昂"那个意思。在岳阳楼上看洞庭湖,简直天地都低昂。"乾坤日夜浮",整个天地都在那动荡,这气象是够阔大的。下面一下又缩小,缩小到什么呢,"亲朋无一字,老病有孤舟",太可怜了。杜甫晚年出了四川以后,没有家啊,就住在船上,船就是他的家。所以"亲朋无一字,老病有孤舟"。另外,杜甫"晚节渐于诗律细""语不惊人死不休",就拿"亲朋无一字,老病有孤舟"这十个字来说,阴平、阳平、上声、去声、入声,都有,五声俱全,读起来顿挫有致。也正体现"诗律细"。毛泽东《长征》"红军不怕远征难"一句,也具五声,读起来也是很铿锵的。然而这还不是诗人最难受的、最伤心的事。"戎马关山北,凭轩涕泗流",北方还在打仗,外族还来侵犯,诗人最伤心难过的是国家尚未太平。"轩"就是楼外头,栏杆里面那块地方,比较宽敞。"凭轩涕泗流",诗人哭不是为老病,也不是为亲朋不理我,而是为"戎马关山北",所以哭了。前四句写楼,后四句写人。这首诗平常也平常,高就高在三四跟五六句,等于一个大坝,高不可攀,而下边的落差那么大。但是我认为这首诗还不如《江汉》好。我念了《江汉》以后就觉得挺惨的。"江汉思归客",诗人是想要回去了。他实际上人并没有到汉水,离洞庭湖也不太远。"乾坤一腐儒",这个腐儒跟

"百年粗粝腐儒餐"的腐儒比,外延更大。杜甫老说自己是腐儒,而"百年粗粝腐儒餐"那是客气话,可这里的"腐儒"上加了个乾坤。乾坤者天地也,换句话说,天地间有我这么个迂腐的读书人。这是什么意思呢?这腐儒跟乾坤也落差太大了,可是有特点。照理讲乾坤的事应该谁管呢,上有皇帝,下有宰相,有文臣武将,保卫社稷,安定民生。这都不是我的事,是贤君、良相、名将的责任,可是我算老几啊,我是腐儒啊,但我呢,又"致君尧舜上",又"穷年忧黎元",用得着吗,你干吗要"穷年忧黎元"呢,你干吗要"致君尧舜上,再使风俗淳"呢。老杜整天在这儿每饭不忘君。老舍《茶馆》里有句经典台词:"我爱国,可谁爱我啊?"我爱国,国家不爱我;我爱朝廷,朝廷根本都把我都忘了。"亲朋无一字","厚禄故人书断绝",根本孤老头子一个,这还不算腐儒吗?这够腐的。有些事不是我办得了的,可是我整天在那儿担心,忧国忧民,何苦来啊。所以仔细一想,他这个"江汉思归客,乾坤一腐儒"的"腐儒",内涵太深刻了。乾坤那么大的范围,我考虑的是什么呢,不是自己,而是国家、社稷、朝廷、政权、外患、内忧,什么什么的……全都不是你管得着的事,你的忧患意识太深远了,所以你是腐儒。下面两句说明问题了。叫做"片云天共远",我就好比天上的一块云彩,在那么广阔的天空,不过就是一块孤云而已,所以"永夜月同孤"。漫漫长夜,四下里都安静极了,就那么孤零零的,"皎皎空中孤月轮"。天上的月亮是孤独的,而我的人也是孤独的,只有月跟我是同样孤独的,写的太好了。那个"吴楚东南坼,乾坤日夜浮",还有点客观,这两句纯粹是主观。诗人自己的豪情壮志之大,大到无以复加的程度,整个国家、社稷、百姓全在他肚子里装着呢。但是怎样呢,我不过是这天上的一块浮云,而我的心,"永夜月同孤",真是好。咱们再拿李白来比,李白有一首不对仗的五律,"牛渚西江夜,青天无片云。登舟望秋月,空忆谢将军。余亦能高咏,斯人不可闻。明朝挂帆席,枫叶落纷纷。"也怀古,但是,他那个思想境界,没往这方面考虑,一比就比出来了,那是李诗,这是杜诗。"片云天共远,永夜月同孤",越琢磨,越替老杜伤心,他就是这么一个苦人儿。下面尤其好,这个落日不一定就是天快晚了。

"落日心犹壮",和下面那个"古来存老马"意思一样,就是"老骥伏枥,志在千里。烈士暮年,壮心不已"。落日,一天到了黄昏时是落日,一生到了我这个岁数也是落日。虽然落日,可心犹壮,还想着做一番事业;"秋风病欲苏",在这个大热天过去之后又刮秋风了,实际上一年要过去了,"病欲苏",好像我的身体轻松一点了,不像以前那么重了,注意这里不是"病已苏"啊,而是"病欲苏",好像诗人的身体快复原了、快好了,但不是真"苏"。最后用老马比,"古来存老马",我说这里用马比自己有三层意思。这马,要是一匹老马的话,不在跑的路多,它已经跑不动了。一个意思是"老骥伏枥,志在千里"。虽然是老马,可是有千里之志。"烈士暮年,壮心未已",我还是有志报国,有志为国家做点贡献,这是一层意思。还有一层意思,《韩非子》里有个故事,齐桓公派管仲和另外一个人叫隰朋征孤竹。当时孤竹是个边远荒凉的国家,带着大队人马去了,结果到那儿迷路了,回不来了。隰朋就急得不得了,说糟了,我们孤军深入,即使打了胜仗也回不去了,怎么办呢?管仲说靠那个马,马认得路,它有经验,"老马识途"的典故就出在这儿。诗里说"古来存老马,不必取长途",不是跑的路多,而是它有智慧、有阅历,它认路。管仲说让马领路,果不其然,老马给引了路。"老骥伏枥"是一个典故,"老马识途"又是一个典故,但这都是从本身来说的,还有一个是从统治者来说的。他说"古来存老马","存"是慰问、体恤,等于我们现在说照顾老年人,要以人为本,以和谐为本,这就是存的意思。说"古来存老马",不是为了让它再继续去跑。这里头还有一个典故,见于《韩诗外传》。《韩诗外传》里有个故事,说田子方走到路上,看见一匹老马,就是杜甫《瘦马行》那个意思,一匹没有人管的老马被扔在路上,田子方看了以后很生气,他说这马年轻时为人效劳、替人奔走,苦了一辈子,现在老了,没人管了,"是不仁也",太不仁了。田子方这话是责备统治者过河拆桥的,人家给你卖了一辈子命,到人老了,老而遭弃,这是田子方发牢骚的话。所以这句有三层意思,我本人是老骥伏枥,有没有用处呢?我识途,我是老马,我可以领路,我有处事的阅历经验;另外还有一层,你们做最高统治者的,当官当权的人,应该考虑

考虑，一个知识分子，贡献了一辈子，到老了就遭遇像我这样的悲惨处境。杜甫老年的处境，大家都了解。"古来存老马，不必取长途"，想着让马跑长途是不行了，但是从当官的来看，应该对老马有所表示，应该"存恤"，"古来存老马"，说明你现在没"存"啊。这就跟杜甫说那个《瘦马行》似的，军队打完仗把马扔了，这太忘恩负义，太过河拆桥了。

附录一

游龙门奉先寺
望岳
登兖州城楼
题张氏隐居(二首)
刘九法曹郑瑕丘石门宴集
与任城许主簿游南池
对雨书怀走邀许主簿
巳上人茅斋
房兵曹胡马
夜宴左氏庄
过宋员外之问旧庄
临邑舍弟书至,苦雨黄河泛溢堤防之患,簿领所忧,因寄此诗,用宽其意
假山
龙门
李监宅二首
赠李白(五古)
赠李白(七绝)

二〇〇三年秋讲杜诗第一卷

我忽然间发现,手头这本浦江清、吴天五合注的《杜甫诗选》变成了珍本,因为里面抄了很多古人谈杜诗的材料。

　　　　游龙门奉先寺
　　　已从招提游,更宿招提境。
　　　阴壑生虚籁,月林散清影。
　　　天窥象纬逼,云卧衣裳冷。
　　　欲觉闻晨钟,令人发深省。

我们从《游龙门奉先寺》讲起。关于《登兖州城楼》,《杜诗详注》里引了张𬘡的说法,"考公作此诗时,年甫十五,而所作已如此,其得之天者,良不偶也。"这显然不对。如果《登兖州城楼》是杜甫十五岁作的,那前面的《游龙门奉先寺》和《望岳》就更没法办了。

《游龙门奉先寺》是在洛阳,唐代的奉先寺也很有名。这里有个问题。我看了《杜诗详注》、《杜诗镜铨》等好几家注本,都说题目是"游",而实际写的是"宿"。首句提到"游",而下面一直到最后,全是晚上的"宿"。那为什么不径直改个题目《宿龙门奉先寺》? 其实杜诗里有用"宿"字作题目的,如七律《宿府》等。古人在写诗的时候,题目很重要。有的题目是自己定的,有的是后人给起的。为什么这首诗的题目要这样起? 后来我仔细看诗,又想了一下,认为这诗是夜游,并不是天一黑诗人就在庙里睡觉了。

"已从招提游,更宿招提境",白天游的景致都不谈了。龙门奉先寺是古迹,估计游人很多,但是能在那儿过夜,欣赏到夜景的不多。如

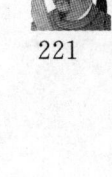

同张岱写杭州,《湖心亭看雪》,下大雪没人的时候,他去游赏;还有《西湖七月半》,专写夜景,因为平时有关城门的问题,一般没有人赏夜景。所以,就好比我们现在去逛颐和园、香山,在那儿住一夜的人,要写文章、写诗,一定会写夜景,因为那是一般人见不到的。这儿的杜诗也有此意思。谭献评周济的《词辨》,有一句话,说周邦彦的《齐天乐》"绿芜凋尽台城路",谭评曰:"扫处即生"。"绿芜凋尽台城路"这句是说夏天台城的风景词人不写了,词人要写的就是眼前看到的景色。不妨把谭献的评语移用到杜诗的这两句,意谓白天之游,就不提了,专谈夜晚的"更宿招提境",但实际上夜晚也是游。"阴壑生虚籁,月林散清影",前一句是听觉,"籁"是风声,虽然看不见,但夜晚山谷里吹来的风声能听见;后一句视觉,月光从树林里照下来,不是整的,故用一个"散"字,可以参考苏东坡的《承天寺夜游》。"天窥象纬逼,云卧衣裳冷",一作"天阙",不好,还是用"天窥"好。杨慎的说法可取,因为它跟下面的"云卧"相对,"天窥"即"窥天","云卧"即"卧云"。周汝昌先生《诵杜微音》一文,谈到这两句,可参考。仇注引的那些说法牵强,说"天阙"、"云卧"是地名,太生硬。其他"天开"什么的,都不好。"窥天"就是看天,寺庙里看到的苍穹,究竟跟在地平线上看到的不一样。"象纬逼",天上的星宿好像离自己很近,"逼"字用得好,不是说诗人上天了,而是说仿佛天上的东西离着自己近了。后一句并不一定是真冷,而是有点高处不胜寒的意思。"欲觉闻晨钟,令人发深省",看起来末两句有点虚,实际在庙里住,可以听见钟声,而"发深省"有禅意,有佛家的思想在里面。如果在外面住,听到钟声,像"姑苏城外寒山寺,夜半钟声到客船",那就不一定有"发深省"的意味了,而在庙里住则不同。"令"念平声,凡是作动词,读平声;而作名词,则念去声。但有个例外,就是作姓,"令狐"念平声。《杜诗详注》特别注出"令"读平声,这很好。

关于《望岳》,翁方纲的《复初斋文集》卷十一和《石洲诗话》卷六,各有一段大讲其"夫"。夫是代词,代指泰山,不是白用的,一直贯到底。俞平伯先生在课堂上讲"夫"挺有意思。《论语》里有"天何言哉!天何言哉!"而《鲁论语》则是"夫何言哉",俞先生认为"岱宗夫如何"是用《鲁论语》的"夫何言哉",可备一说。

这首杜诗真正写"望岳",就是"齐鲁青未了"、"阴阳割昏晓"、"荡胸生层云"和"决眦入归鸟"四句,老杜有时也很用"险笔"。八句诗,首句是问话,"造化钟神秀"是虚的,赞美泰山的巍峨气象;再近一步,"阴阳割昏晓",让诗人的视觉发生变化;再往前走,越走越高,所以"荡胸生层云",这是近处;远处看见鸟飞,"决眦入归鸟";末两句指未来,也是虚的。因此,这诗有一半都是虚笔。高明就高明在"齐鲁青未了"一句,太了不起了。过去,从齐到鲁是两个国家。换句话说,从齐进入鲁的边境,远远就看见泰山了,可是已经到了山附近了,还没望见泰山的边儿,泰山该是多么雄伟壮阔!我说《望岳》不仅仅是静止的望,只望不走;而是边行边望,越望越近,越走离山越近。

"岱宗夫如何",是未见泰山时心中所疑;而看到泰山的大轮廓是"齐鲁青未了"。然后越走越近,进入山内,所见令诗人大为惊叹,"造化钟神秀",仿佛大自然把最好的神秀的东西都寄托到泰山了;"阴阳割昏晓"一句,我认为旧注都有问题。我父亲有个讲法,开始我还怀疑,但后来认为我父亲讲的不错。谁都知道,古文里山的南边是阳,北边为阴。杜甫肯定是由齐入鲁,看泰山不会走到山背后——靠海的那边,而只能是面临大陆的一边。也就是说看山不会同时看见山的两边,除非我们今天坐飞机。山南水北为阳,这是常识。过去给小孩讲河的阴阳,拿一个茶杯,搁在太阳光的底下,一看就明白了。我父亲讲"阴阳割昏晓",不是指山的南北,而是指望过去,山是连绵起伏的、不平的,山的坡面接受阳光的地方,亮得很,很刺眼;而低洼的地方,不一定能接受到阳光,可能很昏暗。同一个平面上,有无阳光照射,亮度是大不一样的,对人的眼睛瞳孔的刺激也不一样,所以用一个"割"字,写出望山者视线的差异,就像刀切的一般,阴阳突变,光线的反映忽暗忽明。"荡胸生层云",越走越高,云气就像回荡在自己的胸口,指人在山的高处,被云所包围,这是近处;"决眦入归鸟",远处有个焦点,看见一只鸟飞,越飞越远,甚至把诗人的眼眦都看裂了,穷极目力,直至望不见为止。那是回山的鸟,飞得比较快,词里也有"宿鸟归飞急"。我又联想到老杜的《秦州杂诗》里说"抱叶寒蝉静,归山独鸟迟",形容归鸟用了一个"迟"字。杜诗很辩证,蝉如果一声不响,行人反而不知道树

上有蝉了。听见寒蝉的叫声,且声音极衰微,从有声音反衬安静;后一句说鸟飞得快,并不是慢,用"迟"字,实则是速。别的鸟早就回家了,这个鸟"耽误"了,落单了,所以拼命往家里赶。这两句说静倒不静,用迟而实速。杜诗之妙,可见一斑。《望岳》的五、六句说明诗人已经到了半山腰,最后"会当凌绝顶,一览众山小"是联想,请注意这里用"一览",而不是"一望"之类的。览者,乃鸟瞰的意思,俯瞰群山。这两句用的典故就是孔子"登东山而小鲁,登泰山而小天下",诗人没有把自己的安邦定国之志明写在诗里,但意思是可以体会到的。这种诗很多,如"欲穷千里目,更上一层楼"、"不畏浮云遮望眼,只缘身在最高层",站的越高,看的越远。除了视觉的感受外,杜诗更有一层俯瞰大千世界的意思。不妨把王之涣的《登鹳雀楼》略提一下。"白日依山尽,黄河入海流",前一句是眼前景,平常;后一句好,实际登鹳雀楼是看不见黄河入海的,看不见而想象着去写,气象就远了。

  上面讲的两首五古,算是一种类型,实际上都是律诗的写法。除了平仄以外,中间四句对仗工稳,可见杜诗还是很有创造性的。创新不是另起炉灶,完全撇开旧有的东西,我认为创新就是在原有的基础上出新。在杜甫生活的时代,五律已经比较成熟了,但是把律诗的做法尝试着往古诗里运用,这是很了不起的。另外,我说王勃的《滕王阁诗》绝不比《滕王阁序》差,"滕王高阁临江渚,佩玉鸣鸾罢歌舞。画栋朝飞南浦云,珠帘暮卷西山雨。闲云潭影日悠悠,物换星移几度秋。阁中帝子今何在,槛外长江空自流"。诗里的三四句是七律的格调,我们注意后面四句的平仄,平平平仄仄平平,仄仄平平仄仄平。仄平仄仄平平仄,仄仄平平平仄平。虽略有点儿拗,但是一首很完整的七绝。所以从初唐开始,诗人已经尝试把古诗融入有格律的诗里,或者倒过来说,用有格律的对仗、平仄关系尝试着写进古诗。杜甫的《游龙门奉先寺》、《望岳》都是如此。我觉得要讲唐诗,讲分体研究,不应该只就古体说古体、近体说近体,而应该找些这种边缘的创新进行研究。《游龙门奉先寺》和《望岳》,虽都是诗人青年时候的作品,但是杜甫已经在摸索创新,写古诗用律法。

  俞平伯先生在课堂上说,杜甫青年时写律诗就达到非常成熟的境地。《登兖州城楼》即是一首非常成熟、四平八稳、无瑕可指的五律。当然,要说它出类拔萃,也不是。其身手不凡之处,乃在于青年杜甫已经达到了别的中老年诗人写诗的火候。这是俞先生讲的。换句话说,杜甫在青年时期,已经走完了其他诗人一生走过的道路。杜甫的起步点就比别人高很多,所以后来的发展和水平,别的诗人无法企及。《登兖州城楼》这诗不用细讲,其优点在于具备五律应有的章法、句法和技艺,律诗的做法都包含在内了。"东郡趋庭日,南楼纵目初",杜甫的父亲在兖州做官,他来省视,登上城楼眺望。"浮云连海岱,平野入青徐",往东看,有海、有泰山,回过头来,平原一望无际。"孤嶂秦碑在,荒城鲁殿馀",这两句是怀古,鲁殿就指鲁灵光殿。"从来多古意,临眺独踌躇",前一句照应五、六,"临眺"照应第二句,同时把三、四句也涵盖在内。"踌躇"的内容实际就是怀古。这个结尾显得"平",不够精彩。有点像《游龙门奉先寺》的结尾,都比较虚。学作旧诗,搞不好,结尾往往出这种毛病,来两句不相干的话一补,就完成了。最后两句弄得不好,就是凑韵。好诗必然在最后两句有新意,《望岳》的最后两句就好,《游龙门奉先寺》的结尾似乎比《登兖州城楼》还略好些。

题张氏隐居

(其一)

春山无伴独相求,伐木丁丁山更幽。
涧道馀寒历冰雪,石门斜日到林丘。
不贪夜识金银气,远害朝看麋鹿游。
乘兴杳然迷出处,对君疑是泛虚舟。

(其二)

之子时相见,邀人晚兴留。
霁潭鳣发发,春草鹿呦呦。
杜酒偏劳劝,张梨不外求。
前村山路险,归醉每无愁。

《题张氏隐居》,一般的选本都不选,这两首诗,尤其第二首五律,

我和前人的观点一致，认为"未能免俗"。因为这种作五律的办法是比较容易的，七律也是如此。我觉得第一首七律是有毛病的，"春山无伴独相求"，既是"无伴"又"独相求"，当然是"独相求"了，词义重复，写诗弄不好往往就出这种毛病，杜诗也并非完美无缺，第一句是说诗人去拜访张氏隐居；"伐木丁丁山更幽"，这句还可以，但是把《诗经》里的话整个搬过来了，写路上所听到的。"涧道馀寒历冰雪"，按照仇注的说法，"冰"应该读去声，"仄仄平平仄仄仄"，这是个拗句。第三句写路不好走，因为在深山里，虽然是春天，但有高寒的天气，山里还没化冻；"石门斜日到林丘"，下半天了，终于找到张氏隐居，显然这地方比较远，诗人肯定也在这儿住了一夜。"不贪夜识金银气"，今天再作诗，即使作古诗，最好也不要用"金银"字样，所以我说这首杜诗未能免俗；"远害朝看麋鹿游"，"远"作为动词，念去声，yuàn。这句说主人是隐者，整天和麋鹿来往。"乘兴杳然迷出处，对君疑是泛虚舟"，我乘兴来访问，到了地方，就像进了桃花源一样，不知再往哪儿走了。"虚舟"用《庄子》里的典故，人即使心胸狭窄，在水上划船，被空船碰一下，也不会生气，因为船上没人，所以肯定不是有心撞的，故云"对君疑是泛虚舟"。费了好大好大的劲，才找到这地方，诗人是乘兴而来，有意拜访，用戴逵的典故，"杳然迷出处"，好像忘记了应不应该回去。看到主人，诗人倒好像变成"虚舟"了，坐在一个没有主宰的船上。乘兴而来，有意识来找主人，找到以后，不说兴尽而返，而说好像坐了一个空船，无心中走到这儿。言下之意，诗人赞美主人是方外之人，是隐者，是绝对没有"机心"和世俗尘俗之气的人，所以诗人倒疑心是坐着空船来的。换句话说，诗人是什么样的人，主人绝对不会过意的，绝对不会考虑的，因为隐者在山里呆久了，已经忘怀得失、清静无为。这首诗也有点四平八稳的，在七律里达到这种境界不太难。

　　下面的一首五律《题张氏隐居》其二，更刻板些，用《诗经》里的词儿太多了，诗的头两个字"之子"就出自《诗经》。第一首是初访，到第二首时来往已经很多了，可能访张氏隐居还不止这两首，但保存下来就两首，第一首是初次去，第二首五律在写法上有点技巧。"之子时相见，邀人晚兴留"两句是说请诗人去，就留住诗人，不让回来了。在这个环境里看到,"霅潭鱣发发,春草鹿呦呦",两句全用《诗经》。"杜酒偏劳劝",杜康是造酒的,酒是姓杜家里的,但是到主人这儿,反倒劳你劝我;"张梨不外求",姓张家里的梨是最有名的。我觉得这两句有点儿俗,用典的痕迹太明显了。那个"一览众山小"为什么好,就因为明明用"孔子登泰山而小天下",但典故含在字面里头,没在表面上。"鱣发发"、"鹿呦呦"太明显了,另外用姓杜、姓张的典故也容易落俗套。就像用姓名凑成对联,让人容易学。凡是那种一学就会的,想必境界不是最高远的。"前村山路险,归醉每无愁",尽管路不好走,因为路熟了,该怎么走就怎么走,心里有数了,不必发愁。这样的诗在杜诗里不算最好的。

讲了五首诗,归纳一下,有两个重要内容,一是以律诗的作法来作五古,如《游龙门奉先寺》和《望岳》;再一个五律的基本模式,《登兖州城楼》比较规范,黄生《杜诗说》里有段相关评论比较精彩,可以抄下来。(见《杜工部诗说》卷四)《题张氏隐居》的五律中间四句不免落俗,我记得《皖人诗话八种》里也有类似观点。我有个想法,如果能把《皖人诗话八种》里有关杜诗的评论条目都摘出来,集中起来,那用起来就比较方便了。

我以前开过杜诗的课,而且 20 世纪 60 年代纪念杜甫时,应北京图书馆的邀请,还在城里做过报告。我翻阅过大量谈杜诗的专著,杜诗的资料书实在太多了。1948 年,我去拜访梁实秋先生,他的客厅里空空荡荡,只有桌子和几把椅子,但在客厅的一个墙角,堆着一大批杜诗的专著,说是琉璃厂的人给他送来的,他还没有甄别挑选,就跟我说,你要用哪部,随便拿。但我当时跟他不熟,没好意思,不过我在那儿略事翻了翻。梁实秋后来好像也没有写出什么杜诗的专著。新中国成立后,萧涤非先生也专门组织人搜集有关杜诗的文献材料。我认为,如果有志于搞杜诗,广为搜罗杜诗的资料,还是很有必要的。

我们讲杜诗,需要涉及近体诗的五律、七律什么时间逐渐走向成熟。如杜诗的《登兖州城楼》、《题张氏隐居》等,写作技巧已经很成熟,但杜甫的同时,五律影响所及,还没有达到每一个诗人都能写出完整的五律作品。举例说明,王维的一首很有名的五律《辋川闲居赠裴秀才迪》,尽管"寒山转苍翠,秋水日潺湲",大家都认为是名句,诗也是名诗,可是三、四两句就不对仗了,"倚仗柴门外,临风听暮蝉",毕竟有缺点。固然王维的五律写得不错,实际上这时的五律还没有完全成熟。李白就更有意思,那首《夜泊牛渚怀古》"牛渚西江夜,青天无片云。登舟望秋月,空忆谢将军。余亦能高咏,斯人不可闻。明朝挂帆席,枫叶落纷纷。"一句也不对仗,虽然平仄没问题,但它不合五律的规范。我过去在课堂上就说,当时五律还不成熟,但有人就这么写了,而且还流传下来了,何况又是一首好诗。但是,不能因为有这么一首诗,我们就可以任意胡来。因为那是个无法企及的作家,那是李白写的。假如你是李白,你可以那么写。如果你自己有自知之明,说还够不上李白的份儿,那你最好别那么写。要那么写,就是自己给自己找遗憾。我的意思是,唐代开元年间,在杜甫前期,五律规范的程度还不是说已经到了无可逾越的阶段。一方面要讲具体的诗,另一方面还要看到当时流行的五律里,例外的还是不少。所谓例外者,就是不合律,不合规范。七律的成熟就更晚一些了。李白几乎就没有七律,据说李白佩服崔颢的《黄鹤楼》不得了,说"眼前有景道不得,崔颢题诗在上头",但是请问崔颢《黄鹤楼》的前半首是七律吗?"昔人已乘黄鹤去,此地空馀黄鹤楼。黄鹤一去不复返,白云千载空悠悠","空悠悠"是平平平,三平怎么能是七律呢?后面四句倒是符合律诗规范。李白模仿《黄鹤楼》作了一首《登金陵凤凰台》:"凤凰台上凤凰游,凤去台空江自流。吴宫花草埋幽径,晋代衣冠成古丘。三山半落青天外,二水中分白鹭洲。总为浮云能蔽日,长安不见使人愁。"五、六句也有问题,"青天外"怎么能对"白鹭洲"呢?另外,李白的诗集里还保留了一首《鹦鹉洲》,也学崔颢,但我怀疑那首是赝品,那诗实在不怎么样,不像李白的手笔。这些都说明,在杜甫的时代,五律没有完全成熟,七律就更不用说了。可以说杜甫写律诗是后来居上,比起同时代的人,他是一个先驱者。

刘九法曹郑瑕丘石门宴集

秋水清无底,萧然净客心。
掾曹乘逸兴,鞍马到荒林。

能吏逢联璧，华筵直一金。
　　晚来横吹好，泓下亦龙吟。

　　下面一连讲八首杜甫的五律，从《刘九法曹郑瑕丘石门宴集》到《夜宴左氏庄》，这八首都是杜甫早期的作品，可是也都很成熟，不妨进行比较，很有意思。我翻了一下，《杜诗镜铨》的评和注比较简单，比如《刘九法曹郑瑕丘石门宴集》，只有寥寥几个注，一个评语也没有。说明什么？说明这首诗不好，是一首纯粹的应酬之作。"秋水清无底，萧然净客心。掾曹乘逸兴，鞍马到荒林。能吏逢联璧，华筵直一金。晚来横吹好，泓下亦龙吟。"为什么说这首是应酬之作？严格说，诗里没有多少实际内容。其实就是两个不大的官儿请客，杜甫参加宴集。首两句平常，略有敷衍泛泛的意思，"客心"指诗人之心。宴会的地点很好，水清，景致也好，诗人把一切烦恼不快都忘怀了。中间四句写实，不过是应酬。"掾曹"指刘九法曹，"联璧"兼指刘、郑。"华筵直一金"写宴会很铺张，不过有点凑韵的意思。在唐朝说宴会，说一个人花钱奢侈，动辄用"万钱"，《饮中八仙歌》不就说"左相日兴费万钱"嘛，一金即万钱。这句为了协韵，就用一金。最后两句，写宴会上的音乐。在唐宋，凡有宴会，必有音乐。宴会的音乐好到什么程度？我估计也没什么特色，所以杜甫末了用虚笔，"泓下亦龙吟"，谁听过龙吟啊。因此我说这是地道的应酬诗，是思想价值比较差的一首。

　　　　与任城许主簿游南池
　　秋水通沟洫，城隅进小船。
　　晚凉看洗马，森木乱鸣蝉。
　　菱熟经时雨，蒲荒八月天。
　　晨朝降白露，遥忆旧青毡。

　　《与任城许主簿游南池》就比上一首好。好在什么地方？"秋水通沟洫，城隅进小船"，首二句很平常，"秋水"指城外的水，"沟洫"是护城河，"城隅"用《诗经·郑风》"俟我于城隅"。第二句说从城犄角儿划进一小船。这是从城外往城里写，城内外的水相通，坐船可以进出城。中间四句不太像城里的景象，仇注引《一统志》"南池在济宁城东南隅"，南池这块水可能连接城里城外，看景致还有点野趣，不是在繁华闹市开人工湖，还是自然景象。我认为第二句"城隅进小船"写的挺好，这种手法跟孟浩然的《过故人庄》有类似的地方。孟诗开头"故人具鸡黍，邀我至田家"，然后就上路了；"绿树村边合，青山郭外斜"，刚出城，看到远远的农村那边一片树林，等快到目的地了，回头一看，"青山郭外斜"。绿树、青山二句的境界好像跟这里的杜诗有点接近。林庚先生讲唐诗，在课堂上大谈"绿树、青山"二句，认为好。我理解所谓好，就是指用的辞藻不像谢灵运、鲍照等六朝诗人那样，写景致堆积辞藻，而杜诗写的朴实。"晚凉看洗马，森木乱鸣蝉"，挺有意思，诗人旁观池边有人洗马，这是眼睛看到的动作。第四句是听觉，请注意"看"是动词，而"乱"这里也作动词用。正因为树林多、蝉多，尤其黄昏时，蝉不是一个节奏，不同节奏的蝉同时在鸣，节奏不合拍，所以说"乱鸣蝉"。"菱熟经时雨"，时令接近秋天，菱芡之类的果实成熟了，"经时雨"，就是"好雨知时节"。这句虽写秋景，却显出生趣；而"蒲荒八月天"是开阔的大场面，中秋以后蒲草就一点点荒芜了，秋天的衰飒气象逐渐蔓延开来。"晨朝降白露"，点明节气，正是白露节的前夕；"遥忆旧青毡"，最后一句略显弱。关于这句，古人有个说法，说是思乡，我觉得没有多少根据。这实际用了《世说新语》的典故，王献之家里半夜来小偷，主人发觉了，就对小偷说，家里的东西你随便拿，唯独"青毡"是旧物，一定留下。旧物虽然不值钱，但是有纪念意义。照我的想法，这句有个特殊的意思。可能杜甫这时家里的生计，已经跟从前不一样了。他的生活可能已经不是那种裘马放浪的生活了，又快到白露节了，回忆起家里还有"青毡"，实际带有由盛转衰的意味了，而前面的"蒲荒八月天"也有衰兆的意思。当然，这也是我的臆测。总之，最后的结尾不算太理想。我个人有个判断，特别是五律，如果七、八句写得好，证明诗的水平高。换句话说，水平高的人写诗，不会让七、八的收句弱。

对雨书怀走邀许主簿

东岳云峰起,溶溶满太虚。

震雷翻幕燕,骤雨落河鱼。

座对贤人酒,门听长者车。

相邀愧泥泞,骑马到阶除。

《对雨书怀走邀许主簿》,跟上一首的对象是同一人,上一首和许主簿一块儿出游,这一首请他来喝酒。此诗有点幽默感,这得从后四句说起。"座对贤人酒,门听长者车","贤人"是褒义词,可"贤人酒"是比较次的酒,酒有点浑浊。"贤"跟"圣"相对,"圣"是比较好的酒。《羌村三首》里就说"父老四五人,问我久远行。手中各有携,倾榼浊复清。""浊复清",这里的浊酒就是"贤人酒"。"座对贤人酒"意思说我请你来喝酒,可是我这儿的酒不是最上品的,用"贤人"表示谦虚。"门听长者车",用《汉书·陈平传》的典故。陈平家里很穷,但外边老有阔人的车走过,"长者"总之指那种有权有钱有势的人。这句意思是诗人老怕人家不来,又赶上下雨,请人喝酒,酒也不怎么样,但诗人老注意外边的动静,看看客人是否来了。然后再客气一下,"相邀愧泥泞",下雨请你来,大概客人也不好意思不来,真要坐车来,从大门口走到屋里,路上还很泥淖。实在很惭愧,路不好走,但真心希望客人能来,"骑马到阶除",不一定摆谱坐车,你骑马来,可以直接进门,到门口的台阶。再看前四句,颇有幽默感。先是聚云阴天,然后雷雨就来了,雷电交加,震雷骤雨,确实写得好。"东岳云峰起,溶溶满太虚",雨还没下,但从泰山那边,山里的云就起来了,云简直像山峰一样,天空一下子浓云密布。"震雷翻幕燕,骤雨落河鱼",一个震雷,一下把燕子的窝都震翻了,真有震撼力,写的好极了;然后,骤雨倾泻而下。此处体物非常细腻,一般下大雨之前,空气湿度大,温度并不低,闷得很。因此鱼都浮到水面,甚至露出头,张嘴透气。可是意想不到的大雨把鱼从水面砸到水底去了,一下把鱼都打沉了。可见前四句的警语是非常有层次的。在这种震雷骤雨的情况下,诗人还希望客人来喝酒,所以后四句就用带有一点儿诙谐的笔调把这首诗写了。这首诗从水平、技巧、意

思来说，都不错。

巳上人茅斋

巳公茅屋下，可以赋新诗。
枕簟入林僻，茶瓜留客迟。
江莲摇白羽，天棘蔓青丝。
空忝许询辈，难酬支遁词。

《巳上人茅斋》带有一点隐逸诗的意味。过去我们一提唐朝人学陶渊明，就说王、孟、韦、柳，实际上王、孟属于盛唐，他们的诗写山水、写园林，固然跟陶渊明接近，但气象还是盛唐时代的气息。孟浩然还多少有些隐逸，但王维那是有钱人住别墅的感觉，王诗还是《左传》里的话，"其乐也融融"、"其乐也泄泄"，给人比较温暖的感觉，气象不是很衰飒。而学陶渊明另外的一面，是中唐的孟郊、贾岛、姚合，一直到北宋初年的林和靖、梅圣俞，然后到南宋的四灵，带有一点隐逸气。好的一面，是有林下之风；不好的一面，用苏东坡的话说，就是有点酸。《唐诗三百首》选了一首常建的《题破山寺后禅院》，其中"曲径通幽处，禅房花木深"两句很有名，那就带有一点隐逸的林下之风。

《巳上人茅斋》写一个隐居、有文化的和尚的茅庵，但诗人去找他，并不是谈禅、谈佛学，"巳公茅屋下，可以赋新诗"，巳上人是个诗僧，不是世俗的和尚，所以七、八两句才有着落。"枕簟入林僻，茶瓜留客迟"，住的房子、内宅很深很深的，在园林的深处，偏僻幽静，而且主人待客又是非常的热情。然后写外景，"江莲摇白羽，天棘蔓青丝"，我赞同朱鹤龄的注，莲花最好的不是粉红色，而是白色最漂亮。江莲在水上被风吹摆动，就好像一个仙风道骨的道人在那儿摇白羽扇。"天棘"经过好多注家的考证，我们姑且从《杜诗详注》，指天门冬，这是一种中药，爬蔓的，所以说"蔓青丝"。我为什么说这首诗有点像中晚唐诗，甚至于有点像隐逸诗？当然，宋朝初年九僧的诗，我们看的太少了，看不到了，但是林和靖、梅圣俞、四灵的诗，还是可以看到。隐逸意味如何体现？得用具体的东西来体现，请看诗里写了枕簟、茶瓜、江莲，天棘这词很生僻,而且用的典故也是和尚的典故。"茅斋",诗的表象就带有那种山林的隐逸之风,这诗开后来隐逸诗派的先河,跟陶诗不完全一样,它在很工整、很细腻的描写之中有种萧疏散淡的气质。"空忝许询辈,难酬支遁词",许询是晋朝玄言诗的代表人物,这里杜甫自况,杜甫说,我来访问您,您就好比是东晋的高僧支遁,那是有学问、佛法上乘、文化素养很深的僧人,这里把支遁比巳上人。

真正的好诗在后面,一般的杜诗选本选《房兵曹胡马》、《画鹰》、《夜宴左氏庄》的比较多,这是最好的诗,我对《夜宴左氏庄》非常欣赏。而《过宋员外之问旧庄》那首还不算太好。不过杜甫大概由于世交的关系,对宋之问还是有一定感情的,尽管很多人对宋之问的人品有微词。不过杜诗不涉及宋之问本人,诗里写了沧桑之感、今昔之感。

房兵曹胡马
胡马大宛名,锋棱瘦骨成。
竹批双耳峻,风入四蹄轻。
所向无空阔,真堪托死生。
骁腾有如此,万里可横行。

《房兵曹胡马》写一匹马。"胡马大宛名"的"宛"读 yuān,有的人读 wǎn,那就错了。这个字也念 wǎn,但那是地名,河南的宛城,《三国演义》里曹操和张绣打仗的地名,过去是兵家必争之地。但《史记》里"大宛列传"的"宛"不能念 wǎn。杜诗这里如果是仄声字,那就失粘了。杜诗是最讲究的,不可能出这种错误。"胡马大宛名",先说马的来路,没见过这匹马,但听说是西域来的所谓汗血马,好马、骏马;"锋棱瘦骨成",第一印象,这马不是肥马,不是养膘的马。然后具体写形象,"竹批双耳峻,风入四蹄轻",由形象逐渐转入神。后四句全写其神。一般来说,律诗前四句多作景语,后四句多作情语。这首咏马诗自然是咏物诗了,按规矩先写形、后写神,而后四句写神的太精彩了。"所向无空阔",这马哪儿都能去,不论多荒远的地方,照应最后一句。还有一层意思,即使在闹市,马也可以如入无人之境。请注意,写马之神,还转入人,"真堪托死生",如果主人骑上,把身家性命交给它,也没错的,这马太棒了。"骁腾有如此",这么一匹骏马,"骁"是勇,"腾"是飞,马的精神状态、体力、能力,全都十全十美。这句不是虚的,末句又结合到人,"万里可横行",如果主人骑上这马,哪儿都能去。杜诗的用笔技巧真是高啊,看《房兵曹胡马》的题目,有人有马,这马是有主的,不是野马,而且这是主人物色的一匹名马。所以先从马的来历写起,然后写马的形,从马的大轮廓写到耳朵和马蹄。即使没真看见马跑,但感觉马跑起来四条腿悬空,就像飞起来一样。然后再联系人,这样的骏马是可以托付性命的,后四句一句马、一句人,这首诗不但针线密极了,而且气势非常磅礴。有一次我跟周一良先生聊天,他问我当年念诗,从什么地方入手,我说当时父亲教我念诗,就让我念杜诗。周先生说,他对杜诗不熟,但"所向无空阔,真堪托死生"这样的句子是脱口而出的,说写马写得太神了,可见周先生也很欣赏这两句。

朱自清先生有篇文章叫《论逼真与如画》,说往往形容自然景物如画,而画又很逼真,像真的一样。这是从美学的角度来看文艺作品。这首杜诗《画鹰》明确了不是真鹰,可是尽量用逼真的写法来写。"素练风霜起",逼真到画的鹰如同活了一般。我父亲当时给我讲杜诗,认为"素练"应该是白金属的银链子,但我后来细想,认为不合适。朱鹤龄等说"素练"是画纸,画鹰的绢帛,应为确解。我想到,谢朓的名句"澄江静如练"的"练",不能通"金"字旁的链,所以把"素练"讲成"绦镞"是不合适的。《论语》里说"绘事后素",可见"素"是过去用来画画的,"澄江静如练"的"练"肯定是指白的丝织品。显然"素练"即指画画的绢帛。老杜真是天才,不止画的鹰栩栩如生,连"素练"都"风霜起"。画鹰之前,绢帛纸上居然出现了风霜的气氛,有意把风霜提在画鹰以前,有一种造势的作用,可知鹰的栩栩如生乃是必然。然后点明,"苍鹰画作殊",我认为"画作"是一个词,指绘画的作品,这幅绘画作品太高明了,太不同寻常了,绝非凡品。"㧑身思狡兔",看鹰在架上好像要飞,实际画上没有狡兔,诗人这是替鹰在想象;而鹰的眼睛"侧目似愁胡",就好像猿猴的眼神,"胡",猢狲。"绦镞光堪摘","绦"就是素练,"镞"是许多小环连接起来。"光堪摘"还是指闪亮的链条,很有立体感。"轩楹势可呼","轩"是窗户,"楹"是柱子,鹰所在的背景是临窗的地方,看那个意思简直就是呼之即来。"何当击凡鸟",最后想像,如果这是真鹰,让它出去击凡鸟,它一定可以不负众望,"毛血洒平芜"。

夜宴左氏庄

风林纤月落,衣露静琴张。
暗水流花径,春星带草堂。
检书烧烛短,看剑引杯长。
诗罢闻吴咏,扁舟意不忘。

关于《夜宴左氏庄》,我从仇注。首句各本皆作"风林",而唯独仇注作"林风"。请注意,"风林"跟"林风"的劲头儿是不一样的。"林风"是微风,一二级的微风;"风林"可不是,起码得五级以上,能震撼树林的风自然是大风。"林风纤月落",黄生《杜诗说》说得很好,"夜景有月易佳,无月难佳。按此偏于无月中领趣"。白居易的《暮江吟》"可怜九月初三夜,露似真珠月似弓",再过会儿月亮就沉下去了。这句杜诗的意思是原来月亮还看得见,纤纤月,细如眉目,看着看着月亮就没有了;"衣露静琴张",杜诗还有"萧然静客心",关于"静",我同意用安静的"静",不好用"净"。我有一篇读书札记,谈《诗经》的《静女》,我认为"静"就是现在的"靓",是好的意思。"琴瑟在御,莫不静好",静就是好,这是连绵的意思。"衣露静琴张"的"静",也是好的意思,但带有非常寂静的意味。古人弹琴,有时在院子里,不一定在屋里。这句是说身上都沾了露水,此时有人把琴摆出来准备弹。然后"暗水流花径,春星带草堂",写得太好了。"暗水"句是听见声音了,"春星带草堂"的"带"应该用《兰亭集序》来讲,"此地有崇山峻岭,茂林修竹,又有清流激湍,映带左右,引以为流觞曲水","带"字"仇注"说"拖带也",实在不怎么好,索然。"带"当"映"讲,但比"映"要活,如果说"春星映草堂",太死,诗味儿就差了。这就跟陶诗"少无适俗韵"远比"少无适俗愿"好,换"味"、"性"等字也不行,这是中国诗的特点。"韵"包含的东西太丰富了,气质、禀赋、精神状态等等,这个字太合适了,换任何其他字都

不行。"检书烧烛短",这个境界现在没有了,现在都是电灯,根本没这种感受了。为什么要检书?因为大家在那儿争奇斗胜地作诗,作诗得翻书啊。也可能是要求在多长时间内作出诗来,于是就检书,可是时间过的很快,时间就在检书的过程中不知不觉地流逝了。"看剑引杯长",上一句文,这句是武,欣赏宝剑,本来是个豪爽的事,因此就干杯,可是剑太漂亮了,拿着酒杯看剑就出了神,居然忘记喝酒了。所以这杯酒喝的时间就长了,这写得太好了。"诗罢闻吴咏",有人把诗已经写完了,用江南的吴音来读,于是就想到了归隐,范蠡扁舟游五湖。于是末句说"扁舟意不忘",虽然聚会很热闹,大家很有雅兴,但从诗人个人来说,繁华的聚会场面终究还是让人不能忘怀归隐的志趣。最后两句并不弱。这肯定是在北方作的诗,可有人用南方的读法来唱,于是乎就想到了要归隐。

过宋员外之问旧庄

宋公旧池馆,零落首阳阿。
枉道只从入,吟诗许更过。
淹留问耆老,寂寞向山河。
更识将军树,悲风日暮多。

《过宋员外之问旧庄》"宋公旧池馆,零落首阳阿",这两句好理解,"阿"是山根底下;"枉道只从入","只"读平声,当"但"讲,诗人是绕道特意要去看看宋之问的旧庄园,但这地方没人管了,任凭什么人爱去就去。"只从入",谁愿意去就去;"吟诗许更过",这次虽去了,但将来为了要怀念前辈,也许还有可能再来。下面凄凉的意思全写出来了,"淹留问耆老,寂寞向山河",诗人在这儿耽搁,想找个上岁数的人打听一下,当年这地方的情况,但山河寂寞,没找到人。这是诗人的愿望。后来欧阳修的《丰乐亭记》有类似意思,所谓"欲问其事,而遗老尽矣"。我想找耆老打听一下,但当时的知情人都去世了,找不到了。没找到人,只看见树,所以"更识将军树,悲风日暮多",用《哀江南赋》"将军一去,大树飘零"的典故,但要知道宋之问是文官,不是武将,这个典故用的稍稍有点名实不符。大树将军冯异,出自《后汉书》。庾信的《哀江南赋》活用典故,杜诗承之。不宜直接引《后汉书》。这种地方,必须得多读作品才能领会。我写过一个文章,谈欧阳修的《梦中作》,"棋罢不知人换世",都引六朝笔记烂柯山的故事,王质入山砍柴,看两人下棋,等到棋罢,看斧头柄都烂了。引此注欧诗一点没错,但我认为除了引六朝笔记以外,还应该注杜甫的《秋兴》,"闻道长安似弈棋,百年世事不胜悲。王侯第宅皆新主,文武衣冠异昔时",这才是欧阳修用"不知人换世"的本意,不能光从表面来看。

临邑舍弟书至,苦雨黄河泛溢堤防之患,簿领所忧,因寄此诗,用宽其意
　　二仪积风雨,百谷漏波涛。闻道洪河坼,遥连沧海高。
　　职司忧悄悄,郡国诉嗷嗷。舍弟卑栖邑,防川领簿曹。
　　尺书前日至,版筑不时操。难假鼋鼍力,空瞻乌鹊毛。
　　燕南吹畎亩,济上没蓬蒿。螺蚌满近郭,蛟螭乘九皋。
　　徐关深水府,碣石小秋毫。白屋留孤树,青天失万艘。
　　吾衰同泛梗,利涉想蟠桃。却倚天涯钓,犹能掣巨鳌。

下面讲一首五言排律《临邑舍弟书至苦雨黄河泛溢堤防之患簿领所忧因寄此诗用宽其意》,朱鹤龄的注,认为开元二十九年河南河北二十四郡发大水,仇注用朱注,将此诗系在开元二十九年。张𬘡注云:"此诗诸家皆编在开元二十九年,公是时年甫三十,而诗中有'吾衰同泛梗'之句,是岂其少作耶。徒以唐史此年有伊洛及支川皆溢,河南北二十四郡水,遂为编附。然黄河水溢,常常有之,岂独是年哉。集中如此类者甚多,不能遍举。"他不承认是少作,但我还是同意朱、仇等人的说法,张注有点问题。这次水势的确很大,不是一般的黄河泛溢的水灾。首先这是一首排律,为杜诗集中的第一首排律,杜诗里五排比较多,七言排律不多。仇注讲诗体,总是某种诗体在集中第一次出现时就解说一通。这首后面引了胡应麟等人的说法,胡还举了阴铿的诗作为例子,他认为唐人的排律是由阴铿的诗逐渐转化而来的。但是高棅的《唐诗品汇》认为排律这种形式,颜、谢诸人已经有了。我后来翻书,

所谓"永明体",包括谢朓等也有这类的诗,不过不是通体有意作排律,而是在一首诗里多多少少带几联,像律诗的作法。阴铿的诗,不过就是例子比较明显。我个人认为排律的形成也是个渐变的过程。唐代近体诗开始成熟,那么自然而然,排律也就逐渐流行。仇注引了诸家讨论排律的作法,归纳起来,有两个特点。第一,从颜、谢以来,用古人的话"声色已开",讲究声韵、讲究辞藻的风气日趋流行,特别是谢灵运,谢氏写诗实际是"以赋为诗",把汉人写赋铺采摛文的办法逐渐引到诗的创作上来,所以谢诗的辞藻特别丰富。而"以赋为诗"也不始于谢灵运,建安黄初时,如曹植等人的一些歌行体作品已开其端,但是辞藻不如宋、齐以后那么堆砌,越到后来辞藻堆砌的越多一些。排律这种形式,恰恰能够容纳"以赋为诗"的做法。自然的趋势就是近体诗成熟,排律也就成熟了。第二,篇幅既长,自然就得考虑诗的作法、布局、章法,所以读排律,就往往像读古文。间架结构非常类似写文章的起承转合。仇兆鳌也是用起承转合的模式来解释这首排律的,他说:"此诗前起后结,各四句,中间二段各八句。"首尾四句,中间两个八句,这跟写古文的起承转合是若合符契的,自然而然就得走这种路子。就拿《自京赴奉先县咏怀五百字》、《北征》来说,也得分段落,也要讲布局、章法、结构。当然写文章不限于一种模式,那么排律也不止一种模式,但这首杜诗比较典型。

我认为,所谓杜诗是"诗史",不应该是把《唐书》、《资治通鉴》的史实和杜诗一一对照,那似乎太牵强。"三吏"、"三别"等确是反映历史,可是"诗史"还有一层意思:社会上通常会有些现象是不适宜写到诗里去,不算诗料的,比如闹水灾。在杜甫以前,很少有人把闹水灾这种非常凄惨不幸的场面写到诗里去,但是杜甫竟然写了一首长诗。过去,我们从正面形容水大,汪洋恣肆,不是没有,郭璞的《江赋》、木华的《海赋》,专门写水,那是赋,写江海各种千奇百怪的形状和特点。古人说木华写《海赋》"胡不于海之上下四旁言之?"那是一种写法,而杜甫这首排律主要写水灾,极为少见。我们现在有时也闹水灾,能在电视机上看到水灾的实况,可是要用一二句话来形容当时的惨状,一片汪洋的场面,很不容易。这首杜诗里有两句"白屋留孤树,青天失万艘",

大家想想,现在电视画面的大水灾场面,就是这样啊,这才叫诗史。艘,现在都念(sōu),实际念(sāo)。"白屋"不是高楼大厦,而是指普通老百姓住的破房子,刘长卿的诗云"天寒白屋贫"。现在屋子都被淹没了,只剩下树尖了,这就叫"留孤树"。在风平浪静的时候,港口码头都是船,而在不是码头的地方,因为水灾一下子都被淹没了,一条船也看不见,这就叫"青天失万艘"。这都是异常现象,可是杜甫的笔下,能够把异常、不经见的景象用诗歌的语言写出来,既难得,而且又精彩。

头四句往大里写,"二仪"、"百谷"、"沧海"都是用非常浩大的词汇来形容,越这样形容,越有气势,越显出水灾的可怕恐惧。"二仪积风雨,百谷漏波涛",先是风大雨大;接着山洪暴发,泥石流出现,"闻道洪河坼,遥连沧海高",水势太大了,简直就是沧海横流。

第二段八句写人事,由远而近,由泛泛而谈写到实际具体。"职司忧悄悄,郡国诉嗷嗷",这是倒装句,不是职司在那儿忧心悄悄,而是有忧愁的人向职司去反映,所以职司也感到忧心忡忡;老百姓嗷嗷待哺,向郡国去诉。这是大范围的,下面再往小里说,"舍弟卑栖邑,防川领簿曹",这两句好像有点不太对仗,但仔细分析一下,拆开看,每个字的类别还是相同的。"尺书前日至,版筑不时操",可见那时的官员也得上"防洪第一线",舍弟来信,说得亲自参加防洪。"难假鼋鼍力,空瞻乌鹊毛","鼋鼍"、"乌鹊"是两个浪漫性质的典故,本来是说水大了,鼋鼍可以作桥,这里却说"难假鼋鼍力";乌鹊七月初七给牛郎织女搭桥,累得乌鹊身上的羽毛都脱落了,但只能干看着没有办法。这本来都是带有神话、浪漫气质的典故,杜诗用类似夸大的、不切实际的写法,说明水势浩大,人力难以挽回。想假鼋鼍之力,办不到;人只能看着乌鹊累得掉毛,没办法。意思是即便动物禽鸟都来给人帮忙,也无济于事。

下面写水势,"燕南吹畎亩,济上没蓬蒿",从河北到山东,甚至再往南,水势极大。"螺蚌满近郭,蛟螭乘九皋",大量的用铺排的写法,水里大大小小的动物都爬到岸边,甚至上岸了。"徐关深水府,碣石小秋毫",徐关本是高峻的关隘,结果都被淹到水下了;远远看去,碣石山变成秋毫一般了,换句话说,就露点山尖了。"白屋留孤树,青天失万艘",大面积的农田、庄舍都被淹了,只剩孤零零的树;水势连天,可是一只船也看不见。这还有一层意思,就是指抢救的人力、物力跟不上。

后四句,仇注云:"末乃寄诗以宽其意。"是否仅仅为了宽慰?还有的注解说这种描写带有诙谐的味道。我不同意。"吾衰同泛梗","吾衰"当然是用《论语》的典故,我认为这不仅指杜甫本人,而同样指受灾、救灾的人。能力达不到了,我们这些面对水灾的人命悬一线,就像漂在水上的梗一样,非人力所能挽回,这是用《战国策》的典故。张綎因"吾衰"一词就臆测这不是杜甫年轻时所作的,近乎穿凿附会。"利涉想蟠桃",用《易经》的典故。如果我们最后能渡过劫难,想象着还能找到仙人吃的东西。"却倚天涯钓,犹能掣巨鳌",最后用一种浪漫的手法,实在写出了诗人在灾难中个人的抱负。这不禁让人联想到《茅屋为秋风所破歌》"安得广厦千万间,大庇天下寒士俱欢颜"的理想。诗人是有远大理想的,面对这样的水灾,个人是无能为力的。但是诗人设想,总有一天,人能控制洪水,想像着"利涉",逢凶化吉,能够找到蟠桃。"倚天钓鳌"就是人定胜天,有朝一日人的力量可以胜天,那就可以倚天涯而钓,甚至能抓住巨鳌。李白的那种夸张、浪漫的笔调,是建筑在现实的生活经验之上的。而杜甫,大家虽然都说他偏向现实主义,但他有时候也有一种浪漫夸张的宏伟的理想。最后表达了诗人宽阔的胸襟、远大的理想,不是故作狂言。

假山

一匮功盈尺,三峰意出群。
望中疑在野,幽处欲生云。
慈竹春阴覆,香炉晓势分。
惟南将献寿,佳气日氤氲。

《假山》一首挺有意思,诗前有长序,已经有人批评杜甫写文章似通不通,比如《观公孙大娘弟子舞剑器行并序》的序里有的句子就很难懂。也有人替杜甫辩解,说是故意为之,风格如此。我认为杜甫散文写的是不太理想,确是如此,不必讳言。序云:"天宝初,南曹小司寇舅于我太夫人堂下壘土为山,一匮盈尺,以代彼朽木,承诸焚香瓷瓯,瓯甚安矣。旁植慈竹,盖兹数峰,嵚岑婵娟,宛有尘外致。乃不知兴之所至,而作是诗。"杜甫的舅舅为其祖母做一假山,原来是木头架子,但烂了,香炉也摆不好了,最后舅舅想办法,垒土做成假山,香炉放在上面就牢靠了,旁边还有慈竹点缀。杜甫之所以"兴之所至",是因为假山可以提供作诗的材料,而朽木一定引不起人的兴趣。

  这是一首应酬诗,序文不算很漂亮,但意思都在序里。如果一首诗有序,最好序和诗里的意思不重复。请看姜夔的词,大多都有序,但序和词的内容总是有出入的,就像差额投票,不是序和韵文一样。前人有批评,说姜夔词不必作了,留序就可以了。其实姜夔的序和词还是有出入分别的。这首应酬诗等于为其祖母上寿的,而且垒山、点香炉,有点祝福寿比南山的味道,所以最后讲"惟南将献寿,佳气日氤氲"。"一匮功盈尺,三峰意出群",假山还不止一座山峰,"慈竹春阴覆,香炉晓势分",都跟序里意思类似。"望中疑在野,幽处欲生云",明明在花园里弄假山,但很有野趣,似乎假山的幽僻处都能生出云来。出入在什么地方?也就是说这首诗除了应酬祝寿的意思以外,特点在哪儿?杜甫要说明朽木终于是朽木,土山虽然人工垒成,但比朽木强。这首诗的用心所在,关键在于假山虽然垒土为之,但替代的是朽木。不但瓷瓯可以安置,而且还添了胜景。我说杜诗有新意,此处就是用心所在。这诗也不算多好,但里面有特点,就是说巧夺天工。原来朽木做的香炉架,不牢靠的。现在垒了假山,巧夺天工是一层;把朽木用土山来替代,这是第二层;垒好假山又出现了一个比较漂亮的景致,而且这景致还可以上寿,一举数得。

  刚才说序和诗总得有出入,意思得有不重复的地方。杜诗序的重点在于忆土山以代朽木,诗的意思就突出了可以为太夫人寿,可见多少还是有些不同的。

龙门

龙门横野断,驿树出城来。
气色皇居近,金银佛寺开。
往来时屡改,川陆日悠哉。

　　　　相阅征途上,生涯尽几回。

　　《龙门》一首专写洛阳城外的龙门山,其特点有两个,首先写龙门的全景全貌,从远处写起。当时洛阳是陪都,有巍峨的气象。另外,不止写一个庙,庙都很讲究,装饰很华丽漂亮。"龙门横野断",从城里往城外看,龙门山整个把平原隔开了,"驿树出城来",沿着大路往龙门走,一路都是树。"气色皇居近,金银佛寺开",一句写城里的气象,一句写许许多多漂亮的庙宇。"往来时屡改,川陆日悠哉。相阅征途上,生涯尽几回",前四句写景,后四句有今昔沧桑之感,乃是人事的变迁。杜甫去龙门也不止一次,来来往往,就是"萧条异代不同时",即物是人非。每次都走这条路,但每次碰见的人和自己的遭遇都不一样。换句话说,就是把人事变迁用比较抽象的诗歌语言写出来。这诗不一定非常好,前四比较具体,后四比较抽象,这是一种写法。

　　　　　　　　李监宅
　　　　　　　　（其一）
　　　　尚觉王孙贵,豪家意颇浓。
　　　　屏开金孔雀,褥隐绣芙蓉。
　　　　且食双鱼美,谁看异味重。
　　　　门阑多喜色,女婿近乘龙。
　　　　　　　　（其二）
　　　　华馆春风起,高城烟雾开。
　　　　杂花分户映,娇燕入帘回。
　　　　一见能倾座,虚怀只爱才。
　　　　盐车虽绊骥,名是汉庭来。

　　《李监宅二首》我个人认为都带有讽刺的意味。李监究竟是谁,我们也不去细考了,监是官名,读 jiàn。第一首对主人有讽刺的意思,《杜臆》云:"起语与五六,俱含讽意。""尚觉王孙贵,豪家意颇浓",本来我已经觉得他是皇帝的同宗同族,等到我进入其家,更知道这是富豪权贵之家。第一句说贵,第二句说富,王孙之富贵,跟市侩的富贵还不一样。"屏开金孔雀,褥隐绣芙蓉",隐是靠的意思,屏风上画的是孔雀开屏,靠的是垫子,榻上绣的芙蓉。"且食双鱼美,谁看异味重",仇注引古乐府和《左传》,说家里吃的奇珍异味。我觉得这里用《冯谖客孟尝君》的典故,冯谖说"长铗归来乎,食无鱼",于是孟尝君就满足他的要求。杜甫作为一个平民百姓,到了贵族很华丽的地方,有酒宴款待,有鱼吃,谁想到还有比鱼更高级的奇珍异味呢?一个身份比较低的穷人跑到贵族家里,用这种口气,所以带有讽刺意味。"门阑多喜色,女婿近乘龙",这家人为什么这么高兴呢?原来是有好的"裙带关系"。所以这首确实是有讽刺的意思。

第二首"华馆春风起,高城烟雾开。杂花分户映,娇燕入帘回",仇注先引六朝魏澹的诗,后引放翁的"杨花穿户入,燕子避帘低",认为陆游诗"本于杜句,而姿致不减"。前四句描摹了一个带有园林的贵族的厅堂,三、四写得不错。关键在后四句,我的观点跟仇注等都不一样。"一见能倾座",说诗人受到主人的款待,而且待以上宾之礼,"倾座",用《史记·魏公子列传》里信陵君对侯嬴礼贤下士的典故,贵族当众对一个寒士执礼甚恭,引起满座的人都对其注意;"虚怀只爱才",主人虚怀,爱诗人之才。"盐车虽绊骥",有的注解认为富豪李监是盐车上的千里马,这不对。千里马实指杜甫,虽然现在我不得志,被盐驹捆住了,但是从这儿出去,就有说法了,我是从某某贵族家里出来的,所以"名是汉庭来"。千里马虽然目前还没有人赏识,可是有朝一日,人家提起我,就像宾客以见李膺为荣,如同登龙门一样。等我再出来,就是"我的朋友胡适之"了,能够借此沾光。有的注解把千里马讲成李监,说他现在不得意,但到底是名门出身。恐怕不能这么讲。物质条件这么优越,还说是一个不得意的千里马,这讲不通。

赠李白(五古)

二年客东都,所历厌机巧。
野人对腥膻,蔬食常不饱。
岂无青精饭,使我颜色好。

苦乏大药资,山林迹如扫。
李侯金闺彦,脱身事幽讨。
亦有梁宋游,方期拾瑶草。

《赠李白》是五古,名为送给李白,实则是杜甫本人发牢骚。前八句完全说诗人自己,后面说到李白,大概李白要离开洛阳,往东边的开封、商丘那边去。实际前八句都是诗人自况。"二年客东都,所历厌机巧。野人对腥膻,蔬食常不饱",这时杜甫在东都洛阳好像已经不得意了,所以自称"野人","机巧"、"腥膻"都是贬义词,"常不饱"已经跟后来的《奉赠韦左丞丈二十二韵》的"饥鹰未饱肉,侧翅随人飞"的意思差不多了,虽然还没到曹雪芹吃竹子的程度,但"蔬食"也常常不饱。"岂无青精饭,使我颜色好。苦乏大药资,山林迹如扫",这里有个意思很妙,当时隐居也得有点本钱,隐居也要够资格,杜诗就说,不是没有"青精饭"之类的好东西,可是我吃不到;想隐居,但又缺少"大药资",一作"买药资",但还是"大"好。正因为没有隐居的本钱,山林也去不了,此路不通。写古诗总是有"以文为诗"的路数倾向。就像讲排律,篇幅长了,总要有结构间架、章法层次,这就是文章的写法了。这里前八句"以文为诗"的痕迹还不明显,但好多的话往往不是顺着说的,而是故意转折说的,比如"野人对腥膻,蔬食常不饱",不说常挨饿,说"常不饱";"岂无青精饭,使我颜色好",言下之意就是诗人搞不到"青精饭";"苦乏大药资,山林迹如扫",想着干这个不行,干那个也缺乏前提。虽然就八句,但里面的转折很多,这也是一种写法,不是平铺直叙。有时一首诗、一首词写得好,主要还看会写不会写。杜诗这八句就显得转折层次多。再比如辛弃疾的《摸鱼儿》"更能消几番风雨",上来就有层次,春天本不怎么样,再加几番风雨,就更不怎么样了,一句里就有层次。"惜春长怕花开早,何况落红无数",又在那儿转折。直说有直说的好处,李后主就直说。辛弃疾就吞吐转折着说,辛词的三句话就转了好几个弯子。我们常说李后主的词是"白描",直话直说,"人生愁恨何能免,销魂独我情何限",全都摆出来了,不拐弯有不拐弯的好处,拐弯有拐弯的好处。像杜诗,就要注意如何拐弯。诗人在城市里生活不下去了,想隐居又办不到,就这层意思,但杜甫转折吞吐着说了半天。

　　当时的李白,从长安到洛阳,供奉翰林的那一段辉煌已经过去了,走下坡路了。"李侯金闺彦,脱身事幽讨",首先捧一句,说李白供奉翰林很荣耀,次句说李白也倒霉了,但说友人很含蓄,说自己比较直,"幽讨"就是要去山林僻静的地方遨游。言下之意,李白从显达转变成走隐逸的道路,不走宦途了,转而山林江湖了。但这毕竟是杜甫送给李白的诗,自己发了一通牢骚,你的处境跟我差不多。"亦有梁宋游,方期拾瑶草",你将要到梁宋去,我希望你能满足自己的愿望,话说到这儿就够了,再往下重复就不好了。前八句以转折见长,后四句以含蓄见长,适可而止。

赠李白(七绝)

秋来相顾尚飘蓬,未就丹砂愧葛洪。
痛饮狂歌空度日,飞扬跋扈为谁雄?

　　下面说七绝《赠李白》。"仇注"有个体例,某种诗体第一次出现,诗后就征引很多相关的资料,而《赠李白》是杜甫诗集里的第一首绝句,所以后面就详细解释绝句,在此我就不重复了。首先有一个问题,"飞扬跋扈"现在都变成贬义词了,所以有的注解说杜甫写此诗给李白有讽刺的意思。我不同意,我觉得李、杜的关系那么好,为什么会有讽刺? 不能现在用惯了,就光从字面上看问题。"秋来相顾尚飘蓬",诗人是飘蓬,而李白也是飘蓬,彼此的身世、经历、遭遇、境况都像飘蓬一样无所依托,所以这句乃两方面并提。因为李白好道术是久已闻名的,所以杜甫次句用"未就丹砂愧葛洪"来比喻自己,这不是说李白,而是诗人自比。葛洪是道家出类拔萃的人物了,当初葛洪主动要求去南方作勾漏县令,因为那儿出丹砂,可以满足炼丹修道的愿望。这句说的是杜甫自己,可兼顾到李白。我没有像葛洪那么运气,跑到南方去得到炼丹修道的机会,所以我的处境"愧葛洪",不如葛洪。当然,李白也不如葛洪的机遇好。后两句主要写李白,可是里面也有自己。"痛饮狂歌空度日,飞扬跋扈为谁雄","痛饮狂歌"不见得是褒义词,相反

"飞扬跋扈"也未必是贬义词。我认为这两句其实是互文见义。杜甫也是个酒徒，有一点钱就去找郑虔，二人买酒痛饮，喝得痛快淋漓，所谓"忘形到尔汝，痛饮真吾师"。杜甫还写过《醉歌行》，杜诗还说"酒债寻常行处有，人生七十古来稀"，他也是极爱喝酒的。所以"痛饮狂歌"和"飞扬跋扈"是互文见义，彼此兼写，李白是"痛饮狂歌"，杜甫也是"痛饮狂歌"，两人都是"空度日"。"跋扈"出于《后汉书·梁冀传》，说梁冀是跋扈将军，一般认为是贬义词，所以这句杜诗也被认为是含有讽刺。关于"飞扬"，我们现在经常说一个人"神采飞扬"，不一定就是贬义词。"飞扬跋扈"可能还是杜诗第一个连在一起的，就我的印象，最早出于杜诗。而这句的意思就是说，我们"痛饮狂歌"是因为胸中有块垒，需要发泄，壮志未酬，所以"空度日"。我们有时也撒酒疯，也瞧不起人，有时觉得自己了不起，可是"为谁雄"？有什么用呢？谁能理解我们呢？"仇注"有一句话"惜白之兴豪不遇也"，说得很对。可惜李白兴致很高，但他不遇。仇注又说"赠语含讽，见朋友相规之义焉"，这话就不一定合适了。因为这里也有杜甫自己在内，杜甫年轻时的豪情盛气，不见得就比李白差。不过李白一直到死都是豪情不减，而杜甫到后来，说不客气话，有点世故老人的味道。我认为杜诗的三、四句是两人都处在百无聊赖的环境里，彼此相慰藉的话，而不是讽刺的话。关于"跋扈"，"跋"出自《诗经》，旧注说扈是鱼的尾巴。"跋扈"用现代汉语来讲是最妥当不过的，就是翘尾巴。换句话说，你已经不得意了，已经倒了霉了，还翘什么尾巴？杜诗就是这意思。而这不专指李白，所以我认为这两句是互文见义，未必是讽刺李白。试想，两人是好朋友，处境差不多，志趣差不多，为什么不能这样说？我们有时愤愤不平，觉得自己一肚子牢骚，可是究竟有什么用呢？谁能看出我们是英雄豪杰？所以这首诗，我的讲法跟前人略有不同。

附录二

莎斋笔记
读杜一得

江上值水如海势聊短述
月夜
望岳
自京赴奉先县咏怀五百字
羌村
春夜喜雨
茅屋为秋风所破歌
移居夔州作
登兖州城楼
哀江头
观公孙大娘弟子舞剑器行
八阵图

附录二　莎斋笔记　读杜一得

往日撰小文说杜甫《茅屋为秋风所破歌》中"下者飘转沉塘坳"的"沉"字应作"深"解；谓《奉先咏怀五百字》中"默思失业徒"的"失业"乃用《汉书·食货志》，指农民失去土地田亩。皆为识者所谬许。近又读杜甫《九日蓝田崔氏庄》，其诗末二句"明年此会知谁健，醉把茱萸仔细看"，有的注本将诗中的"把"字讲成现代汉语中的助动词，这恐怕不对。李白诗"手把芙蓉朝玉京"，苏轼词"把酒问青天"，"把"字皆握、持、执之义，犹今语中的"拿着"、"举着"。玩其诗意，盖指重阳登高之际，人们都插茱萸于首或系茱萸囊于臂，王维诗"遍插茱萸少一人"可证。而杜甫本人则感时嗟老，于篇末设想明年再聚会时自己未必还能健康地来参加，故未将茱萸插头或系臂，却拿在手中把玩不止，其感慨惆怅之意溢于言表。如解为只在醉中仔细端详那茱萸花，便感到诗味顿失了。

又如杜诗名篇《江上值水如海势聊短述》的前四句云："为人性僻耽佳句，语不惊人死不休。老去诗篇浑漫与，春来花鸟莫深愁。"时人每不得其解。门人沈玉成君，生前曾为我转述钱锺书先生的讲法，窃以为最为贴切。意思说自己性喜作诗，最耽溺于出语惊人，故一诗写就，总希望做到"语不惊人死不休"。但如今年纪大了，写诗不过随手成篇，漫不经心，"浑漫与"者，犹言简直是信手敷衍对付而已，其意殆与前两句相反。盖谓现在人老了，写诗有点随随便便，因此春天的花鸟也不必发愁担心，怕被我刻画得惟妙惟肖了。必如此解，上下始能连贯一气。正由于自己写诗已不如往日那么呕心沥血，眼前有景也很难描绘尽致，因此才想到如果此时有像陶渊明和谢灵运那样的诗歌圣手同我一起观赏目前的奇观妙景，则可以请他们写诗，而不需自己费心了。此即篇收句"焉得思如陶谢手,令渠述作与同游"二句的涵义。故我悟出一个道理,杜诗必须细读,始能获其确解,草草读去,是很难体察出其精彩所在的。

杜甫《月夜》"香雾云鬟湿"二句补说

先师俞平伯先生旧释此诗"香雾云鬟湿"二句为形容嫦娥,即"月中广寒仙子",并引《琵琶记·赏秋》唱词云:"香雾云鬟,清辉玉臂,广寒仙子也堪并。"下加按语云:"后例虽不足以明前,但我想,高则诚的看法是对的。他说广寒仙子堪并,要比指杜夫人说高明得多。"文载1947年某期《大公报》"星期文艺",而晚年出版之《论诗词曲杂著》未收。笔者夙是其说,乃代先师交袁行霈君编入《历代名篇赏析集成》,并附以笔者跋语。跋中有云:其实杜诗此两句为后来诗词作家开了无数法门,只是这些诗人没有明白表示罢了。如许浑、陆畅、李商隐以及苏轼的诗词中,都曾把"婵娟"作为"月"的代称,亦即把月看成广寒宫里的嫦娥(上引文见《赏析集成》794至795页)。后读宋人别集,得李纲《江南六咏》,其三有云:"江南月,依然照吾伤离别。故人千里共清光,玉臂云鬟香未歇。""千里共清光"者,犹"千里共婵娟"也。而"玉臂"句乃"清光"之补充形容语,指月而非指人可知。盖故人遥隔千里,何从知其"香未歇"耶?正唯指嫦娥,始可作此语耳。平伯师文中引周邦彦[解语花]"桂华流瓦,纤云散,耿耿素娥欲下"以释"香雾",正与李纲此诗异曲同工。虽皆为引"后作"以证前,然古人读诗每能得前人诗中真谛,足资吾人今日读诗之佐证,未可遽以时代之先后论也。

又《子夜秋歌》:"凉风开窗寝,斜月垂光照。中宵无人语,罗幌有双笑。"疑杜《月夜》末二句"何时倚虚幌,双照泪痕干"亦从此歌领悟演绎而出。化浅俗鄙俚为雅洁温柔,乃老杜之真本领也。因释前句而附记于此。

说《望岳》

岱宗夫如何？齐鲁青未了。造化钟神秀，阴阳割昏晓。荡胸生层云，决眦入归鸟。会当凌绝顶，一览众山小。

《望岳》虽杜甫少作，实有创造性。盖以五律近体之作法写仄韵古诗，故中间四句亦如律诗之颔联颈联，对仗极工。前人释此诗，每强调"望"字，遂多曲解。其实此诗乃写边登山边望岳之实际感受，不独距山愈行愈近，抑且入山愈登愈高，非静止而望之也。其层次大抵如下：

第一句写未见泰山时心中已生一悬念；第二句则目光已及泰山山脉之外围，自远处望之，山势绵亘齐、鲁两地而山之青苍之色了无边际，直无从尽收眼底，则山之巍峨雄伟已可想见。三、四两句，则写已望见岱宗之主峰矣。三句泛写，极言自然造化之力将其最神奇秀出（秀者突出也，非仅状其秀丽而已）之特点聚集于泰山一身；四句实写，谓山之高下起伏能变易光线之明暗。旧注谓阴为山北，阳为山南，信然；然此非望山者目力所能见及者。望山者只能望其一面，绝不可能同时既见山北，又见山南。盖人行于岗峦起伏之间，日光下射，时隐时现，山之坡陀或受日或不受日，有阳光处则晓，无阳光处则昏；边行边望，目力所及，光线忽明忽暗，变化极骤，故人之感官亦随之产生急剧变化，是以作者下一"割"字以写出此种急剧变化之实感。五、六两句，乃入山渐深、距山渐近、登山渐高之感受。身边有层云荡胸，天外则目逐归鸟至于眦决，皆愈登愈高时所见。近人多以王嗣奭《杜臆》之说先入为主，所解不免穿凿。如解第五句为"望着山中云气层生，使人心胸为之开豁，有云气荡涤人心胸的感觉"，实模棱两可。鄙意非但"感觉"而已，而应解为云气层生，在人胸前回荡。又如解第六句"决眦"为"纵目"，则将实际感受释为虚泛之笔，似失作意；鄙意以为仍当从蔡梦弼《草堂诗笺》之说为是。蔡云："目眦决裂，入于飞鸟之归处。"浦江清、吴天五两先生合注之《杜甫诗选》引申蔡笺，宜可信也。末二句预写将来，言一旦登临绝顶，则群山自小。虽为题中应有之笔，实亦兼寓作者

自身之抱负。其用《孟子·尽心上》"孔子登东山而小鲁,登泰山而小天下"之意,前人已屡言之。此作者早年之作,故志意恢宏,吐属不凡,豪放遒劲,实胜晚年颓唐感伤之笔,正以见其"窃比稷与契"之壮怀,不得以其用孔子之典而少之也。

  此诗佳处,窃谓在于作者胆大而思精。胆大者,全诗仅八句,而虚写之笔竟有四句之多(第一句以泛问句领起;第三句亦较抽象;七、八两句则预写他日登绝顶时情景;皆虚笔也),实写"望岳",仅馀四句,乃全无拘墟局促之态,非力能扛鼎者不克臻此。思精者,则指四、五、六三句摹写之深细,无生活实践者固写不出,而遣词造意皆自两汉古赋化出,正作者"精熟《文选》理"在创作实践中最确切之例证。杜之为"诗圣",自此诗已见端倪。

  此诗之第一句既以泛问句领起,故前人亦多言及。如"夫如何"之"夫"字,翁方纲《石洲诗话》卷六及《复初斋文集》卷十一《与友人论少陵〈望岳〉诗》皆言之綦详。其略曰:"此一'夫'字,实指岱宗言之,即下七句全在此一'夫'字内。盖少陵纵目遍齐、鲁二大邦,而其青未了,所以不得不仰叹之。此'夫'字犹言'不图为乐之至于斯',斯字神理,乃将'造化神秀'、'荡胸层云'诸句,皆摄入此一'夫'字内,神光直叩真宰矣,岂得以虚活字妄拟之乎?"又云:"'如何'者,仰而讶之之词。"乍读之似近于附会,细绎之亦未尝无理。盖诗人竟敢以语助词入诗,在盛唐诗中诚为蹊径独辟。宋人效之,则不免有头巾酸馅气矣。俞平伯先生昔年在北大灰楼讲授杜诗,谓此句之"夫"字实本于《鲁论语》"夫何言哉"句"夫"字之用法(今本《论语·阳货》作"天何言哉",翟灏《四书考异》以为当作"夫")。予则谓杜诗中用"如何"字,有两处为赞叹语气,此诗其一也;另一处则为《赠高三十五书记》"美名人不及,佳句法如何"之"如何"是也。并录以存参。

说"默思失业徒"

  二十余年前聆某教授讲杜甫《自京赴奉先县咏怀五百字》,于篇末"默思失业徒,因念远戍卒"二句,释"失业徒"为今语"失掉职业"或"找不到工作的人"，虽非显误，终欠妥帖。按，以"业"为"营生"或"职业"，六朝已然，如《桃花源记》"武陵人捕鱼为业"之"业"是也。然"失业"连用，则义与此殊。此二句之上文，作者云："生常免租税，名不隶征伐。"清人汪灏《树人堂读杜诗》更于"默思"二句有批语，上句批为"提起一种租税人"，下句批为"又提起一种征伐人"。然则"失业"云者，盖与租税有关。以今语释之，则"业"乃指农夫之产业即土地田亩，而非指职业、营生或工作也。

古人注杜，于此句每不措意。非失之眉睫，实以旧时于"失业"之意本无歧义或误解，故以为无须加注耳。仇注引《汉书·谷永传》，亦但取字面而已，初无助于读者对词义之理解。如改引《汉书·食货志》，则其义自明矣。《汉书·食货志上》云："汉兴，接秦之敝，诸侯并起，民失作业，而大饥馑。""民失作业"，即百姓失却可耕作之产业，故有大饥馑也。《汉书·食货志下》云："于是农商失业，食货俱废。"则兼指农夫之土地与商贾之财货。杜此句"失业徒"，当显指丧失田亩之农夫无疑。苏轼《李氏园》诗："当时夺民田，失业安敢哭。"以"失业"为果，"夺民田"为因，义极醒豁，足为正确理解杜诗此句之得力佐证。

说"畏我复却去"

一

757年4月，杜甫从沦陷在安禄山手中的长安逃到凤翔，这年秋天，他告假回鄜州探望妻儿。到家不久，就写了三首《羌村》。第二首开头四句是："晚年迫偷生，还家少欢趣。娇儿不离膝，畏我复却去。"第四句历来有两种解释。一种以仇兆鳌为代表，他说："不离膝，乍见而喜；复却去，久视而畏。此写幼子情状最肖。"另一种则以金圣叹为代表，他把这句讲成孩子怕杜甫再离开家，"绕膝慰爱，畏爷复去"。

人民日报曾刊载了萧涤非先生一篇文章，主张后说。我则主张前说。现在谈一下我的意见。

从全诗看，杜甫回了家，骨肉团聚，本是高兴的事。但由于诗人忧国伤时，以"偷生"为耻，虽与妻儿朝夕相处，也觉得"少欢趣"，因此总不免带有不悦的神情。孩子对父亲原很亲热，自然就慢慢地悄悄地退缩着躲开了。而孩子的行动翻转过来又增加了诗人"还家少欢趣"的心情。这与下文"忆昔好追凉，故绕池边树。萧萧北风劲，抚事煎百虑"的写法是一致的。从前贪凉，常在树下绕弯儿，现在走到树下，听到的却是北风萧萧，反而增加了内心的焦虑。矛盾的心情构成了曲折的诗境。我的这个讲法还不全同于仇说，诗中所写并非"乍见"时情景，也不给人以"久视而畏"的感觉。诗人只是把初回家时日常生活中的一刹那摄取入诗而已。但仇氏肯定这一句是具体的形象描写而非干瘪的心理叙述，则是正确的。

照另一种讲法至少有两关通不过。一、杜集中用"畏"字的诗句共二十余处，没有一处把它用作"担心"或"恐怕"的意思，都是作"畏惧"或"畏怯"讲的。照金说，"畏"字先不合。二、照金说，只说"复去"就够了，句中的"却"字便毫无着落而成为废词，甚至有不通的危险。古人主此说者对此点者回避不谈。用仇说，"却去"是一个词，意思是"退去"；而"复却"二字却从没有在一起连用的。杜甫最讲究用字，绝对不致过不去文字关。况且照金说，"二·三"的句法变成"一·四"，即使在古诗中也是相当别扭的。

萧先生的文章主要就杜甫为人慈祥这一面立论，并强调孩子不会怕杜甫。其实照我现在的讲法，谁也得不出这样的结论，说杜甫是"可怕的父亲"。因此他未免"过虑"了。

二

"畏我复却去"的公案由来已久，从来就有两种讲法。1957年1月号《语文学习》上曾发表拙文《说古典诗歌中的词义》，即曾涉及这一句诗的讲法。到了1961、1962年纪念杜甫时，这个问题乃又被提出。前面的小文章是1962年1月26日发表在《北京晚报》上的。到了1962年6月，萧涤非先生在《文史哲》双月刊上又发表《一个小问题纪念大诗人——再谈杜诗"娇儿不离膝,畏我复却去"》的驳难文章,对傅庚生先生和我进行反批评。我对这个问题当时已无兴趣,也不想再撄固执己见的萧先生的锋芒,便听之任之了。到这年年末,中华书局决定把我的那篇短文收入《杜甫研究论文集》第三辑,让我再写几句话表明态度,我就写了如下的一段话:

  拙文初无与萧涤非先生争论之意。后来拜读萧先生驳难长文,真是受宠若惊。今既以拙文收入专辑,只好略作解释,对读者有个交代。解诗首重文义。杜甫著"畏我复却去"一语则诗人之憔悴与娇儿之神情一时俱见。《羌村》三首皆即景写实,于此当无例外。徐增与金圣叹说未免求之过深,所以不取。关于"畏"字讲法,我曾据《杜诗引得》逐条逐首勘详其义,并非主观。有的地方解为"畏避"或转为状词,仍不作"担心"解。张相说此句本误,不具论。至"却"是否作"即"解,尚难臆定。唯雍陶诗"此生无复却回(《全唐诗》不作"还")时",自当以"无复"连读,而"却回"亦应作一气读无疑。诗句结构为"一·四"或"二·三",应视全诗用语风格为准,不敢强古人以就我也。1963年3月小如校后附记。

事情就这样过去了。荏苒至今,已近廿年,最近重读萧文,并细绎老杜原诗,感到还有再坚持己见的必要。萧文过长,不便迻录,今但再申鄙见如下。

第一,问题确如萧文所云,在于对"少欢趣"的理解上。这次重读,感到"少欢趣"不但是使娇儿畏己之"因",而且还是娇儿畏己之"果",即拙文所谓"孩子的行动翻转过来又增加了诗人'还家少欢趣'的心情"。下文"忆昔好追凉"四句亦正植根于此。如果把"畏我"句讲成孩子怕我再离开家,则娇儿迄未离膝可知。那么诗人有爱子在膝边终始徘徊,纵寡欢惊,亦当解颜,既无足以启下文,亦非承上文的语气。可见金圣叹等人的说法,似深求而实为曲解,反而不能贯穿上下文义,所以我仍持不取的态度。

第二,退一步说,即使原诗"复却去"一本作"却复去",或释"却"字

为语助词,或径如萧先生之说解"却"为"即",根据我的第一点意见,这句诗"去"的主语也仍应为"娇儿"而不应是作者自己。关键还是在于"娇儿"究竟是否已离开了膝边。

第三,萧文中引用了他买到的旧书上所见的清人评语,认为解释得很精辟,并加以引申,把"故绕池边树"的"故"讲成"故意"的意思,从而把"忆昔"两句解释为娇儿硬拉着父亲到外边去散闷。那我不禁要问,"忆"的主语到底是娇儿还是诗人自己?萧先生的答案是:"这两句还是承上文娇儿来的。"可是"好追凉"的主语却依然是杜甫本人。试问古人写诗岂有这样的句法?至于"故绕"句,既然说"故"是孩子故意,那么"绕"的主语又是谁呢?这不仅有添字解诗之嫌,抑且有缠夹不清之病。况且从诗的本身看,无论如何也得不出孩子拉着父亲去同绕池边树的印象。这种硬用一己之主观臆测来代替古人作诗的本旨的做法,实在是很不妥当的。

我认为萧文对我的批评,有一点是对的。即我把"畏"字所具有的"担心"和"畏惧"二义截然分开,确是近于生硬勉强。但这并不足以动摇我对"畏我复却去"的讲法。

三

最近蒋绍愚同志在《文史知识》杂志上从"却"字的语言角度来分析"却去"的讲法,认为应该讲成"回去",即回到杜甫来的地方去。姑不论"去"字的用法在古汉语和现代汉语中并不相同,即使可以讲成"回去",则杜甫当时已回到家中,硬要讲成"回"到杜甫来的地方"去",亦属牵强。不顾全诗的作意,只抽出一个词来用代入法套将上去,这显然也是见树不见林的做法。

1982年3月病中写完二、三两节

说《春夜喜雨》

好雨知时节,当春乃发生。随风潜入夜,润物细无声。野径云俱黑,江船火独明。晓看红湿处,花重锦官城。

此诗予尝数为文论之。1956年曾撰《说古典诗歌中的词义》一文,内有一条即论此诗首二句,略云:

> "发生"这个词儿,今天的用法如发生事故、发生偏差的"发生",都作"出了"解,但古人却不这样用。这里的"发"是茁发,"生"是生长;发生,犹言发育孳长。但前人拘泥于"发育孳长"之意,把此句解成"当春乃万物发生之时"(见明人胡震亨《杜诗通》引刘辰翁说),也是不妥当的。照我粗浅的理解,作者是把春雨当成有知觉的东西来描写的,所以第一句就写着"好雨知时节"。诗人认为,春天是万物萌芽发生之时,而这场好雨恰似知道季节一般,它也在一个春天的夜里像万物一样地"发生"起来了。万物的孳长是一点点大起来的,这场雨也正是如此,它"潜入夜"而"细无声",好像植物的嫩芽一样,刚看见它从土里钻出来,不知不觉就长大了。

其后1959、1962年,予皆有小文析此诗之义,惜稿已尽佚。今按:《庄子·庚桑楚》云:"夫春气发而百草生,正得秋而万宝成。"《尸子·仁意》云:"其风春为发生,夏为长赢,秋为方盛,冬为安静。……"(《太平御览》卷十九引《尸子》文,与此小异。)《尔雅·释天》亦云:"春为发生,夏为长赢,秋为收成,冬为安宁……"《御览》卷十九引梁元帝《纂要》:"春亦曰发生。"皆杜此诗第二句所本。"发生"者,正形容春雨由疏而密、由少而多之神态。首句点明"好雨",寓题中"喜"字意;次句即明写"当春",则知好雨乃春雨矣。三、四两句写夜雨,以"潜"、"细"两字规定春雨之特征,即以明春雨之可喜。五、六两句写雨夜,五正写,六反写,以"明"衬"黑",是雨夜真景。七、八两句预写次日清晨,以雨催花之可喜烘托诗人内心之喜。抑有进者,如从作者捕捉形象之次第考之,则当先有中间四句,而第二句乃三、四两句之自然结果,第一句又是第二句之结论。唯以律诗之章法结构求之,则首尾为虚写,中间为

实写,乃成一完整之诗作耳。末句之"花重",当指花之繁盛鲜艳,密度大而色彩浓,非指花着雨滞重之态。近人选本多从轻重义为注脚,似失作意。白居易《长恨歌》:"鸳鸯瓦冷霜华重",陆游《涪州道中》:"雨添山翠重",皆非单纯指轻重之意,可为佐证也。夫锦官城以产锦著称,用江水濯锦,锦色倍鲜;而春晓雨后之花,浓盛鲜活,恰为锦城添色。诗意实含双关。而清人俞瑒云:"绝不露一'喜'字,而无一字不是喜雨,无一笔不是春夜喜雨。结语写尽题中四字之神。"盖写雨景切夜易,切春难,故用末二句点明万物发生之欣欣向荣,而"喜"在其中矣。

说"沉塘坳"

《茅屋为秋风所破歌》云:"茅飞渡江洒江郊,高者挂罥长林梢,下者飘转沉塘坳。""沉"字旧注各家均未加诠释。近人多释为沉没,其实非是。《语文学习》1957年5月号载有刘岫、商文光二君《对"沉塘坳"解释的意见》一文,引曹植《吁嗟篇》"自谓终天路,忽然下沉泉",释沉为深,极有见地。今按,"沉"之训深,于古有证,不独陈思诗一例。《庄子·外物》:"慰暋沉屯。"《释文》引司马彪注:"沉,深也。"《史记·刺客列传》言荆轲为人"深沉好书",又谓田光"智深而勇沉",深沉或复合连用,或连类并举,足证两字同义。《汉书·司马相如传》:"洒沉澹灾。"师古注:"沉,深也。"《后汉书·郭太传》:"沉阻难征。"李贤注:"沉,深也。"《论衡·问孔》:"或是而意沉难见。"意沉,谓意义深奥也。求之杜诗本集,以"沉"为"深"之例亦数见。《述怀》:"沉思欢会处。"《雨》之二:"沉思情延伫。"沉思,犹言深思,其语盖出于萧统《文选序》"事出于沉思,义归乎翰藻"也。又杜《枯棕》:"使我沉叹久。"沉叹,深深地叹息也。《长江》之二:"色藉潇湘阔,声驱滟滪深。""深"一本即作"沉",足证深、沉同义。就本诗言之,"沉塘坳"与"长林梢"为对文,"沉"自当训"深"为切。盖"茅飞"句极写风吹茅草之远,已远逾江之彼岸,自无从拾取之矣;"高者"句极写茅飞之高,达于高树之顶梢;"下者"句则极写茅被风卷至最低处,直至已涸之深塘之最坳下之底——亦皆无法拾取。然后下文乃更言尚有若干茅草固可为己所追及而重新拾回者,不意又为穷苦之"群童"公然抱持而去,已虽殚力竭气亦未能追及之。此正杜甫自伤年老力衰之具体写照。如释为"沉没",则塘有水而茅轻,似未必能沉没于水底;使塘已涸竭无水,则沉字更无着落矣。"坳"盖指塘之最低下处,亦即塘之最深底也。必如此解乃合诗意耳。

说"春知催柳别"

《移居夔州作》:"伏枕云安县,迁居白帝城。春知催柳别,江与放船清。农事闻人说,山光见鸟情。禹功饶断石,且就土微平。"此是大历元年(766)春作者自四川云安移家白帝城时作。1956年作家出版社出版《杜甫诗选》于第三句注云:"见到柳色放青,知道春天的到来……故而有柳色催别的感觉。"是释原句为"知春催柳别"矣,疑未确。盖此句乃自灞桥折柳赠别之典联想而成。李白《劳劳亭歌》亦用此典而造意与之相反,可以参看:

天下伤心处,劳劳送客亭,春风知别苦,不遣柳条青。

仇兆鳌注"春知"二句云:"春知别意,江与清波,此从无情处看出有情。"虽不误而所释太简略。盖诗人正以春日为有情,谓其知己之将别,故催柳枝早日放青,以示惜别之意也。边连宝《杜律启蒙》释此句云:

"春知催柳别",犹"吩咐西河堤畔柳,安排青眼送行人"也。(小如按:此二句见王实甫《西厢记》第四本第二折,"吩咐"作"寄语",边氏引文当是误记。而王西厢此二句又借自金人高汝砺临终留诗"寄谢东门千树柳,安排青眼送行人"之句。高诗见《中州集补》,近人王季思先生《西厢记校注》谓见于《中州集》,小误。)

然作者写"春"与"江"虽同属有情,而三、四两句之感情初非一致。三句所抒为惆怅惜别之情,如卢元昌《杜诗阐》所谓"顾此柳色依依,若有

离恨"是也。四句则写江涨波清,与人以放船东下之便,若赞助已之迁居者然,是所抒为喜悦快意之情,恰与上句形成对比。汪灏《树人堂读杜诗》谓:"春柳渐浓,春亦愿我离云安;江涨渐清,江亦愿我赴白帝。"释第四句甚恰,而解"春知"名则不免有"合掌"之病。夫作者自此迁彼,心情本自复杂,既惜别云安,复向往白帝,种种委婉曲折,仅以两句摹绘出之。解诗者乃一以贯之,使诗意简单化,自不免索然寡味。予尝谓杜诗易读而难通,此诗即一例也。

略论杜诗的用事

清初人吴见思撰《杜诗论文》,在《总论》中曾提到另有《杜诗论事》一书,补旧注之不足者凡一万余事,惜其书不传。1979年4月,日本著名汉学家吉川幸次郎先生光临北京大学,在中文系举办的学术报告会上介绍了他多年来研究杜诗的心得,对前人解释杜诗未能惬心贵当之处提出了他精辟的意见,如《行次昭陵》"幽人拜鼎湖"句的"幽人"和《秦州杂诗》之五"南使宜天马"句的"南使"究何所指的问题,很带启发性。因此笔者深感在研究杜诗的用事方面还是一块大有可为的园地。这里略谈一点个人体会。

所谓用事,有的是用古事古语,即通俗所说的用典故;有的则是用当时的事或典。吉川幸次郎教授所谈的几个例子,大都属于前人误把唐代当时的事或典当成了古代的事或典,所以认为值得商榷。我这里想说的则是杜诗在用古事时有明典有暗典,明典易知,暗典难求。而暗典之中,又有正用或反用的不同。其实我国古代诗词的艺术特点多凭借此种手法来表现,杜甫不过是继往开来的大师之一而已。

所谓明典,如《登兖州城楼》"东郡趋庭日"的"趋庭",《题张氏隐居》五律中的"杜酒偏劳劝,张梨不外求"之类,只要找到一个详尽的注本,一检可得,无烦诠释。至于杜诗中暗用的典故,即使前人注了出处,往往仍不免有雾里看花或似是而非的毛病;何况有的诗句前人所注或未尽确,或根本未注。如七古名篇《哀江头》云:

> 昭阳殿里第一人,同辇随君侍君侧。辇前才人带弓箭,白马嚼啮黄金勒。翻身向天仰射云,一笑正坠双飞翼。

"第一人"即指杨玉环,用《汉书·外戚传》汉成帝宠赵飞燕姊妹使居昭阳殿事,此即所谓明典。而"辇前"四句,倘不深究,很可能被认作写实。但钱谦益、仇兆鳌两家注本都引潘岳《射雉赋》:"昔贾氏之如皋,始解颜于一箭。"其实潘岳这里也是用典,所谓如皋射雉事,见《左传·昭公二十八年》魏献子引叔向当初所讲的一个故事:

> 昔贾大夫恶(生得丑陋),娶妻而美,三年不言不笑,御以如皋(驾车带着他妻子到皋泽中去),射雉,获之,其妻始笑而言。

《哀江头》是杜甫忧国伤乱之作。当时长安已陷于安禄山之手,杜甫在诗中所"哀"的是唐玄宗的西逃和安史部下对长安的蹂躏,至于李隆基因宠幸杨玉环而导致外戚弄权和军阀窃国,则非作者此诗着力遣责的所在。但追本溯源,宠爱杨氏又确是李唐肇祸之端。于是作者暗用此典,写皇帝为了讨好贵妃,不惜晏安鸩毒,流连于射猎歌舞,正如贾大夫之媚其美妻。这种含而不露的微讽,于诗旨是恰到好处的。

三十多年前听俞平伯先生讲杜诗,于《观公孙大娘弟子舞剑器行》中"女乐馀姿映寒日"一句解释说:这句是暗用向秀《思旧赋序》,借以寄今昔沧桑之深慨。我以为这个解释是很精辟的,它正与诗中上文"感时抚事增慨伤"句相映照。检《思旧赋序》云:

> (嵇康)临当就命,顾视日影,索琴而弹之。余(向秀自指)逝将西迈,经其旧庐,于是日薄虞渊,寒冰凄然,邻人有吹笛者,发声嘹亮,追思曩昔游宴之好,感音而叹,故作赋云。

所谓"日薄虞渊,寒冰凄然",正是此句"映寒日"之所本。唯作者写得极为含蓄,使人不觉其用典,即所谓"暗用"是已。黄生《杜诗说》卷三评云:

后段深寓身世盛衰之感,特借女乐以发之,其所寄慨,初不在绛唇朱袖间也。

此外,陈式《问斋杜诗说意》卷十八、张远《杜诗会粹》卷二十,皆申此旨而详略互见,今不具引。但他们都未涉及"映寒日"所暗用之典。仇注引陶渊明诗"惨惨寒日",只从字面找依据,已失之泛;作家出版社1956年出版的《杜甫诗选》注云:"舞时在十月,故云映寒日。"也把用典看做单纯写实,且仅就季节言之,未免近于皮相矣。

杜甫还有一首五绝《八阵图》,乃是家喻户晓之作:

功盖三分国,名成八阵图。江流石不转,遗恨失吞吴。

历来注家于此诗多着意于第四句的解释。据仇注归纳说:

今按,下句(指"遗恨"句)有四说:以不能灭吴为恨,此旧说也;以先主之征吴为恨,此东坡说也(见《津逮秘书》本《东坡题跋》卷二《记子美八阵图诗》,又见《东坡志林》);不能制主上东行而自以为恨,此(王嗣奭)《杜臆》、朱(鹤龄)注说也;以不能用阵法,而致吞吴失师,此刘氏(刘逴)之说也。

此四说中究以何说为是,我以为关键在于对第三句的解释。所谓"江流石不转",实暗用《诗·邶风·柏舟》"我心匪石,不可转也"而反其意。《柏舟》诗中的抒情主人公以石为喻,言石虽坚而尚可转动,而我之心却比石更为坚定,竟连一丝也不动摇。杜甫则谓诸葛亮之忠于蜀汉,不但其心坚定不二,就连他遗留在江中的石蕴也不随江流而转动,足见其矢志不移的节概。然而诸葛亮对刘备最感遗憾,乃是刘备贸然妄兴吞吴之师,终于失算,以致功败于垂成。而自己既受知于刘备,竟不能予以制止,当然对此是负有责任的。可见仇注所引朱鹤龄说,从全诗来看似更确切。当然东坡之说与朱说也并无太大矛盾,只是不及朱说深刻。仇注虽引《柏舟》诗句,只是仍着眼于字面,却未点明是反用其意,这就把诗中的真正含义给疏忽了。

杜诗这种暗用典故的手法到宋诗中乃日益发展,尤以陆游为更擅胜场。如陆的七绝《夜归偶怀故人独孤景略》云:

买醉村场夜半归,西山月落照柴扉。刘琨死后无奇士,独听荒鸡泪满衣。

第二句看似眼前实景,其实却是暗用杜甫《梦李白》"落月满屋梁,犹疑照颜色"之意,以见作者与独孤景略交谊之深、志趣之相投和自己对亡友怀念之切。这正是杜诗影响于后世的重要方面之一。

[附记]　　杜甫的这种暗用典故的手法也是在继承前代诗人的基础上有所发展的。如王粲《七哀诗》:"南登灞陵岸,回首望长安。"看似实,实有寓意。灞陵为汉文帝墓,作者所以登灞岸而回望长安,正暗示因面临长安大乱局势而缅怀西汉文帝治世,唯使人不觉其用事耳。晚唐杜牧则反用王粲诗而袭其意,其《将赴吴兴登乐游原一绝》云:"欲把一麾江海去,乐游原上望昭陵。"这正是作者对晚唐黑暗政局有所不满,才对李世民的贞观之治表示向往(昭陵是唐太宗墓),故望昭陵以寄意。可是杜牧把王粲诗的"登"和"望"的地点调了位置,便显得有模仿的斧斫痕迹,所以宋人叶梦得在《石林诗话》中就明确点出了。可见在暗用典故这一方面,小杜还是略逊老杜一筹的。

附录二

整理后记

己丑春,小如太夫子望九之年,重开帷幄,授杜工部诗于中关园。余与谷君曙光、沈君莹莹等,半月一至席前,承其謦欬,寒去暑来,都为一十五讲。余与谷君退而谨书所闻,征录音以成此讲记,敬付剞劂,庶燕郊席上之珍,流布而为寰区之宝。

先生执上庠古典文学讲席,逾四十载,所论及于古今诗人者,华章盈箧,然终未专力于杜工部诗,其将有待也。夫黄钟大吕,知音实难。杜工部集诗家大成,颠沛饥寒而成此山高水深,其沉郁广大,非老成无以相契!古今注杜者众矣,其间有所得者,非器识深浑、学力超迈,弗敢入于宝山。若先生者,博观沉潜,六十年间,其学沛然一出乎醇正。于今杜律重研,考洪钟而出巨响,斯皆老成之力,而为精诚之所感怀也。

方其口讲指画,娓娓忘倦。夔府风云,盈容膝之陋室;诗律琳琅,耀冬日之寒窗。吾与诸君,得侍函丈,仰千载而思接,忽忽若身世之两忘。所愧才拙笔短,徒惊绚烂,余音虽在,而无以识其妙处。

严沧浪云:诗有别才,非关学也。此诗家三昧,然末流所及,不免蹈空。先生论诗之旨,厥有四端:明训诂、通典故、考身世、察背景。此惩蹈空之弊而以征实相尚者也。先生深于小学,所著《读书丛札》发明诂训,见重学林。其论诗,亦倡"治文学宜略通小学",未有字义不安,而能得风人之旨者。此编所论"静"(衣露静琴张)、"堕"(及我堕胡尘)诸字义,皆深有发明。"锦里祠庙"诸典故之考校,亦多精核。所谓"欣赏"者,当自此实学四端之"苦赏"始,而一归诸揆情度理,斯又烛幽照微,藏往知来,所论《石壕吏》、《新安

吏》、《咏怀古迹》，融会通达，冰释悬疑，皆揆度之妙境。

　　杜诗非胸藏古今体式，无以知其独造。先生博观之识，尤多圆通。循宋词婉约以解杜律之"沉郁"，以宋诗新变，明杜诗之广大。先生复精皮黄，此编或以氍毹神妙发明诗道，其论《赠卫八处士》之收结，李、杜诗才之异，尤会心而莫逆者也。

　　古今注杜者，无虑千数百家，先生幼禀庭训，受杜诗于其先君玉如公，其后复承俞平伯、林静希诸先生教诲，此编于前代注家之外，每及于诸先生之所见。风流已远，逝者如斯，杜工部睹玉华之虚无，感世事之沧桑，"忧来藉草坐，浩歌泪盈把"。尝记先生讲解至此，而一室怅然。呜呼！若杜律之光华不泯，诚藉诗心千载相续之力，而百代之下，先生所深察于少陵者，亦将有待于来者也。

　　　　　　　　时维庚寅岁杪，小门人刘宁敬识于燕东园

吴小如先生教我读杜诗

谷曙光

记得十余年前,读到叶嘉莹先生怀念其师顾随先生的文章,文中特别谈了顾随先生的古典诗歌教学,有一段文字给我留下深刻印象:

> 先生之讲课往往旁征博引,兴会淋漓,触绪发挥,皆具妙义,可以予听者极深之感受与启迪。我自己虽自幼即在家中诵读古典诗歌,然而却从来未曾聆听过像先生这样生动而深入的讲解,因此自上过先生之课以后,恍如一只被困在暗室之内的飞蝇,蓦见门窗之开启,始脱然得睹明朗之天光,辨万物之形态。

真令人无限神往。我三复斯言,一面感慨前辈大师讲课的一任神行,一空依傍;一面又叹息自己没有福分,不得"开悟",未能赶上这样的好老师。

不过我还是十二分幸运的,后来有机会拜在心仪已久的吴小如先生门下,追随先生研治古典文学(主要是诗歌和戏曲)。很多老一辈的学者教授,著作等身,蜚声学林,却不一定擅长讲课和授徒;而我的老师吴小如先生则是既在学术研究上成就卓著,同时又极善教学的一位两方面兼擅的难得"全才"。我虽早就知道先生的课堂是非常"叫座儿的",可惜先生早已退休(1991年),所以我没有系统听过先生讲课,并一直引为平生憾事。然而,一次偶然的请教,却让我弥补了这个大遗憾。2009年的春夏,先生为我开了一个

学期的小灶,专门在家里给我讲授杜诗(同时听讲者,还有社科院的刘宁老师等)。

事情的起因是,2009年的春季学期,学校安排我给学生开杜诗的专题课,这让我非常惶恐,同时对我也是一个挑战。近年来,我在教学和科研上,一遇到问题和困难,首先想到的就是先生;而他老人家每每诲人不倦,给我的启发和教导亦最多最大。记得2008年我开《文心雕龙》选修课时,就曾趋庭受教,咨询过先生。后来老人家不放心,又专门打电话指导我,竟在电话里讲了足足一个钟头,直到我的手机没电。这次要讲杜诗,我不由自主地想到先生这个"坚强后盾",赶紧跑到先生家"求计",企盼他能金针度人。说明来意后,先生竟慨然说:"我总算对杜诗还有兴趣,你去给学生开杜诗专题课,我还不放心。这样吧,我先给你系统讲一遍,你再去给学生讲,这就保险了,叫做'现趸现卖'。"我听了欣喜异常,一时都不敢相信自己的耳朵;同时又担心先生的身体,生怕累着老人家。不过,看着先生饶有兴致的样子,再加上自己求教的迫切,还是盼望早日实现这桩好事。

按照先生的指示,我先拉了一份讲授杜诗的篇目。毕竟杜诗有一千余首,只能撮要精讲。先生在我提出的篇目基础上,略加增删,就在2009年农历正月初五那天,正式"开讲"了。每周讲授一次,先后15次,共计讲杜诗八十余首。听先生讲诗,真是一种艺术享受,馨欬珠玉,启人心智,一个学期下来,我徜徉在杜诗的艺术世界里,时有妙悟,同时也圆满完成了学校的教学任务,诚可谓两全其美的佳事。

吴小如先生的杜诗是得过名家传授的。如同演戏,内行素来讲究"实授"(即指得到有根有据、实实在在的传授,而非向壁虚构、逞能臆造者可比)。太老师玉如公对杜诗就颇有研究,先生秉承家学,对杜诗一直怀有浓厚兴趣。在读大学时,先生系统听过俞平伯先生和废名先生讲授杜诗,可谓渊源有自。我还曾在浦江清先生签名送给先生的《杜甫诗选》里,看到先生用蝇头小楷密密麻麻地抄写了许多前人的评论,足见先生对杜诗所下的工夫很深。在前辈老师的指点下,加上自己几十年濡染浸淫其中,先生之于杜诗,自然有独到的新见和胜解。先生在给我讲授时,屡屡提到,某句诗、某个字玉如公怎么讲,俞平伯先生怎么讲,废名先生又怎么讲;而在师辈的基础上,先生又加以按断,或补充,或引申,或径直提出自己的新见。这既看出先生对老师的尊重与爱戴,同时也显出学术的继承与创新,学术薪火就是这样一代一代传下去的。比如,先生讲《望岳》首句"岱宗夫何如"之"夫"字,先引了清人翁方纲和俞平伯先生的讲法,再加以生发:

> 在文章中,"夫"是一个开端虚词,诗里很少用。杜甫却用了,但又未用在句首,而是用在中间,这已是有创造性的用法了。它有指代关系,即主语的岱宗,也就是泰山。把"夫"字用在第一句,不仅可笼罩全篇,有气势,而且起到感叹作用,加重语气作用。当然这要与"如何"连用才有这种作用。但,我们不妨试着改一下,比如说用"其"字,或竟用"彼"字,乃至"果"、"竟",都没有这个"夫"字好,不如"夫"自然妥贴,而且顺理成章。这就是杜甫的功夫,杜诗的特点了。

仅一个平常的虚词"夫",先生就像层层剥笋一般,深入浅出地道出了其中的精妙之处。不是辨析精微,感受敏锐,恐怕是不能如此准确地搔到痒处的。从讲诗即可看出先生治学问和教课的路数,先"照着讲",再"接着讲",先生研治杜诗的途径是在转益多师、祖述前人的深厚基础上开花结果的。

据我粗浅的体会,先生讲授杜诗的一大特色,在于贯彻了他一贯的治学理念,即"治文学宜略通小学"。诗词看重感发兴会,但一味跟着感觉走,则难免束书不观、游谈无根之弊病。先生讲诗,首重文献。先生昔年曾给讲诗词立下五个前提条件,即通训诂、明典故、考身世、查背景和揆情度理,我以为这是读诗、谈诗、教诗的不刊之论。不通字句、不知人论世、不以意逆志,则根本无法对诗词有惬心允当的理解和把握。传统"小学",看似离诗词很远,实则是深刻解读诗词的津梁和工具。音韵、训诂、校勘,哪一项都会影响我们对诗词精华妙义的探寻和解说。先生在讲《奉赠韦左丞丈二十二韵》时,重点谈了"丈人试静听"之"静"字。按,"静"字《说文》作"审"解,吕忱《字林》作"靖",是假借字。先生指出,仇注引鲍照诗,非最初者,应引刘伶《酒德颂》"静听不闻雷霆之声",而诗中之"静听"乃谛听、细听之意。由此生发开去,先生又提到《夜宴左氏庄》里"衣露静琴张"之"静"字,还附带谈了"静"、"靖"、"净"诸字的区别和关系,可谓见微知著,举一反三。有时,看似寻常的诗句却大有讲头,不可轻易略过。《春望》的"烽火连三月"向有几种讲法,先生认为"三月"是虚指,而非实指,并引清人汪中《释三九》为证,说明"烽火连三月"是指打仗已经很长时间,其解说最为通脱有理。又如先生释《佳人》"万事随转烛"之"转烛"为走马灯,指世事变幻莫测,也令人信服。

当然,读诗光靠文献学是远远不够的,"小学"之于诗歌,只是坚实基础;对于解诗、讲诗而言,另一个重要方面,在于灵心善感,既要有诗人的敏锐,又要有哲人的妙悟。先生本人恰是个具有古诗人气质的"今之古人",他本人的旧体诗作得极好,更培养了对诗词极敏锐的感悟和极深沉的理解,所以他讲起杜诗来举重若轻,往往能抉出诗里最精髓的内涵,得前后照应、左右逢源之妙。先生讲诗,屡屡提到"文学细胞"一词,而一个人是否具备"文学细胞",恰在读诗、解诗时最能表现出来。那种不悟诗旨、死于句下的笨伯,最为先生所不取。譬如先生讲《夜宴左氏庄》第一句"林风纤月落",一定是"林风",而不能作"风林"。盖"风林"乃刮大风,破坏了整首诗的意境;而"林风"为徐来之轻风,恰与"纤月"搭配熨帖,故而先生说写诗、讲诗里也有辩证法。又如《醉时歌》"灯前细雨檐花落"一句,先生特别强调"灯"、"檐"不能互换,并以《醉翁亭记》"酿泉为酒,泉香而酒洌"作类比,说明缺乏文学细胞者不知变通、拘泥于庸常事理的弊病。同理,《哀江头》之"一笑正坠双飞翼"比"一箭"强胜多多;而《春夜喜雨》"花重锦官城"之"重",绝非沉重之重,实为茂盛、缤纷之意。这些看似细微寻常之处,若无灵思睿智,实难有准确的解说和品赏。

先生讲杜诗,不是照本宣科,一首首、一句句地死讲,而是有详略主次的。先生兼顾到杜甫一生的几个阶段,挑选最有代表性、最有艺术感染力的作品加以讲授,把诗讲深讲透。先生还特别注重讲授中点、线、面的结合,不仅就杜论杜,而是以老杜为枢纽轴心,上挂下联,附带谈一些有关诗歌发展嬗变的宏观问题。杜诗虽为唐诗之一家,然而尝鼎一脔,关注老杜的前后左右,则对一部中国诗歌史思过半矣。现在回忆起来,先生以老杜《玉华宫》为例,谈唐宋诗之别,说明杜诗怎样开宋诗门径,是非常精彩的一课。先生认为,宋诗的几个主要特点,诸如描写工细、夹叙夹议、正反面掺杂着写,都从老杜那里承袭而来,而《玉华宫》恰是理解宋诗的一个极佳范本。先生是带着感情来讲这首诗的,诗中的那种今昔之感、沧桑之虑,乃是人人皆可感同身受的普遍情感,故而最能打动人心。先生动情地说,杜甫是一个过客,其实人人都是过客,每个人都只看见历史的一部分。人生如旅途,旅途也翻过来像人生,自己在旅途中奔波,恰如鲁迅说的"过客"。面对无穷的宇宙,每个人看到的只是一个短暂的片段,如果一个人只看到他的眼前、名利,就不会有那种"前不见古人,后不见来者。念天地之悠悠,独怆然而涕下"的境界。听罢先生的讲授,我久久沉浸在诗的意境中,回味诗里诗外的滋味,竟也怆然泫涕……

在讲授中,先生以"订讹传信"为重要宗旨,同时注意启发学生,培养学生独立思考的能力,以收教学相长之效。对于杜诗的种种不同说法,先生往往一一罗列,再加按断,摆事实,讲道理。先生从不强人从己,而是揆情度理,以理服人。杜诗名作《月夜》里的"香雾云鬟湿,清辉玉臂寒"一联,很多人解释成描写杜甫的妻子,写其月下容貌之美;而先生坚定地认为此联是写嫦娥,用以指代月亮。先生最早是听俞平伯先生这样讲的,并一直坚持之。先生认为,李商隐"月中霜里斗婵娟"、苏轼"但愿人长久,千里共婵娟"、周邦彦"耿耿素娥欲下",都是通过描写嫦娥写月亮。先生还找到北宋末年李纲《江南六咏》之三:"江南月,依然照吾伤离别,故人千里共清光,玉臂云鬟香未歇。"说明"玉臂云鬟"是描写月亮。我起初也认为此联是老杜写妻子,但在听了先生的讲授后,极感兴味,有耳目一新之感,于是试着去查找一些与月亮有关的诗词,结果愈发认同先生的说法。我发现南宋张元幹《南歌子》一阕可作为先生之说的有力证据。词云:

   凉月今宵满,晴空万里宽。素娥应念老夫闲。特地中秋著意,照人间。
   香雾云鬟湿,清辉玉臂寒。休教凝伫向更阑。飘下桂华闻早,大家看。

  张元幹把杜诗一字不差地用在词里,径直指月。我高兴极了,把这首词抄给先生看,先生也非常高兴,认为很有说服力。
  我想对先生的教学多谈几句。因为自来研究先生学术成就者多,而对先生同样取得卓越成就的教学,则缺乏评述。我的笔拙学浅,不能准确概括先生的教学艺术,故引周汝昌先生评价顾随先生教学的话:

   我久认为课堂讲授是一门绝大的艺术,先生(指顾随)则是这门艺术的一位特异天才艺术家——凡亲聆他讲课的人,永难忘记那一番精彩与境界。

  在周先生眼里,顾随先生的教学是最棒的;余生也晚,在我眼里,吴小如先生的讲课是最精彩的,而且是能带给人艺术享受的。我觉得,先生教学的一个重要特点在于擅长联想和譬喻。就诗讲诗,有时难免"不识庐山真面目,只缘身在此山中",而活泼的譬喻,机趣的联想,则让人豁然开朗,时有妙悟。先生讲杜诗时,往往"思接千载,视通万里",杜诗的风格不妨拿来和辛稼轩词作比较,杜诗的境界不妨联想到陶王韦柳的田园山水诗;甚至在先生那里,诗人和唱戏的艺人也发生了奇妙的关联,杜诗《赠卫八处士》的感人之处竟和京剧"四大名旦"之一程砚秋《红拂传》的唱腔有异曲同工之妙。记得先生在讲老杜的名作《自京赴奉先县咏怀五百字》时,重点谈了杜诗的"沉郁顿挫"。先生先从字面解释何谓"沉郁顿挫",然后生发开去,说程砚秋唱腔的佳处在于有顿挫而无棱角,而杜诗就有转折,一层深似一层,引人入胜,但又不让人看出棱角来。接着,先生把话题进一步荡开,谈宋词,以宋词为例来说明"沉郁顿挫",诸如宋词豪放与婉约的风格、周邦彦何以被称为"词中老杜"、辛弃疾《摸鱼儿》之沉郁曲折……先生谈起来如玉盘迸珠,如飞花粲齿,令人对杜诗"沉郁顿挫"的理解如拨云见日般豁然开朗,给人的印象极为深刻。又如先生在杜诗里特地讲了一首四平八稳的《登兖州城楼》,而选此诗只为说明杜甫的天生异禀,在讲授时,先生的思路开阔极了,侃侃而谈:

> 我从年轻时就说,李白不好学,学不好画虎不成。因为天才纵逸,好比天生一条好嗓子的演员,凭天赋,怎么唱怎么有。杜甫其实也是天才,可是他表现的是作诗的法度、规范。天才不够的人,可以有章法可循,像《登兖州城楼》诗就可以摹仿,有一定的款式路数。但这样入门可以,如果一点没有诗才,当然成不了杜甫。谭(鑫培)、余(叔岩)、梅(兰芳)、程(砚秋)就是走杜甫在诗歌创作上的路,这也可以出杨宝森。李贺的诗像海派,好也好极了,就是有点卖弄。如果学言菊朋,弄不好就成了卢仝、贾岛。

这一通大议论,不懂京戏者,可能如坠五里雾中,不得要领;而深谙京戏者,则叹服先生触类旁通的能力和类比的准确恰当。再如《房兵曹胡马》和《画鹰》都是咏物诗,一首写真马,一首写画鹰,先生就把两首作品比照着来讲。《宾至》、《客至》亦是如此。先生讲杜诗《兵车行》的"车辚辚,马萧萧",马上联系到杜诗《出塞》的"马鸣风萧萧"和李白《送友人》的"挥手自兹去,萧萧班马鸣",还有《易水歌》"风萧萧兮易水寒",数句皆用"萧萧",但训诂、气氛乃至意境都有所不同,先生娓娓言来,细细剖析,令人得以领略诗词用语的微妙精细。

  先生那一辈人的经历极其坎坷,而先生"能近取譬",善于以自身的丰富阅历来比附杜诗。在讲《观公孙大娘弟子舞剑器行》时,先生以半个多世纪的看戏经历为例。抗战前,才十几岁的先生就是武生泰斗杨小楼的"粉丝",崇拜得不得了,但杨小楼1938年就故去了,自此先生再也看不到他的戏了,实在遗憾。之后国家就陷入长期的战乱,经过多少年动乱,终于拨乱反正。1979年末,俞平伯先生主持的昆曲研习社复社,复社专场演出的大轴是《挑滑车》。先生被邀去看戏,结果发现《挑滑车》是杨派传人王金璐所演,中规中矩,典型犹存,遂欣喜异常,感慨万端。试想,从1937年至1979年,这中间经过多少沧桑变幻?几十年如白驹过隙,劫后竟在舞台上看到王金璐,演的全是地道杨小楼路子,能不让人激动万分么?先生一下就联想到杜甫当年看了公孙大娘,又看李十二娘,实实在在就是类似的感情。先生调侃说:"这首杜诗甭讲了,就把我看戏时的心情传达给诸位,就知道杜甫是什么心情和感受了。"妙哉斯言。

  先生讲杜诗时,已是望九高年,犹能神完气足,真是一个奇迹。先生讲课时就像一个敬业而投入的演员,不惜力,有激情,开始时闲闲引入,渐进佳境,先生讲得酣畅,学生听得痴醉。先生似乎有引导学生随其喜怒哀乐的神异本领,让师生共同沉浸在诗歌的妙境中。我常思听先生讲诗犹如观赏一张巨幅山水,画上有怪石、瀑布、云海、古木,内涵丰富极了,而在精彩的勾勒点染之中,又有几处奇峰突起的地方,既让观赏者得到整体的宏观美感,又在细微处精雕细琢,给人留下甘美的回味。先生往往一讲两三个钟头,中间从不停顿,有时我们提醒他略停一停,喝口水,休息一下,可是先生表示讲诗不宜"断气儿",坚持讲完再休息。先生讲时固然神采飞扬,但讲完后,则不免露出疲惫。看着老人家瘫坐在椅子上的样子,我着实心痛。是什么力量让一个望九老人仍然循循善诱地给学生讲课?我觉得是对学术的执著和对学生的爱。先生虽然退休多年,且长期被外人难以想象的繁冗家事所累,身心交瘁,可是他的内心深处仍然深深眷恋着讲坛,并以传道、授业、解惑为人生最大快乐。

古语云:"授人以鱼,三餐之需;授人以渔,终生之用。"先生教我读杜诗,自非授人以鱼,而是授人以渔,让我终生受用不尽。我既得到一次亲承音旨、启迪灵智的绝佳学习机会,同时又经历了一番非常愉快的艺术享受。我永难忘怀先生讲授的精彩和境界,终生感念先生对我的厚爱和教导。

(作者单位:中国人民大学国学院)

主要参考书目

［宋］叶梦得《石林诗话》
［宋］蔡梦弼《草堂诗笺》
［明］王嗣奭《杜臆》
［明］胡震亨《杜诗通》
［明］高棅《唐诗品汇》
［清］仇兆鳌《杜诗详注》
［清］浦起龙《读杜心解》
［清］朱彝尊选《词综》
［清］翁方纲《复初斋文集》
［清］翁方纲《石洲诗话》
［清］黄生《杜诗说》
［清］卢元昌《杜诗阐》
［清］汪灏《树人堂读杜诗》
［清］杨伦《杜诗镜铨》
［清］边连宝《杜律启蒙》
［清］吴见思《杜诗论文》
陈贻焮《杜甫评传》
浦江清、吴天五《杜甫诗选》